岩波文庫

38-106-1

娘巡礼記

高群逸枝著
堀場清子校注

岩波書店

凡　例

一、本書は、一九七九年に朝日新聞社から刊行された『娘巡礼記』(堀場清子校訂)を底本に用いた。章分け・改行・句読点は、原則として底本に従った。

一、文庫版とするにあたって、読みやすくするために以下のような整理を行った。

(1) 原則として旧字体は新字体に改め、俗字・異体字については通行の字体を採用し、かなづかいを現代かなづかいに改めた。

(2) 漢字語のうち代名詞・副詞・接続詞など、使用頻度の高いものを一定の枠内でひらがなに改めた。

(3) 読みにくい語、読み誤りやすい語には現代かなづかいで振りがなを付した。

一、以下の点については、底本を踏襲した。

(1) 明らかな誤記・誤植は改め、判断しかねる箇所および人名・地名の誤記の一部に(　)で傍注を付した。また、判読不能の文字は□とし、推定しうる場合は(　)で傍注を付した。

（2）校訂者注は、短いものは本文中の〔　〕内に、長いものは＊印を付して各回の終わりに注記した。

一、本文中に身分差別や職業差別や身体障害にかかわる表現・表記があるが、原文の歴史性を考慮してそのままとした。

目次

瀬戸内のみち

娘巡礼記

出立

一　巡礼前記

どんな心持で巡礼を思い立ったかそれは私自身でさえちょっとでは解らないが左は社内宮崎先生〔大太郎、号紅亭、当時の九州日日新聞社社会部長〕に宛て書いた手紙の一節である。これによって私という者がどんな者であるか極めて一小部分であっても理解して下さる事が出来たら幸甚《こうじん》である。

＊

きょうは五月十四日に御座候《ござそろ》。頃日来朝《けいじつらい》も昼も夜も狂おしく読書に耽溺《たんでき》仕《つかまつり》居候《おりそろ》。水汲むにも飯炊《いいかし》ぐにも。しかせざれば到底堪えがたく候。

何のために、とお問い下さるまじく候。実は妾《わらわ》自身すらも解しかね居申候。狂えるかと時折は考え申候。されど別に異状もなきように候。ただ極端に感激し易く極端に懊悩《おうのう》し易く声を放って汪然《おうぜん》と泣き得るは不可思議に候。

また妾が想像は真《まこと》に変怪なる暗き翼を無限無極無際涯《むさいがい》に伸すこと物凄きばかりに御

座候。ある時にはまざまざと死の光景を映出し胸中ために激痛を感ずる事さえこれあり候。

夕べは妾の寓居《ぐうきよ》せる古寺の累々《るいるい》たる墓石の間を徜徉《しようよう》するに一物あり、忽然《こつぜん》来って目前尺余《しやくよ》の処に峭立《しようりつ》す、と覚えたるもしばしば。これ妾が偉大なるもの、不可解なるものに対する漠然たる恐怖心の射出像かと思い居候。しかも冷静に自己を凝視し傍観する時如何《いかん》ともすべからざる黒影あり厳乎《げんこ》として迫るを見る。

これ現実なり。あー現実は現実を以て妾を脅迫し理想は理想を以て妾を脅迫す。そもそも生の極《きわま》る処死の適《いた》る処いずくぞや。

巡礼に――そは妾にとりていと容易なるわざに御座候。およそ停滞ほど苦しきはなし。それよりかもむしろ未知界を無謀に突破する方有意義かとさえ存ぜられ候。下略。

（但《ただ》し、この手紙は、遂に先生には上げざりしもの）

＊

五月二十四日夕飯を食《たべ》てから観音坂の観音堂〔その跡に地蔵尊がある〕を訪ねた。

はじめて主《あるじ》の尼僧さまにお目にかかる。極《ごく》優しいおだやかな方で、この方と話《はなし》ている間《うち》は春風の中にいるような、なづかしい心地がする。理屈よりも実際だ智識よりも徳行だという事をしみじみ感じた。

巡礼に？　それは御奇特な、だが私はくわしくは知りませんでナ。新細工町《しんさいくまち》の山本蒼《そう》巌《がん》さんをお訪ねなさったら如何でしょう……。

そこでお礼を言って辞し帰る。でその翌日二十五日には早速山本さんへ行っていろんなお話しを承《うけたま》わりかつ服装だの何だのその他ねんごろなる御教示にあずかった。

実は私は最初花山院の御遺蹟である西国三十三ケ所の巡礼をと思っていたが、それはやめて弘法大師の四国八十八ケ所を遍道(路)する事にした。御詠歌だの御和讃だの見せられると胸がおどる。

「一つには偏《ひとえ》に大事は御(後)生なり常々信心怠るな」

これは弘法大師数え和讃で十八まで出来ている。お終《しま》いは南無大師南無大師南無大師遍照尊《へんじょうそん》で結ばって紀伊国高野山《こうやさん》龍城院住職施印《せいん》長岡秀賢と署名されてある。

「そも〱八十八ケ所の
由来いかにと尋ぬるに
延暦二十三年に
大師入唐《にっとう》ましまして

真言秘密の教法を
恵果《けいか》阿《あ》闍梨《じゃり》に受けしより
天竺《てんじく》鷲峰《じゅぶ》のくもに入り
釈尊ゆいせき八塔の
霊地を巡拝なし給ひ
吾が日の本の諸人《もろびと》に
あまねく経(結)縁《けちえん》させんとて
八塔の土を持ち帰り
八つの数を十倍し
もとの八塔あひ添へて
八十八に砂を分け
敷きて伽藍《がらん》を建立し
四国八十八ケ所の
霊場とこそなし給ふ」*

これは山開《やまびらき》御和讃の一部である。

「麻の衣にあじろがさ
背《せな》に荷俵三衣《え》のふくろ
足中《あしなか》草履をめし給ひ
首にかけたる札《ふだ》ばさみ
縦六寸に幅二寸
金剛杖を右につき
左のみ手にじゆずを持ち**」

こう読み上げると少し心配になって来た。私の服装もこれにならわなきゃならないそうな。

草履《ぞうり》よりも草鞋《わらじ》がいいんですよと山本氏は教えて下さる。チト心配ではあるが笠だの杖だの何だの面白そうだ。うっとりしていると二階から金剛杖というものを探し出して来てこれをあなたに上げましょうといって下さる。五知(智)の如来《にょらい》の形に出来たものだ。五知とは空、風、火、水、地——それを頭、肩、肋《あばら》、腹、腰に象《かたど》ってある。

というといかにも学者のようだが実のところ山本氏のお仕込に外ならない。ああこの杖をついて、と思うとわけもなく顔が赧《あか》らむ。

＊
＊＊｝藤井佐兵衛『仏教和讃五百題』(一九一六年四月、山城屋)によれば、この和讃は「四国八十八ケ所道開《みちびらき》」と題されている。ただし言葉と文字に小異がある。

二　巡礼前記（承前）

二十九日午後から宮崎先生のお宅へ相談に出掛けた。生憎《あやにく》御不在で、かなり長い間奥様と二人で色々と心配する。

「巡礼姿だとお米でも何でも上げますよ。だから袋のこさえ方から研究しなくちゃね」

「まあ、困った。一体何といって頂けばいいんで御座いましょう」

「ああそれから草鞋《わらじ》の履《は》き方は？」

これでまた心配したが二人ともとうとう分らない。気丹というお薬を貰ったり行李《こうり》を頂いたりしてその日は帰る。

翌三十日ちょうど外出しようとしているところへ社〔九州日日新聞社〕から自転車で使《つかい》が来た。

「嬉しい！」と私は思わず声を上げた。その晩おそく先生をお訪ねして種々《いろいろ》お話しを承る。

さあいよいよ事実となって表れたのだ。

夢中で宿に帰って早速準備にかかる。服装は大略左記の通り。

一、つま折れの菅笠《すげがさ》

一、行李付《つき》荷台

一、おいずる*(背《せな》にはまた条《すじ》を入る)

一、脚絆《きやはん》、足袋《たび》、草鞋、手甲《てっこう》

一、札挟《ふだばさ》み(縦六寸巾《はば》二寸)

一、袋

これに山本蒼巌さんから貰った金剛杖をついて髪は短く切って結んで下げる。

携帯品は紙、インク、ペン、書籍、着更、小刀、印それに諸雑品。

簡単なものだ。でも袋だの札挟みだの下げる事位何でもないが行李を負う事が心配で心配で、どうしたらいいだろうと考えてばかりいる。誰か負って来てくれたらほんとにいいんだけれどこれには泣きたくなってしまう。でも翌日は何時《いつ》になく昂奮《こうふん》してすっかりお転婆《てんば》になりすまし部屋から台所から座敷からバタバタ駈けまわって準備をする。

高群逸枝の巡礼姿
（1918年11月23日『九州日日新聞』に掲載）

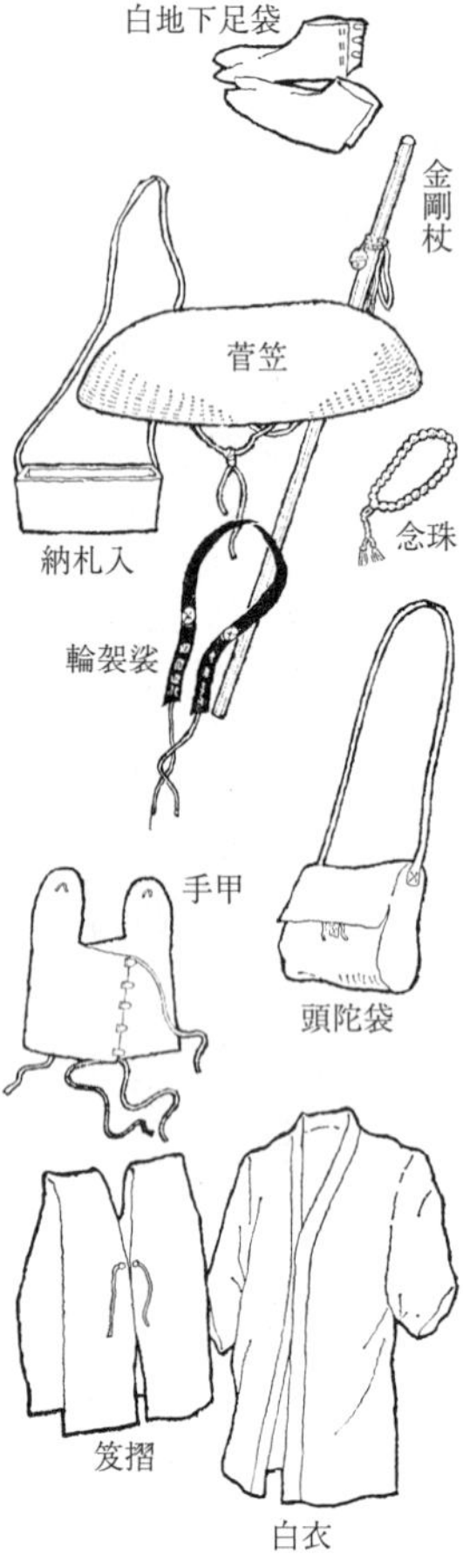

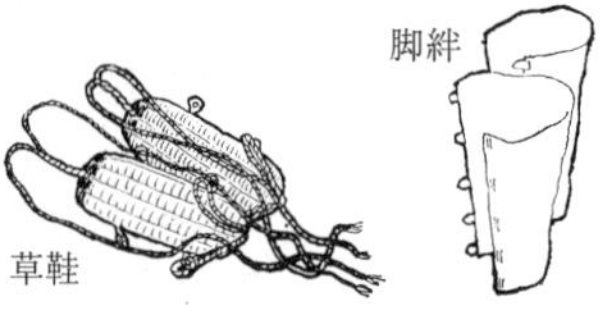

「まあサジっとしていなさい。廻国《かいこく》の話でもしてあげよう」と宿の和尚さんが仰有《おつしや》る。和尚さんも部屋のおじいさんも随分と歩き廻った人たちだ。

お婆アさんは頻《しきり》に「よく話をおききなさいよ。それから夜行は決してなさるなよ」と繰返し繰返し仰有る。おとなしく聞いてるうちに何だか心細くなって来た。

「ねえ、お婆アさん。何《ど》っ処《こ》でも泊めて下さるでしょうか」

「泊めるとも、あんたみたいな小さな女衆《おんなしゅ》が一人で歩いていくんだもの。ただ病気に気をつけてね」……。

「可愛いい子には旅させろ、あなたもチト木《き》賃宿《ちんやど》なぞへお泊んなさい」

これはおじいさんだ。

でも一つの蚊帳《かや》に十人ばかしも一緒に寝るのだと聞いて吃驚《びつくり》した。またちょっとの事にでもプンプン憤《おこ》る人がいると聞いて、そしたらどうしましょうなぞ考えていると何だか泣きたくなって来る。しかし面白い、一つ泊ってみようなんて生意気も考える。

それから宿泊《とまり》の仕方に投げ込みというものがあるそうな。それは此方《こちら》から随意にお金を投げ込むとそれ相応の食べものをくれるということ。

＊「負衣」「笈摺」。笈《おい》を背負ったとき、着物(正式には白衣《びゃくえ》)の背がすれないよう、上に着るもの。「負摺」「負簏」と記した例もある。

三　大津より

六月四日午前一時から目が覚めて睡れない。風が吹いて木の葉がざわざわ鳴ると雨ではないかと考える。

空はうす暗く曇ってはいるが降りはしなかった。

宿のおばあさんは早くから起きて私のためにお湯を沸したり御飯を焚《た》いてお握りをこさえたりなさる。それでもまだ夢のようだ。巡礼に？　何という不思議な事実だろう。

午前八時俥《くるま》が来る。

笠だの杖だの、何て変手古《へんてこ》だろうと思っても、も早や仕方がない。

「おからだを御大事に……」

おばあさんは、老の目の早や涙いっぱいになりながら……。

「ええ、すぐにまた帰ります。おばあさんもね、病気しないでね」

ふし目がちになりながら私はやっとこう言った。涙が、はらはらこぼれ落ちてこれっきり一言も出ない。

坂を下りて新坂《しんざか》へ出て坪井の立町《たてまち》を真直《まつすぐ》に貫く。

「あれが真個《ほんとう》な巡礼だ」

「ちょっと出てごらん。可愛い巡礼さんが」なんて、町の人たちの噂をちょいちょい耳に挟むと顔が真っ赤になってしまう。「おちごさんですか。そして何処《どこ》のお嬢さんです」なんて俥夫《しやふ》にきく人もあった。小磧《おぜき》の橋で俥を下りる。俥夫のおじいさんここでもまた草鞋を締直《しめなお》して下さる。

そこからうつむきがちに大津《おおづ》〔いまの熊本県菊池郡大津町〕へ――途中の或《ある》学校では生徒たちがぞろぞろ門に出て、種々《いろいろ》いうので、きまりが悪かった。ああ、いよいよ漂泊の時が来た。現実だ、も早や確とした現実だ。

でも私は、まだ夢心地から脱ける事は出来てない。眼前にさみしく立つ大阿蘇の連山――ああ何という美しい姿だろう。

大津は思ったよりも長い町であった。

「十五だろう、六だろうか。ムゾらしさ〔かわいらしい〕なあ」「可哀想になあ」「親もよほど思いきってねえ」なんてここでも噂が両側の家々から浴びせられる。羞《は》ずかしさに、ハンカチを顔にあてたままさっさと通ると右側の或家から「巡礼さん差上《さしあげ》ましょう」とよんだ。きまりが悪くて逃げるように通り過ぎてホッと息をつく。

「女の六部《ろくぶ》さんだろ」男の子供がこういった。やっと町をぬけてあるお上さんに教えられて、村に出た。大津町字引水《ひきのみず》という処だそうな。幾度か逡巡しながら思いきって一番端の家《うち》に行って「私は旅の巡礼で御座いますがどうぞ今夜はお宅へお泊め下さいませ」と伏目勝ちにいうと、村の人たちは実に親切だ。「ホンになあ、お年もいかないのに有難い事だ。南無阿弥陀仏」を浴びせかけられてますます赧《あか》くなる。

でもそこには御病人がおありだそうで紹介されて手嶋寅雄という人のお宅に行く。「さあさ、お上《あが》んなさい。座蒲団は、お茶は」と手あつい待遇に、もうどうしていいかただ堅くなって坐っていた。

四　大津より（承前）

此家《ここ》の人たちはみんな親切にして下さる。御いっしょに夕食を戴く。

何という楽《たのし》いこの団《まど》いであろう。

大鍋を前に置いてそれには御飯が盛られてある。その周囲には一家中の人々が自由に談笑しながら――。

珍らしい楽い光景、私はしみじみ嬉しい気分でこの和んだ雰囲気に浸《ひたつ》ていた。風呂が土間の隅で沸いている。近所の人たちが沢山集まってくる。

「おはいんなさい」といわれて私は顔を赤くした。どうしてこんな沢山な人の中で着物が脱げよう。

「アノどうぞお先きに皆さまおはいりなさいまして」我ながら蚊のような声だ。「可愛想に、よっぽど深い事由《わけ》があるだろう」と口々にたずねられる。「ちょうどおつるのようだ。いくつになるかなお年歯《とし》は」「名は何というの」なんて矢継早《やつぎばや》に。

「は、花枝と申します。十八になります」やっと切りぬけて、深い吐息をもらす。ああ人々よ、この上多くを問い給《たま》わざれ――。

しかも人々の追求(及)は熾烈《しれつ》な同情によってますます熾烈になってくる。

私はすっかり酔わされたように上気しながら、私が生まれる時母が、観音様に「この子を丈夫に成長さして下さいましたらきっと一人で巡礼いたさせますから」と誓った事

(その前幾人もの子供がみんな亡くなったから)を話した。これは事実である。私の母は大の観音様信心である。

可哀想になあ、こんな若い女の一人でとはよくも思い立ちなすった。

でも決して一人だとはお思いなさるな。仏さまがついてござるから。

さあゆっくり風呂に入ってお寝《やす》みなさいといわれてわけもなく涕《なみだ》がこぼれた。恥かしい思いをしてやっと風呂をすましてお先に寝《しん》につく。

明くれば五日。細雨粛《(蕭)》々——どうしようこの雨天を。何だか足が痛くて仕方がない。胸も少し痛むようだ。脚気衝心《かっけしょうしん》ではないかなぞ心細いことも思い合わされてしみじみ郷里の両親をなづかしんだ。父よ母よ幸《さいわい》に、健在なれ、なにとぞお心安らかにわが旅路を祝福あそばしてよ。

五　大津から立野へ

大津を出たのが午前九時、世の中の人たちは何という親切な——とそればかりしみじみ嬉しく感じながら心ほのぼのとして雨の路上を重たい雨具に身を巻かれつつ歩いて行く。途中馬に乗った一群の人々と出会った。私は雨具の頭巾《ずきん》から顔ばかり出していたが動《やや》もすると目のところまで被《かぶ》さるので軽くかき上げるようにする度ごと、白いおいずると札挟みと笠と杖とが露《あら》われるので「おや巡礼だよ」、「惜しい事だ」なんて口々にいってすれ違った。やがて雨が歇《や》んだので雨具は杖といっしょに右の手にもち、左の手には地図と或人から貰ったビエルソン〔ビョルンスチェルネ・ビョルンソン、ノルウェーの作家〕の『フョールドの娘』〔野尻抱影訳〕を持って軽快な歩調をとりながら微《かすか》にさすらいの歌を口ずさんで歩いて行った。

そのうちかなりに疲れて来た。雨上りのシットリした空気がウソ寒く襟元《えりもと》に沁《し》みる。遠近《おちこち》の森林は蒼い靄《もや》の流れ淀んだように模糊《もこ》として、淡い日光は夢を織るかのようにふりそそぐ。

背に負った荷物の重さったら耐《た》まらない。そう思うとますます疲れがましてくる。そのうちに、も早や肩と首とが痛くて痛くて堪《た》えられなくなった。ふと、この箱を捨てようかと思いついた。で中のものをすっくり風呂敷にくるみ込んで箱と荷台とを、そっと道ばたに捨てる。でもこの箱は宿のおじい様が丹誠《たんせい》こめて作って下すったものだ。荷台もその通り――と思うと捨つるには忍びない。幾度か思い返して取り上げたり、それでもまた長い間それを負って行く辛労を思っては、――おじい様、済みませぬ、堪忍《かんにん》して下さいませと心の中でいって、やっぱり捨ててしまう事にした。

で、その箱の中に鉛筆で「大正七年六月五日 妾意《わらわ》を決してこの箱を捨つ。それは妾にとりて真に忍びがたき事なりといえども妾が繊弱何ぞこれを負いて長途の旅をつづくるに耐えむ。思う拾い給うの方や、いずく如何なる人にてかおわす、請う妾がためにこの箱をいとおしみ給え。四国巡礼の女、高群逸枝」

というような意味をかいた紙片を入れて置いて、一思いに立ち去ろうとするところへまた乗馬隊の一群がやって来た。洋服をつけたり、鬚《ひげ》を生やしたり、打ち見たところこの地方の人ではないらしい。どこかの登山隊かも知れない。また何とかいわれるに決まったと思っておろおろしていると案の如く馬を停めて「おい姐《ねえ》さん、お前一人か。え、どこへ行く。小さいのに一人で行くのか」横柄《おうへい》な言葉だ。

「こんな山にこんな子が一人いるなんてお化《ばけ》じゃないかなあ」

お化という言葉をきくと私の方が恐ろしくなった。急いで立野《たての》へと向う。すっかり疲れてしまった。この辺《あたり》風光明麗、殊に高原という感じが胸を透《す》くように迫る。でも耐まらなく疲れたので道々柵に凭《もた》れたり樹に倚《よ》ったり石にかけたり力なく杖をついてとぼとぼと辿《たど》る。いよいよ立野、身は外輪山内に入らんとす。
「阿蘇と菊池の郡ざかひ、立野の駅に灯はともりたれ」
誰方《どなた》かのお歌がふと浮ぶ。

六　数鹿流滝にて

大津からの帰りだという人と道連れになって疲れた足を引きずって行くうちに、このすぐ下が名にし負う数鹿流《すがる》滝だ、見に行かないか案内しようという。早速元気が出て小さな石ころ道を下ると須臾《しゅゆ》にして一の阿亭《あずまや》のような家の前に出た。あとできくと火事で焼けたので仮にこうした小屋を建てられたそうな。家の中には人品卑しからぬ、主人夫妻と青年の方とが新聞を読んでいられる。こんな旅やつれの姿して失礼だと思ったので軽く一礼して、別にたてられた瀟洒《しょうしゃ》な阿亭のベンチに腰を下ろした。

名にし負う数鹿流滝……思ったよりかも平和だ。水沫《すいまつ》群集して雲となり煙となりつつ徐々《じょじょ》と流れ落ちる。風か雷か、沈痛な響き……。

暫《しば》らくの間はただもう恍乎《うっとり》として目は見て見ざる如く耳は聞いて聞かざる如き夢幻の

境に迷っていた。

「お茶をお上《あが》んなさい」何度もよばれたらしい。でも黙っていたのでとうとうよびに来られた。優しい奥様である。「不自由な事もないのに、そうして巡礼をなさるとは、何という可憐《いじらし》さでしょう。さ、早く、おみ足を注《そそ》いで」と何から何まで何といっていいのか分らないほど親切にして下さる。厳格な裡《うち》にもなづかしい温かみを有《も》たれた主《あるじ》の君や、御令息であろう土地には立ち勝《まさ》って見上げられる青年の方や、きっと由《よし》ある人々だと見受けられた。切《せつ》にいって下さるので今夜はここに泊めて頂く事にした。

　恐れ多いがお名は梅原広一様ここは菊池郡瀬田村立野〔いまの阿蘇郡長陽村〕である。「わしも娘や息子を熊本に遊学させているのでそれが貴女《あなた》位な年頃だから一だんと同情するのじゃ」何という懐かしい深みのあるその声その態度、私はちょうど郷里の父に会ったように嬉しかった。

　夜はいろいろな話をしたり、さびしい滝の音を聞いたり、下へいっちゃ危ないといって下さるのを聞き流して散歩したり、小さな声で歌ったり。悠《はる》かに熊本を偲び、父母を□(思)い弟妹をなづかしみ、人を想い、身を嘆き、くれ行く草山の淋しい曲線にも限りない哀愁を覚えて一頻《ひとしき》り漂泊というかなしみに繊弱《かよわ》い胸を曇らせた。

七　立野から坂梨へ

六月六日。立野を出でていよいよ外輪山の懐に入り身は阿蘇谷の中央を横ぎりつつ進む。珍らしいと思ったのは此所彼所《ここかしこ》の草原に放たれた、自由な牛の群である。赤瀬橋というを渡ると、そこのすぐ袂《たもと》の家で大工たちが仕事をしていた。曰《いわ》く「よか所の娘でも病気ばかりは仕方がない。前世の罰だろう」苦笑しながら歩いて行くと向うから乞食の子が三人、愉快そうにやって来た。歌うをきけば、

二度とこの世に来るじゃなし
頼みますぞや観世音

引き続いてその親が来る、意気頗《すこぶ》る揚々たり。宜《むべ》なるかな沢山貰いためた袋が汚らしくブラ下っている。無恥の者よ汝は悲し、でも私と同類項のような心持がする。向うでも親しみを有《も》ったような瞳して私を見て行く。何か話しかけやしないかとハラハラしながら身をすくめてやっと無難。

私は今日非常に恥しい事に出会った。それは或店で草鞋を取更えた時である。そこのお上さんはしみじみと私を見て「すみませんがどうぞ私の志をお受け下さいませ」と腰を低くして、さて何をするかと見ていると、お米を盆にのせて来た。さあ大変、此度《こんど》こそは貰わなきゃかえって変だとは思うけれど肝心の私の袋には詩集とノートとペンとが入っている。

ああ弱った、マゴマゴしていると、それを見てとったお上さん、では袋を上げましょうと、これが頭陀《ずだ》袋というのか変手古《へんてこ》な袋にお米を沢山入れて下さった。もうこそ（ママ）耐《たま》らない、でも貰わなきゃ失礼かしら、やっとお受けして二、三町〔一町は約一〇九メートル〕ブラ下げた間の苦しさ。ここにすてて置いたら誰か拾うだろうといって道ぎわの草の上に置いたり、でもあのお上さんがこれを見たら気を悪くしやしないかと気を兼ねたり、そこへちょうど乞食坊さんが来たので、幸に上げようと思うがいい出せなかったり。とうとう投げ出して一散に逃げて来たのだ。ああ済まない事をしたと思ったが仕方がない。お昼すぎ坊中に着く。碧水小学校という小学校の門前を通ると先生が二人出ていらした。生徒がゾロゾロついて来る。ホトホト厭《い》やになった。うつむきがちに坂梨《さかなし》の町〔いまの阿蘇郡一の宮町〕に入る。例によって人の目をそば立てしめたらしい。笠の下からのぞくよ

うにして、

「まだ若い娘だよ」なんて不審がる若者もあった。

街道を村の方へ辿って行くとも早《はや》夕ぐれである。疲れきったので路傍の石にかけて真っ赤な入日を眺めていると、泪《なみだ》がはらはらこぼれ落ちて止度《とめど》がない。一体どこに泊ればいいのか、日は刻々に落ちて行く。

ああ、私の行く手はいずくへ。

八　不審がる人々（上）

途方にくれて悄然とうつむいていると、そこへ二人連れの村の人と覚《おぼ》しきが通りかかって「これは、若い巡礼さん一体どうなさったのか」と問い寄った。そして「宿なら、心配なさるな。このすぐ上にお寺がある。名高いお寺だ、行ってお頼みなさい」と細々《こまごま》道を教えて下さった。教えられた通り行くとすぐに分った。大きい欅《けやき》を有《も》った浄土寺という奥床しい寺だ。ちょうどとりこみ中らしく何だかゴタゴタしていたけれど、穏和で、温かい和尚様（というと御老年のようだがその実はまだお若い）は快く許して下さった。

ここにもなづかしい優しい坊守《ぼうもり》さまがいらして、心から労《いた》わって下さる。例の如く事情をきかれて大弱り、心願の由《よし》話すと「なるほどナ」というのでその夜は暖かく寝《しん》に就いた。

翌《あ》くれば六月七日、一天晴朗朝日うらうらと照る。まだ顔も洗うか洗わないうちに昨日会った二人連れの一人の方がやって来られた。そして、しんみり和尚様と相談していられるらしい。それが私の事だ。

「どうも由ある家の娘らしいが何か失敗があって無断家出をしたのじゃあるまいか。それならどうにか世話したい」というのだ。

とうとう私をよんでまた事情をきかれるという段になった。

若い女の一人旅——それは、こんなにも怪しまれるものなのか。呆然《ぼんやり》出て来た私にはこうした現実に遭遇しようなぞかつて考えた事もなかったが。仕方がない、最早ありのままを語らざるを得なくなった。

「あ! そうでしたか。でも余りに若すぎる」という。

ああわが身よ、忽然《こつぜん》老いて枯骨《ここつ》になれ。この苦しき懐疑を奈何《いか》にせん。

でもその場はそれですんだ。それから昨年四国へいった人があるから、今日はここに休んで話をきけという。それは望んでもない事だと早速諾して、洗濯したり、ゆっくり休んだりしているうちに、先刻の人の家からわざわざ使がきて招ぜられた。好意無にすべからず、すぐにその家に行く。そこは水車場で、井野嘉久馬という人だそうな。みんな集って私のために茶を汲んだり種々好遇、しかも三町の上離れた町から、忙《せわ》しい中を先にいった四国詣での夫婦の方をよんできて委《くわ》しい事を一々きかして下さる。

九　不審がる人々(下)

その話をきくと大変だ。旅費の事も心配だ。五、六十円も入《い》るという。それに、どこの山ここの山では若い女が殺されたり、姦《おか》されたり、それもいまの時節が一番わるいという。

私は心細くなってきた。でも構わない。生といい死という、そこに何ほどの事やある。私は信念を得たい、驚異を得たい、歓喜を得たい、さもなくば狂奔を得たい。とにかく苦しみ悶《もだ》え泣き喚《わめ》いていく裡《うち》には例え方なき尊厳な高邁な信仰にも到達するであろう。私の生くべき途は、も早それ一つにあるのだ。私は、世にも尊《たっと》い美《うる》わしい気高い女であらねばならない。そうなる事が出来なかったらむしろ死んでも構わないのだ。

迫害よ！　来れ、妾豈《あに》おどろかんや。

妾はあくまで八十八ケ所の難を踏破せねばならぬ。屹《きつ》と決心して寺に帰ってくると道で二人連れの、もう一人の方に出会った。石田万太郎という人だそうな。この人も私を説きなだめ熊本に帰れとすすめてくれる。

好意多謝！

ただ妾が心を誰か知らん。月よ日よ、照れ！　照れ！　そして妾と共にあれ。妾が心真《しん》に清し。

夜に入って風が少し吹き出した。和尚様や坊守様と温い夕食の膳に向い四方八方《よもやま》のお話を承わる。この寺は九州で十七番の霊場＊で、火災に二度も襲われたため、荒れに荒れてしまったが坂梨のお観音様といえば近郷誰知らぬなき名刹《めいさつ》だそうでその御本像は、御秘仏になって居るとか。

何というなづかしいお寺だろう、いかにも霊場の心地がする。と話し中に戸をたたく者がある。風かときけばそうでない。やがて訪《と》う人の声がして土地の有志とも思《おぼ》しき人が入ってこられた。「この人が巡礼さんですか」と冒頭第一は恐縮の外ない。豈計《あにはか》らんやこれもまた妾がために訪ねられし人ならんとは。

「若い、若過ぎる」とは誰も等しくいうところ。

ああ、今こそ呪うべきわが若さかな。

「では用心してね。折角お大事にお詣りなさい」結局は、これで了《おわ》る。

翌くれば六月八日、いよいよ、和尚様や坊守様とお別れの時が来た。これも何かの御縁だと思うとやっぱり泪《なみだ》がにじみ出る。和尚様は、いつになく厳《おごそ》かに「実は私も未だにやっぱりいぶかっている。貴女の挙動をつくづく見るに一方《ひとかた》ならぬ御家庭の令嬢だとしか受けとれぬ。お話しはきっと、真個《まこと》か」「ええ、きっと。いずれお解りになる時節も来るで御座いましょう」「それじゃ安心するがくれぐれも体を丈夫に。また此方《こっち》へでも来られる事があったら親類だと思って訪ねてくれ。お礼なんかそんな事決して不要《いらない》。ただ目的を貫徹なさい」

きいている中《うち》に泪がこぼれて来た。ああ世の人々はかくも卑しい私をこんなに労わって下さるのか。

何という幸福な私だろう。

阿蘇郡坂梨村〔いまの一の宮町〕浄土寺(曹洞宗)坂本元令様――こは妾が永久記憶忘る

べからざるの、おん名である。

＊熊本城下から阿蘇谷（阿蘇カルデラの北半を占める火口原）を横切って、豊後の鶴崎（大分市）に至る豊後街道は、鶴崎から船で大坂・伏見へ直行することによって、熊本から関西に至る――後には江戸に至る、最短距離の道だった。加藤清正が軍事道路として整備し、細川氏の代にも参勤交代の道として使われ、整備された。逸枝もおおむね、この道筋を辿ったと思われる。

郷土史家嘉悦渉氏のお話によると、道が出来るにつれて聖地が創られ、阿蘇谷と南郷谷（阿蘇カルデラの南半を占める火口原）に、阿蘇西国三十三カ所が信仰を集めた。一番札所の西巌殿寺は、はじめ噴火口に造られ、後に阿蘇郡阿蘇町黒川の坊中に移された。近年はこうした信仰にも衰退の傾向がみられ、逸枝が泊まって厚遇された坂梨の十七番浄土寺も、無住になっているという。

十　坂梨から竹田へ（上）

朝見送られて浄土寺を立ち、坂梨の急坂にかかる。途中一茶屋に招ぜられて暫らく休息す。女主人《あるじ》曰く「貴女でしたろ、昨日お寺に泊った巡礼さんというのは」、「ええ私で御座います」、「村の衆がここでいろいろ評定《ひょうじょう》してじゃ」

坂を上りきると、阿蘇の連峰すでに西南に霞《かす》む。いざさらば、名残惜しまるる大阿蘇よ。波野《なみの》とはその名の如くうねうねと波なせる草丘が、右に左に姿優しくつづいている。雨が、ほそぼそ降り出した。雨具をかついで、静かに歩く。ああ今まで私の心は、非常に不快にぐらついていた。羞かしいと思ったり悲しいと思ったり心細いと思ったりその証拠には人の噂が一々酷《ひど》く気にかかる。でも今やとみに美わしく高く世の一切の喜楽悲愁を超越して、いうばかりなき快《こころ》よさに浸りゆく心のうれしさ。

人間は虚栄《みえ》を張る事が一番苦しい、人に気兼ねをする事が一番煩わしい。有りて有らず見えて見えず聞えて聞えざる天真《てんしん》一潔の独りの心こそ何と楽い心だろう。そこにこそ最も尊い最も豊かな愛がわく。天地悠々の裡人生あり。離れて離れず一切を熱愛す。私には、今些《いささか》の不安も憂愁もない。日暮れなば睡り、夜《よ》明けなば歩く。暴慢を捨てる事と軽佻《けいちょう》な誇をなくする事とには、かなりに骨が折れた。

ああ私は人の前で得意そうに字をかいた。何という心の醜態だ、何という情ない有様だ。書くべくば書きもしよう、読むべくば読みもしよう。

ただ私のありのままなれ。

であるがここに一つ。世の中の人たちは百が百といってもいい位私という者を理解しちゃくれないのだ。それはいい怪しんだら怪しんでも構わない。しかしそれのために面倒な事を惹き起すのがうるさい。若いという事が何だろう、女という事が何だろう、一人旅という事が何だろう。この悠々の天地を楽み、高邁無迷な信仰に憧がるる私の心――それを人々はどうしたって信じちゃくれない。

何かよほどみじめな事情があってそれでこうした旅に出たのだとより外思っちゃくれない。悲しむべき憐れむべき人々だ。彼らの頭には実にこびりついた迷いがある。ちっぽけな、世の中がある。彼らの信仰は迷いの信仰だ。なぜ彼らは天を仰がないか。なぜ彼らは「お大師さま」を研究する事が出来ないか。なぜ恐れ多いというのだ。要するに彼《か》れらの心は非常に低い。それじゃ、とても真の信仰とはいわれない。今にして釈尊の唯我《ゆいが》独尊を思うこと切《せつ》。

心放《はな》たれてあれ、自由なれ。――こういうと、すぐに、危険思想視する世の中だから始末に了《お》えない。

ああ、弘法大師、日蓮上人、思い来れば、かかる人は総て偉大だ。

十一　坂梨から竹田へ（下）

足いよいよ大分県に入《い》る。管轄境界標に曰く、

距《さる》熊本県元《げん》標十五里十七町四十三間

距大分県元標十五里十一町十五間

一方は熊本県阿蘇郡波野《なみの》村大字小園《そんおおあざおぞの》。一方は大分県直入《なおいり》郡菅生《すごう》村大字小塚（いまの竹田《たけた》市内）。肥後と豊後の国境だと思うと何となく泪ぐましい。ああ郷里いよいよ遥《はるか》である。

熊本は見れども見えず伸び上り伸び上りつゝ涙はてなし

随分疲れて来たので、とある樹蔭《こかげ》に休んでいると、ガタ馬車がやって来た。「姐《ねえ》さん、お乗んなさいまし。お銭《あし》は決して要りません」という。一鞭振《ふる》うや馬は脱兎《だっと》の如くかけりて忽《たちま》ち竹田町に入る。竹田中学の所在地。やや賑やかな町だ。下車するとすぐ人に教えられて新高野山（瑞泉寺）に至る。至れば坊守あり、曰く「折角だが泊めることは出来ません。見れば十五か十六げな、とても一人じゃあるまい。一人で歩くよな面体《めんてい》じゃない。さ、下の旅館にでもお出《いで》なされ」

日すでに落つ。妾言葉なく悄然と、寺の石階《きざはし》に佇《たたず》む。坊守障子を閉ざして、姿を見せず。あー妾いずち行くぞ。さらば、寺よ、坊守よ、妾に些《すこ》しの恨みもあらじ。ただ行かん、行かるる処まで、倒るる処まで。夕闇仄《ほのか》な場末町を、うつむきがちに歩む。

傍《かたえ》は川なり。心怖《お》びえざれ、憂えざれ。闇、何ものぞ。瞳を天に上げて心欣然《きんぜん》、歩むこと数町、忽然後《うしろ》に声あり。「巡礼さんどちらへ行きます?」ふり返れば若いお上さんである。「それは、それは。じゃ私の家へいらっしゃい。お宿上げますわ」

捨つる者助くる者世はおもしろきかな。道々静かに思い静かに微笑《ほほえ》みつつその家に至り一泊。家内中皆《みな》心やすき人々ばかりであった。ここは、

「大分県直入郡岡本村狭《はさ》田〔いまの竹田市内〕七二七古谷芳次郎様宅」

雨が酷く降り出したので「きょうも滞在なされ」というお言葉に甘えてまた御厄介になる事とした。

ああ何という淋しい日だろう——思えばつくづく不思議だ。こうして分らない未来へ一歩一歩踏み込んでいく私の運命の数奇さ。

今から五十日の後の私は如何《いかん》。三十日の後の、二十日の後の、十日の後の更に一日の後の——私は呆然《ぼうぜん》と、大分から汽船に乗っていく時の事を今考えている。雨はますます降る。

十二　竹田から中井田へ(上)

此家《ここ》の人たち、みんな親切で今日は雨も降るし休んで行きなされといわるるままに一日ゆっくり遊ぶ事とした。

十日午前九時頃見送られて出発、足いよいよ大野郡上井田村《かみいだ》〔いまの朝地町〕に入る。空模様甚だ険悪だけれど、そんな事は何ともない。心が一すじに豊《ゆたか》で乱れないという事にのみ私の唯一のよろこびはある。さて今日は何処に泊るやら、でも泊めなかったら歩くまでだ。今から種々《いろいろ》尋ねられる事が面倒でたまらぬ。私の修養のない心はこれによって様々に乱される。ああまだ駄目だ。暫らく笠を脱いで休んでいると、小さい子供が三人通りかかった。そして私を見ると、ちゃんと礼をして「いまが帰りで御座います」というう。きけば上井田尋常小学校の一年生だそうな。言葉もなかなか明瞭だ。平素の訓練が思いやられる。

大分に来て感心した事は、道路に、必ず木標が立てられてある事と、子供の礼儀が正しくて言葉が明瞭な事などである。なるほど山は多い、道の両側はすっかり山だ。しかし学校なぞはみんなかなりに整っている。私は此度《こんど》の旅行でこんな事をしみじみ考えた。

吾々が理想とすべき最高人格に到達する階段としては、第一に解放せられよ、第二に愛せよ――この二つである。前はあくどい装飾だの、汚垢《おこう》だのをスッポリ脱いで、本然の生地に帰る事で、後はその上に温かい美《うるわ》しい聖《きよ》らかな艶《つや》を添える事、艶というのが悪かったなら輝きとでもいおうか。

養老という学校の前を通るとそこの生徒たちも正しく礼をする。それにその態度がいかにも穏かだ。

村を離れると夕陽がいかにもさみしく照らしている。ああなづかしい夕陽のかたに我が熊本は――。

今夜は何処に泊るか、少々これが問題になって来た。真っ暗な村の中をとぼとぼ辿っていると向うから白装束の遍路がやって来た。四十年輩の女だ。天草《あまくさ》の者だという。四国からの帰りだと。

種々話して聞かせるのを聞くとどうも宿が困るらしい。なかなか泊めてくれないそうな。それに旅費が四、五十円では足りなかったので、修行*して来たのだと――。ちょっとだけ心細く思った。

実のところ私の財嚢《ざいのう》は既に空《から》だ。

ままよ、別府で費《つか》い果して、無一文で四国をまわろうと考えついた。

そうだ、そうしよう。生も死も天命だ。ただ郷里の父母は――。

否《いな》、信あるところ何ものが(ママ)恐れん。

行こう、行かねばならぬ。

無一文で行かねばならぬ。八十八ケ所の霊場、わがために輝きてあれ。
＊　ここでは托鉢《たくはつ》をして巡礼するの意。後には同じ意味で、「修業」が多く使われている。

十三　竹田から中井田へ(下)

決心いよいよ固く、とみに勇気に充ちて歩いていると陽は全く没してしまった。

ふと、とある小屋から声あり、

「お遍路さん、お休みなされ」

ふり返れば七十余りのお爺《じい》さんだ。

「今夜はここで泊ってお出《いで》」

といわれて泊る。

お爺さんの名は、大野郡東大野村中井田《なかいだ》〔字牧上《まきがみ》、いまの大野郡大野町大字後田《うしろだ》〕伊藤宮次《みやじ》〔後年の著書には伊東宮治と記されている〕さま——。

非常な信心家で見るからに慈《いつくし》み深そうだ。

親切な事、親切な事、あまりに勿体ない位。

私の笠に何にもかいてないのを見て近所の人を頼んで書いて下さる。

湯を浴びて早く寝に就く。安らかに睡る。ふと「姐《ねえ》さん姐さん」とよび起されて、ハッと目を覚ますと、

「お前は、観音様をお供しているのだな」という。

不思議な問いである。「否《いい》え」と答う。

「いや隠しても駄目だ。お前は観音様と、因縁が非常に深い。でなけりゃ今の不思議が、あるわけない」

「今の不思議とは?」

「それはこうだ。わしが寝てから三十分間ばかりしたかと思うと、まだ眠ってもいないのに上から、夢のように七つ八つの天冠を被ったお稚子《ちご》と、もう一人それの姿はよく分らなかったが私の頭の上あたりに下りてきて直《すぐ》消えてしまったのだ。きっと観音様に

違いない」という。

私と観音様――縁は全くあるに違いない。私の兄が幾人も続いて亡くなるので、清水《きよみず》さまに願をかけて生んだのが私だ。これが観音様の十八日に生まれた、というのも不思議と見れば不思議であろう。

とにかく、その後いろいろな事からして私の母は非常な信心家となっている。で私どもも十八日には必ずお祭りを行っている。

そんな事は一寸も話さなかったがお爺さん、つくづく私を見て、お前はこう見てみるとどうも人とは違う、一たいの挙動から、あまりに智慧《ちえ》が多すぎると最初から思っていた。

力も三十人力位あるだろうといわれて吃驚《びっくり》した。三十人力とは、いかな事、半人力もないとは情ない。

風が少し乱れているがとにかくきょうはここを立とう。そして別府へ汽車でいくのだ、旅館に泊るのだ、汽船にのるのだ、すると全く財嚢は空に帰するのだ。いよいよ私の意志の試練が近づいてくる。

十四　不思議な運命

六月十三日、きょうも雨が降る。私はまだ大野郡東大野村中井田の、前回にかいたお爺さんの家にいる。のみならず運命は面白く展開した。というのは図らずもこの七十三のお爺さんと一緒に巡拝する事となったのだ。それは前回にかいた観音様一件が与《あずか》って力をなしたがここに一つまた奇蹟？が発見されたのである。

何かの話しからであった。お爺さんの曰く「俺《わし》は新《(御)》四国巡拝中不思議なお仁《ひと》と出会《でくわ》した。頭の禿《はげ》た浅黄の着物に縞か何かのちょっとした物を羽織った年輩六十位の何の装束もつけてない老人で、笠とか杖とかについて細々《こまごま》と注意してくれたが、そのまま見えなくなった。宿でその事を人々に話すときっとお大師様に違いないという。で俺はどうあっても、も一度出会いたいと思っちょるのじゃ」

私はこれを聞いてハテ変だと思った。何故なら、私もたしかに、そんな年輩のそんな風采の人に出会ったのだ。それは立野を出てからホンのちょっとの間道づれになった人で、四国の事について種々《いろいろ》話して下すったのだったが直《すぐ》に分れもしたし、今までついぞ思い出しもしなかった。

面白い事だ。無論偶然ではあるに違いないがと思って、極《ごく》かい摘まんでそれを話すと「有難い有難い。昨夜の観音の御示現《ごじげん》といい今日のその話といい、もう貴女はただならぬ人と極《きま》った。勿体ないがこの爺が、御守護申して巡拝せねば仏にすまぬ。ここ十日余り滞在して下さい、きっとお供しますから」って、何という仰山《ぎょうさん》な事になったろう。

私は吃驚《びっくり》して、呆然と坐っているより外仕方がなかった。

これで私の一人で踏破する企ても破れたらしい、破らなきゃ仕方がないらしい。お爺さん曰く「俺は金はもたん、そいで修業していくのじゃ。アンタもそのつもりで辛抱なされ」

——運命よ、とにかく来れ。私は心安らかにその掌中にねむって行こう。雨は依然として淋しく降る。

此辺《ここいら》は山が美しい。それに柔かな線にくるまった草丘の優しさ、その峡間《きょうかん》は豊饒《ほうじょう》ないくつかの谷をなしている。今しもその可愛い谷底に向って雪崩《なだ》れ落ちそうに繁み合っている四周の崖の緑草にしめじめと細雨が煙っているところはまるで雪舟《せっしゅう》の絵を見るようだ。

「お姐《ねえ》」だの「姐や」だのとこの地方の人たちは私をよんでいる。

おもしろい事があった。

近所の子供が私の金剛杖を弄《いじ》って、「これ、おねがんの」という。分らない。でも何とか答えなきゃ悪い。「いえ、重くはない」っていうと変な顔をした。そのはずだ、これお姐のですかといったんだもの。

それから此方《こっち》の人は、一体に言葉が粘って口がよれてるようだ。それに比べると私の素っ気ない熊本弁は拍子が抜けてるようで都合が変だ。

明日はお節句だというので晩にはお餅をこさえて近所のおばさんが持って来てくれた。柏の葉でくるんであるのと、平ったい葉で挟んであるのと、それから麦の粉にお酒を入れたという、非常に大きい、中みにボッチリ餡《あん》を含ませてある物など、色々様々だ。食《たべ》なさい食なさいと頻《しき》りにいうのでその大きい餅につかまりながら死にそうになって漸《やっ》と食べた。

巡礼の歌　　　　高群逸枝

はる〴〵と豊後につゞく山々に入日久しき夕まぐれかな

父母をひた恋ひて立つ豊後路の風のさ中に湯ぞ流れたれ
おどろかじ疑ひもせじ世の中をさみしく独り旅ゆくわれは
日暮なば木の根茅《かや》の根わが宿の青天井のなづかしきかな
昼ふかき陽の草原のたゞ中に放たれて啼《な》く若駒の見ゆ
さみしさは肥後と豊後の国境《くにさかい》境の谷の夕ぐれの道
紫のふりの袂《たもと》の重ければわれを若しと嘆くたまゆら
巡礼のわれの姿のさみしさに杖なげて立つ阿蘇の夕山

十五　取巻く人々

十三日の夜は弦月が寂しく峡間を照した。ある家から風呂の案内を受けて群がり飛ぶ蛍火の中を無言のまま歩いてゆく。運命の不思議という事をしみじみ考えた。ああわが熊本の街よ、汝もまたこの月光に粛然として照されつつあるか。

旅より旅へ――私は彼《か》のポウのようだ。私はどうしても漂泊の流人としてかもしくば山寺の一尼僧としてこの果敢《はか》ない生涯を消費し尽すべき運命の子であるらしい。

お茶を呑まされ団子を食わされ話をきかされ尋ねられ、ホトホト困ってしまった。世界の万人が啞と盲目であるならばなど不埒《ふらち》な事まで考えさせられるほど——。

しかも一人だって私を理解し得る者はここにはいない。

みんなが眼光鋭く理解しよう看破しようと努力しているのだけれど……。

そりゃ尤《もつと》もである。この変人の狂的な心理状態はどう変化しつつあるか自分にさえ解らない位だもの。

私はたしかに没常識だ。実は自分では不思議とも何とも思わないんだけれど、世間の人々が眼をそば立てて不審がるところを見ると、やっぱり没常識に相違ない。しかしこの辺の人たちはどうも余りに私を買被《かいかぶ》っていなさるようで困る。私の一挙一動は凡《すべ》て注視の的になっているようだが、滑稽できまりが悪かったのは、ある日隅っこで本を読んでいると、此家《ここ》のお爺さん、つくづく感心して曰く、

「アンタは撃剣をやんなすった事があろう。目の配り方が違うからすぐ分る」と。その実御本人は目が据わらないでキョトキョトしていたところだったのである。

十四日附近の或《ある》真言宗の和尚様がふいと訪ねて下すった。

ついて光明真言を承《うけたま》わる。曰く、

掩《おん》(唵)阿《あ》謨《ぼ》伽《きゃ》　毘盧遮那《べいろしゃのう》　〔摩訶母捺羅《まかぼだら》〕　摩尼鉢納摩《まにはんどま》　人縛羅《じんばら》　縛羅韈哩多耶《はらばりたや》　吽《うん》

掩阿謨伽と唱うるその人は諸仏ぼさつも天降《あまくだ》り毘盧遮那と唱うれば大日如来の御身にて説法し給う姿なり――。

和尚様なかなか熱心に説いて下さる。かつ曰く一心とは一つの心、信心とはのぶる心、一つの心を引伸べて一向《ひたすら》に信心する時は、貴女の未来は頼もしいものじゃ。未来とは末に来ると書く、後生とは後に生るると書く、未来後生が大事ぞや……。

お爺さんこれを聞いて熱涙滂沱《ねつるいぼうだ》たり。当の私は、どうしていいか、呆然と俯向《うつむ》いて畏《かしこ》まる。

遊んでいる間《ま》にお寺巡りでもしてみようかなど思いながら――。

十六　小《ちいさ》なる女王《クイン》

何よりかも先に諸士《みなさん》は米の粉の煉《ね》った物をお食《あが》りになった事があるかをお尋ねしたい(但しそのまま醤油に浸して食《たべ》る)。私はそれを今朝(六月十八日)食た。これは例《いつ》もの事であるが起床後洗顔を済ますと人のいない丘陵だの森林だの土橋だのを選んで散歩する。

それから帰ると直御飯《すぐごはん》だ。「私に炊かして下さい」「御いっしょに食ましょう」なんていくらいっても到底駄目だと知ってから私は親切な此家《ここ》の老爺《ろうや》のなさるがままに任していた。

ところで今朝はお定まりのその散歩が少し時間をとって――というのは、ふいと熊本の山が見たくて耐まらなくなったので後《うしろ》の高い山に登ったのだ。そこからは阿蘇山が微《かすか》に見えた。そこで漸《や》っと帰ってみるとお爺さん、隅っこの処で何かコソコソ食《く》っている。私を見ると頗《すこぶ》る、あわてた様子で「どうも済みません、お先きに食べて」という。「いえ、そんな事」軽くこういって上るとどうも変だ。お爺さんの食べ物はベタベタした、白い、お団子の解《とけ》たような物だ。よっぽどきいてみたいと思うけれど、そんな真似って出来やしない。何だろう、独《ひと》でつくづく考えた。上句《あげく》はとうとう我慢が出来ず「お爺さん、それ何？」って赤くなっていうと、

「こりゃ、米の粉だが、おめさん見ちゃいけん」と答える。

米の粉？　食べてみたい。こうした、物ずきな私の心から、とうとう願望《がんもう》成就となったのである。ああ米の粉を食った。私はそれを読者諸士に自慢する事が出来るのを喜ぶ。また、珍らしい風呂にはその後何度入ったか分らぬ。これも合せて自慢するの価値が十

分だ。誰かいう井中《せいちゅう》の蛙《かわず》大海を知らずと、請う言うを休《や》めよ、けだし大海の宝魚区々《くく》たる井中を知らざるのみ。

　と書いて我ながら可笑《おかし》くなった。宝魚なんてどんなものだか知りもしない癖《くせ》に――。実際をいうと私は女王《クイン》とかきたいのだ。全く、近頃の私の生活は小《ちいさ》なる女王そっくりである。ある朝お菓子を食《たべ》て「まあ甘味《うま》い」っていったら、それからというものお菓子攻め。風呂には毎晩案内される。それも第一番に――それまで村の人たち待ってるのだというから仰山だ。ここに困ったことは説経《（教）》の一件が問題になりかけている事である。というのは、月の朧《おぼろ》な一夜退屈まぎれに附近の子供を集めて、何かの和讃に出ていた地獄の話をして聞かしたのが失敗の原因であった。

　若い衆だの村嬢《そんじょう》だの、この分では老爺老婆に至るまで諸々《もろもろ》八万四千衆生《しゅじょう》の参帰《さんき》に接せずとも限らない。心細い事だ。斯《かく》の如きを我聞き一時ほとけ伽羅陀山《きゃらだせん》にましましてなんていってもみようか、こうなると人間はまた囚われる。ああそれは何という詰まらないことだろう。手足被杻械《しゅそくひちゅうかい》、念彼観音力《ねんぴかんのんりき》、釈然得解脱《しゃくねんとくげだつ》――そうだ、本然の我に帰れ。而《しか》してわが一念の存するところに熱禱《ねっとう》を捧げよ。虚栄あるな、虚偽あるな。私は静かに考えなくてはならない。

そこで、仕方がなかったら構わない。私は私の真心から、彼らの低級な信心を打ち壊し、吾々の最高理想が奈辺《なへん》にな(あ)るべきかを話してみたい。

宗教とは何ぞや。「人心の最高理想に対する熱望及《およ》びこれに達せんとする大道である」と誰かはいった。

十七　小なる女王

近頃私は虚空の圧迫ということをしみじみ考えている。つまり生死幽冥《ゆうめい》に対する懐疑不安恐怖懊悩《おうのう》が醸成した果てしも知れぬ圧力である。かつては生何ものぞ、死何ものぞと豪語した。しかしながらいま考えればあれはやっぱり漠然模糊《もこ》とした感情の声であったに違いない。ここにおいてかしみじみトルストイの生涯を思い出す。転々(輾転)悶々《もんもん》、ある時には農奴らの安易なる信仰生活を見て驚異し、心痛ましく動くといえども遂には帰依《きえ》すべき大哲理を捕うる能《あた》わず、依然として転々悶苦した……。

信じ得ること……それは幸福に違いあるまい。実際この豊後の国に足を入れてから特に感じたのはお大師様信心者の実に敬虔な実に一図(途)な実に一向《ひたすら》な実に安泰なその信仰ぶりであった。私は確かに尊敬もし羨望もした。しかしながら、それは到底別世界の人々だという失望よりして私のかたくなな孤独はいよいよ明確になって来たのだ。でもそれらの人々に取っては孤独の私を孤独の私として認容するなんて無論出来ない。つまりそれらに映ずる逸枝はそれら化した逸枝である。その点においていろんな面倒が起る。

此度《こんど》の巡礼旅行について、私は実際うるさくて耐まらないほどの疑惑だの誤解だのを蒙《こうむ》った。願解《がんげ》のためか悪病のためか失敗のためかこの三つの一つに該当しなけりゃ人々は承知せぬ。それからまた此度のように長らく一ケ所に滞在する事となると、ふと私の挙動や無意識にもらした意見などからそれを無性《むしょう》に有難がって此度は私を「仏の再生」に祭り上げる。

極端から極端へ——苦笑せざらんと欲しても能わない。

若い女の一人旅、それはそんなに怪しむべきものであるか。

巡礼になるような人じゃない、と至る処でいわれて来た。何故だろう。

人々の考えは余りに物質的だ。現実的だ。高遠な悠久なところって一寸もない。つまり詩を解しないのだ。こうした輩《やから》のこうした心に基いた信心はどうも報酬を望む事と奇蹟を嘆仰する事等によってのみなされる者らしい。奇蹟から信仰へ——こは仏教といわず基督《キリスト》教その他の無智無明《むみょう》な諸衆生《しょしゅじょう》に対する最初の伝道時代にかえりて見て明かである。本体からいえばそは無論方便だ。

大師和讃に曰く、

真言宗《(宗旨)》の安心《あんじん》は、上根下根《じょうこんげこん》の隔てなく凡聖不二《ぼんしょうふに》と定まれど下根に示す易行《いぎょう》には偏《ひとえ》に

光明真言を行住《ぎょうじゅう》座《(坐)》臥に唱ふれば宿障《しゅくしょう》何時《いつ》しか消え果《はて》て往生浄土定まりぬ——略。

こうして、無智は無智のままに救われるのだ。かの念仏の法なども、実に一つの方便として見て勝れている。無論、祖師法然上人の心境からすれば、多年の煩悶憂苦の末唐の善道《(導)》大師の著観経書《かんぎょうしょ》《(疏)》中より忽然一道の霊光を発見し一向《ひたすら》に念仏するその幽寂《ゆうじゃく》森厳空閑静謐《せいひつ》の心安けさを深遠無限の胸に汲んで、ひたすらなる喜びと信仰とを感じられたのでもあろうけれどいわゆる下根はそうじゃない。

しかしながらとにもかくにも信ある者は幸《さいわい》なるかな——をここに再びくり返しておこう。でこうした私の見地からして最もまじめに経文なり和讃なりを研究してみたいと思い立ったのでその由《よし》お爺さんに話すと唯々《いい》諾々《だくだく》、東奔西走の結果その種の書類が須臾《しゅゆ》ならずして机上山をなすの状を呈した。

十八　逃出したい

滞在幾日、私は今衆人環視の標的みたいになってしまった。すぐ前を馬車が通る。「アレだな」なんていって行く。心よ静かなれ！　私は常にこう呼《(叫)》ぶ。でも駄目だ。

ある日の夕方お爺さんがニコニコして帰って来た。曰く、

「アンタの事が新聞に載っているぜ。エライ学者娘だろテ皆の衆が話していた」

ああそうか、では出たんだなと私はちょっと赧《あか》くなって考えた。退屈まぎれに『大分新聞』へ投書したのだ。

何だろう、それが仰々しくいう必要もない。それなりまたお経の方に熱中していると、今別府からの帰りだといって品のいい五十格好の紳士とこの辺には見かけぬサッパリした令嬢が立ち寄られた。

「貴女でいらっしゃいますか。旅の巡礼の方は」

「ええ」私は極《ごく》低い声でこういって畏《かしこ》まった。

「ヘエ、そうでしたか。ではやっぱり女の方でしたわね。貴女別府じゃ大変だったのですよ、コリャ決して女の筆じゃあないんだってね。きっと新聞社の記者の方が変装し

てこんな事やってるのだってね。でも女だとしたら、実際変だななんて、ソリャ物議紛々で御座いましたわ」

「まあ、そんな反響が」

私はますます赧くなった。「では明日でもお遊びに、ええ直《じき》そこなんで御座いますよ」優しい声を残して帰っていく人の後姿を私は呆然《ぼんやり》眺めていた。元来が閉戸《へいこ》先生の私である。明日はといわれても行く気になれぬ。例によって机(実は古箱)に凭《もた》れて瞑想していると、かえって令嬢から訪問されて恐縮した。大塚文子といわれる方だそうな。我にもあらず生意気をいったりしてあとで不快に耐えなかった。翌日はお爺さん不在、呆然坐っていると荷馬車、客馬車、行人の群が「新聞に出ていた人だ」なんて目を見張って通って行く。その羞《は》ずかしさったら身の置き所もない位だ。中にはわざわざ馬をとどめて乗客に説明の労をとる馭者《ぎょしゃ》さんもいる。人を動物園の動物みたいに思ってるのか。おかげで暑いのに汗を垂らしながら屏風の影(陰)でやっと人目を忍ばねばならぬとは世にも情ない身の末となったものだ。これからお昼うちは向うの丘にでももしくは附近の森林にでも出掛ける事にきめよう。夕方はいい、それに此家《ここ》の夕ぐれは何ともいえない趣がある。こんな事を考えている時、

「御免なさい、貴女が巡礼さんですか」ってお酒に酔った四十位の男の人が入って来た。

「どうぞ私に占《うらない》を見て下さい」という。「そんな事私存じません」おどおどしながらいうと「いや出来ない事はない」と来る。全く困《こう》じ果てているところへ何という幸福な事だろう、「うらないを買って下さい」って足の少し悪い人が両脇に杖をつきながらやって来た。見れば見るほど同情せずにはいられない、さぞ不自由な事だろう。在所は大分県北海部《きたあまべ》郡佐賀関《さがのせき》で名を江藤嘉一郎とよばれるんだそうな。そこで占いの解決がついて先の人は帰る、後の人は暫らく残って話す。

十九　サアの奇観　黄海の宿替

六月十九日、朝飯を食《たべ》ていると、前の道路を頭に桶みたいな物を載せた珍らしい一行が通って行った。皆若い女だ。愉快そうに笑いさざめきながら手をちょっと桶に添えてドシンドシン歩いて行くところは、なかなか立派な体格である。何だろう？　お爺さんに聞くとあれはサアですという。サア？　面白い名だ。何所《どこ》の者ですと聞くと臼杵《うすき》の者ですという。何を売りにと聞くと魚を売りにという。かつ曰く「あれはね、平家の落人《おちうど》の子孫ですよ。サア早く逃げなきゃア大変だというので炊きたての御飯はお握りをこさえる暇もなくそのまま袋にぶちこんで落ちたんじゃと。

　だから御覧、腰の袋――あれには今でもすくい込んだままの御飯が入ってるんだ。サアという面白い名はそこから起《おき》たんじゃ」

　京に田舎あり――もあんな姿かなあと感心する。食後は散歩、軽い浴衣《ゆかた》に緑色リボンの帽子を被った姿、我ながら奇妙だと思いながら例によって人の居ない山道へかかる。ふと向うからちょっと風采の好い洋服の人が歩いて来る。年頃四十二、三でもあろうか、布哇《ハワイ》戻りとでもいいそうな――。

「姐さん」と呼びかけられて吃驚《びっくり》した。「貴女は、土地の人じゃないんでしょう」、「あ、そうかな。巡礼？　そりゃ感心な思い立ちだ」ジロジロ見ながら、いつまでも話しかけるので無気味で耐まらない。

「お爺さんと行くって、年は？　七十三、じゃ大変だ。おやめなさい、僕も二、三日したら行こうかと思ってる。何ならお世話してあげてもいい」

ソロソロ地金《じがね》が露《あら》われかけた。

「僕は先日洋行から帰ったんだ。どうも出てみると世界は広いんだね。横浜から一直線に……」私は何時《いつ》かしら目を輝かせて聞き入った。「それにその途中奇《めず》らしい処もあるよ。黄海といってね、太平洋の真ん中にそこ一ケ所水の色が黄味を帯びて――」これは驚く、黄海の宿替えだ。

かつ曰く「俺《わし》はここに面白い物を持ってるがね。気に入ったら上げても好いが。そうだ、とにかく僕といっしょに来給え。え、明日でも構わない。ホラ此品《これ》だ」見るとメッキ物の時計である。「これで百何円もするのだ。ダイヤモンドだからね」とますます恐縮の外はない。「どうも米国なんざ金貨本位の国だけあって豪気《ごうぎ》だよ。日本なんぞ実際銀貨本位でつまらない」とはいよいよ出《い》でていよいよ情がなさすぎる。

二十　十五か四十か

「どうだ、僕がお世話しよう。郷里《くに》は？　そう、熊本、可愛想に。僕一身を賭して、お世話しよう。いくつになるかな。十五？　可愛いい子だ。ナニ心配はない。そんな指輪なんざお棄てなさい、もっと好いのを買ってあげる」「いえ、此品《これ》は、百何円いたしましたの。そしてね、やっぱしダイヤモンドなの。ホラ金のダイヤモンド随分奇《めず》らしいものでしょう。黄海の宿替えもちょっと面白いんだけれど」

我ながら上っ調子なお饒舌《しゃべり》をして、ハッと顔が赤くなった。それよりかも洋服男の表情が見ものだ。目をぐるぐる光らして、

「何だと、お前は一体何者だ」こういい棄てたまま、あわてて歩き去ってしまった。何という変な男だろう。

四国では土地の人のいわゆるグレ遍路とかいう者が沢山いて、若い娘の一人旅だと見ると、うまく甘言にのせては術策中に陥《お》とし入れる事が往々だと聞いた。でもそうした欺《だま》しに乗るような女はやっぱり無教育な者に多い。女子教育の必要、それはこうした場合にもしみじみ考えさせられる。いかにも生半可《なまはんか》は、いやになる。謙譲を失った生《なま》学問の女ほど、不快な者ってありはしない。そこで、も一歩突き破る事だ。後退《あとずさ》りは卑怯である。

午后余りに退屈であるので、お爺さまにそういって『詩経』を借て戴く。

但し、先日御訪□《問》下すった別府帰りの紳士から(その時貸してあげるって仰せでもあ

ったし)。

するとお爺さん帰来《きらい》告げて曰く、

「あんたは四十だと見られますぜ。どこを見損ったかと俺《わし》そういってやったんじゃ」

とは恐縮。世はさまざまなるかな。

ここらでは最《も》う田植である。ああ我が郷里《くに》はどうであろう。

後四時頃近村の人が来て、四国にいくならちょうど幸い、ぜひ連れてってもらいたい女がいるとお爺さんに頼む。五十位の盲目のお婆さんだそうだ。

お婆さん一心にその事ばかり思い込んでいるという。

「連れてってあげて下さい。お手は私引きましょう」というと暫く考えて後「そうだな。とにかく、明日会ってみよう」という事になった。

お爺さんの心算《つもり》では、野宿山宿《やまじゅく》あらゆる修業に耐えようというのである。これは私も初めからそう思っていた。虱《しらみ》だの病毒だの、ウヨウヨしている木賃宿は大変だ。それに野宿だと木の枝から鍋をつるして御飯を炊くなんて何という面白い事だろう。

お爺さんゴシゴシ竹の筒をこさえているのでそれは何？　ときくと、塩入れだそうな。ではあれをブラ下《さげ》ていくのか。いよいよ、乞食の生活が展開する。歌あり、

「日暮れなば木の根茅《かや》の根わが宿の青天井のなづかしき哉《かな》」

行こう――盲目のお婆さんのお手を取りつつ、静かに静かに歩いて行こう――。青葉は行く手に薫《かお》るであろう。

ああ、札所の山の森厳な夕べ、鳥は未来を謳《うた》うであろう。

赤い落日の前に立つ、老爺《ろうや》老媼《ろうおう》。それにさみしい私の姿は――。

私たちはきっと黙っているであろう。涙がハラハラこぼれるであろう。

二十一　訪問客の色々

六月二十日、朝から大変である。

先ず、坊さんが来る。易者が来る無名氏が来る、参詣人が来る。

校長先生、女《じょ》先生、某自称県会議員。これじゃ実際耐《た》まらない。

なかんずく参詣人はなかなか振《ふる》っている。曰く私たちはチト遠方からお跡を慕って参りましたが、どうか貴女の御一心でお見かかりのこの病気を平癒《へいゆ》させて下さいませ。

気の毒で耐まらない、見たところ七十余りのお婆さんと四十二、三のお上さんだ。

（都合により住所氏名を省く。）

なるほどお婆さんは足、お上さんは首におできが出来ている。如何にも痛そうだ。「貴女様は平常人《ただびと》様ではないときききまして」とは一体どうしたら好いだろう。二人の方がいろいろいわれる度に私は心細く泣き出しそうになって来る。第一いくら「そんな者じゃない」と説いて聞かしても決してきいては下さらぬ。

仕方がない。そこで早速早替わりのおできの神様となりすまして曰く、

「人は信心が大切である。今夜でも帰ったら直《すぐ》「おでき、よくなれ」と三度いって、神仏に念じてそれから寝にお就きなさい。夢々《（努）》疑うことなかれ。

また附近の医師に見てもらう事、これもこのおできの神様のお告げなるぞよ」こうまではいわないまでもとにかく何度か赤くなり青くなりながら、こうした意味をいってきかした。

でも有難いものだ。平身《へいしん》平蜘蛛《ひらくも》の如くにして唯々諾々たり。

ああ期せずして、職業が一つ儲かった。帰熊《きゆう》後は早速おできの神様になってやろう。

次に井田尋常小学校長森勇氏、小泉千代、武内千足《ちたる》の両女先生を引率、わざわざ御訪問下さる。真《まこと》に恐縮、色々な話が機《はず》む。宗教上の所感、人間各自の生活態度――なかな

か面白い。

「明にして明ならず不明にして不明ならず。とにかく、漠然とした希望の底に光輝《こうき》灼々《しゃくしゃく》たる理想の火が燃えている。現実、実在というものそう不安でもなけりゃ寂しくもない。ただいわゆる虚空の圧迫はある。無論私は現実を否定しようとは思っちゃいない。否《いな》進んで肯定する。

尼に？　そりゃ尼になるかも知れない。しかしながらそのためにのみこうした行動に生きつつあると思ったら間違いだ」

なぞ、柄にもなく生意気をいって後ではいいしれぬ、不快と悔いと寂寥《せきりょう》とを感じたりした。でもかなりに熱しかなりに激し、顔を赤くし眸《ひとみ》を輝かせて若い血潮を跳《おど》らせた私の姿はどんなものであったろう。

談論数刻、日既に晩《おそ》し。よって「向後《こうご》も必ず御交際を」といいかわしつつ別袂《べっぺい》。夜は月明夢《げつめい》のようだ。ああ！　天地よ、人生よ、孤独よ。

私の現実は一体何だろう。そしてどんな未来の種因《しゅいん》をなしつつあるか。

二十二　未亡人か鳩山式

六月二十二日朝、散歩のついでにこの村での旧家としてまた漢学家として多少名を知られた大塚氏をお訪ねする。ここでもまた私に対する世評のいかに紛々であるかを聞かされた。

先ず想像は未見と既見とによって違っている。前曰《まえ》く、

「軍人の未亡人じゃ、それに相違はない。もしくは鳩山（共立女子学園創立者、鳩山春子のこと）式かね。各地方の婦人の生活状態を調査して後日大《おおい》に飛躍せんとするの参考にし云々」

後曰《のち》く、

「どうも解らない。やっぱり何かの失敗で家を飛出した娘らしい。それからあの新聞記事は誰か男がついていて書いてやるのだ」

随分得手《えて》勝手な想像である。そこで最後の手段としては直接会って話してみたい——となって来る。でももしか新聞にかかれたらとそれを恐れて逡巡する。で、こうした幾多の人々はわざわざ用を作って宿の前を往来《ゆきき》する。

「今日は柱に凭《もた》れていた」「今日は上り口にかけていた」「足はブラ下げていたか」「いや土間につけていた」「はき物は?」「草履だ」「おい今日はニッコリしたよ」

まるで見世物だと思っているのだ。また郵便局の集配人は、郵便物の詮索《せんさく》だ。曰く「きょうは熊本の新聞社から何か来たよ」……。

とにかく貴女を中心に一問題が提議討論されつつあるのじゃ、折角御自重なさいといわれて私はひたすら恐縮した。中には私の例の記事を切りぬいでる人たちもあるそうな。で暫らく『大分新聞』の方には投書を中止していたら手紙が来る、何だ彼《か》だというさわぎ、まるでお祭り騒ぎのようだ。しかも御本尊が犬だか猫だか但しはお腫物《でき》の神様だか分らない。ただ呆然《ぼんやり》驚いていられる始末だから実際お気の毒な次第である。

午後は、何時《いつ》ぞや御出下《おいで》さった井田校の武内先生の御訪問、談話は自然教育界の方面へ飛ぶ。この辺で先ず有数な女《じょ》先生だと拝察した。曰く女教員問題、教案の様式、補習教育、話はいつまで経っても尽きない。

「とにかく当局の方針も余りに姑息《こそく》だ。何故なら真に女教員その者を根本から救済しようというのではなく女教員なる者をして可成的《かせいてき》現在に有効ならしめんと汲々《きゅうきゅう》している、としか思われない。その証拠には女教員講習会、女教員修養会なぞ頗る盛大な様子らしいが、どうもその内容が余りに一方に偏している。曰く裁縫、曰く家事――いわゆる長所発揮という点にのみ眼をつけてこれが唯一の女教員不振問題解決法だと思われているらしい。私の地方ではかつてある校長が女先生は学理よりも実際が必要だといった事があるときいた。しかもこれについては誰一人不快にも思わないし女教員御自身もなるほどそうだと、合点する。何という間違いだ。彼らは女教員を全的に救済しようと思っているのでなく部分的に引き伸べようと試みつつあるのだ――」

私は例によって痛烈な生意気を発揮する。あとで聊《いささ》かお気の毒にも感ぜられた。では末長く御交際をといいかわして、お別れとなる。

日既に傾き須臾《しゅゆ》にして暮靄《ぼあい》蒼然たり。立って柱に凭《よ》り心いうばかりなき悲哀にみたされつつ落日を見る。

ああ我心よ、常に静かなれ、常に高かれ、乱るるな、そうして優しく虔《つつ》ましかれ。ああ！　早く行きたいものだ。彼《か》の森厳な霊場へ――。

瞑想多時、既にして月光模糊たるを見る。「アンタかな経文を何でも彼でも写すのは」誰か来て私にこういいかけた。よく見ると坊さんだ。

かつ曰く「無暗《むやみ》に読むと罰《ばち》が当るじゃ。またそんなに記《おぼ》えられるものじゃない。注意なされ」とは先ずかたじけなし。

二十三　生意気なシロモン

先ずシロモンの意義からいわなくては解らないであろうか。実は御本人のいわゆるシロモンさえ分らないので仕方がない。ただ私の事を、あるお上さんがシロモンといったので、面白いと思って早速頂戴した次第である。

ところでこのシロモンこの頃非常に生意気となった。

月明の夜お爺さんを済度《さいど》せんと欲して曰く「お爺さん貴方は月をどんなに思って眺めますか」老爺《ろうや》答ならずして啞然たり。妾得たりとばかり「この際涯《さいがい》なく照り満ちた月光の底の底から聖《とうと》い寂しい泪ぐましいいいしれぬ一種の感じを感得しうる者こそ高い尊い信仰にも蘇える事が出来るのである。お爺さんよろしく月光の幽寂《ゆうじゃく》を味わい給え」お爺さん以て有難い有難いとなす。妾即ち得意然としてかつ思うらく「人を済度せんと欲さばよろしく不得要領《ふとくようりょう》なれ。そは不明なり不明は神秘なり。神秘は霊感を促し霊感は信仰を醸成す」

またある時一法師あり来り問うて曰く「何を読む？」シロモンその時ちょうど『易経』を読んでいたのでその由答えると「ああお経か、とにかく感心だがアンタにそれが解るかい。改めてきくが一体お経は何と思ってよむんだ」この法師時々やって来てはこんなへ□（マ）をいうから面白い。「光明を求めんがために」妾頗《すこぶ》るまじめだ。「分った、光明かい。じゃ光明真言を借（貸）してあげよう」まるで駄目である。しかもこの法師いつまでも去らない。

「アンタは新聞に何か出したゲナ。狂句かな、歌かな、俺も出したじゃ。是非一つこの紙にそれを書いとくれ」

なかなかきかぬ。どうも仕方がない。諾《だく》！　かきましょうといってスラスラと書き流す。曰く、

「ままよヤケくそ一寸先きゃ闇よ今宵極楽明日地獄」かつ説明して曰くこれには節もありますよ。

法師唖然として去る。ここにおいてかシロモンの生意気ぶり光輝を放つこと灼々《しゃくしゃく》として太陽のようだ。

シロモンこの頃しみじみ鬱滞《うったい》を感じ出した。この所滞在する既に十日、どうも退屈で

耐まらない。生れつき楽《がく》を好むが故に三味線でも何でもいい人のいない月明の深夜ただ独りで弾きたいからと相談に及ぶと早速琵琶の半壊れを借り出す事が出来た。

うれしい。夜に入るのを待ち長く思う。よって時の到るや端座し咳一咳《がい》す。お爺さんぜひ弘法大師のお山開きをきかせろといってきかぬ。仕方がない。妾悄然として弾ずらく、

「げに梅檀《せんだん》はふたばより香《かん》ばしとかや。宝亀五年は夏も半ばの青葉かげ名のるや声の時鳥《ほととぎす》……」

出タラ目文句でなかなか難かしい。続けて曰く、

「生れたまえる讃州《さんしゅう》は屛風が浦」で味噌をつけてしまう。でもお爺さんつくづく感心してそして曰く「どうも軍談に消《に》ているようだ」口惜しい。これでシロモンの生意気廃業という事となった。人間生意気のシロモンたるなかれ——こう書いて私はいま或たまらない不快を感じている。ああ！　筆を擱《お》こう。風が大分吹くようである。

二十四　巡礼ロマンス㈠

書いていいか悪いか実際分からない。ただ私が単なる興味を以てのみこうした事に対している、と思って頂いたらそれは誤解である。無論、十分敬虔な謙譲な態度と思索とを以て――それが本当だ。

某日一の封書が舞い込んだ。幼稚な筆蹟で大略次のようにかかれてある。

「私は十五才の少年だ。あなたが私の家の前を通られた時、何とも例えられぬ心を以て町の人々と共に見送った。あなたは幾才になられるか。

また、御郷里は熊本の何処《いずこ》。新聞で読んだ時実際どんなに驚いたろう。

私も四国へ行こうと思い立っている。何月何日に出発されるか。美人だから妻になんて、そんな考えはない。

(とは恐縮の至りである。しかし実際こう書いてあるのだから耐まらない。)

是非返事をくるるように。一心に待ってるから――」

私はどうしようと思った。返事はやったものかやらないものか。

揚句端書《はがき》にこう書いて送った。

「お手紙拝見、あなたの御健在を心からお祈りいたします」

その人の在所は宿から四、五里離れている処だ。

すると押し返しまた手紙が来た。曰く、

「おめにかかりたい――」

私は、その日も訪問客に接したりしていたので実はこの手紙は箱にしまったまま日暮まで忘れていた。そこで慌ててよんでるところへ、

「ご免下さい」って誰か来て、手紙のようなものを上り口に置いて、逃げるように行ってしまった。

吃驚《びっくり》しながら取り上げてみると、

「いま参りました」とかいてある。では戸外で待っているに違いない、私は無意識に立ち上って出てみた。

いない――誰もいない――仕方なく内にはいって御飯を食べたりしている中に全く昏《くら》くなってしまった。でも月光が雲を透かして四辺《あたり》の風光を靄《もや》の底に沈んだ古い名画のように照らし出している。

私は怯《おび》えたようにソッと戸外を覗《のぞ》いたりしてその夜は早く寝に就いた。

すると、よほど経ってから、哀しい口笛が響き出した。私は、すぐにそれと直覚した。何となくあわてながら、でも遥々《はるばる》きたのにこうしている事は苦しい事だと考えた。そこ

で何の思慮もなく戸を排して外に出てみた。案の如く一少年が、淡い月光を満身に浴びて立っている。此度《こんど》は逃げないで。

「いらっしゃい」私は大きな声を出した。でもなかなか来ない。私も変だから行きたくない。でも仕方がなかった。私はお姉さんらしい態度をとりながら(自然に)、

「あなたは○○さん？」というと、

「ええ、そうです」と此度は元気づいて来た。

「四国には何時《いつ》立つんです」

「さあ、まだわかりません」

「すぐに立ちますか」

「いえ、もう暫らくは」

「じゃ、僕――」

「帰るんですか」

「え、そして僕」

こうしてとうとう別れてしまった。それからまた手紙と雑誌とが送られてきた。雑誌は某少年雑誌、中にその人のが出ている……。これ書いている時、また手紙が――。未

来は分らない。でも私は返事を上げないで別れ去る事に、憧憬を有《も》っている。小さき人よ、さらば。

二十五　巡礼ロマンス(二)

今まで書かなかったが此家《ここ》のお爺さんは一方の目を失《な》くしている。そこで職業は按摩《あんま》である。ところで近頃毎日のようにやって来る青年がある。青年といってもまだ小さい。そうして、折角きても決して此家では施術しちゃもらわない。「きょうも自宅《うち》に来て下さい」といいにくる。

その青年は私もよく知っている。無論それまで一語も言葉を交えた事はなかったが私はしばしば案内されてよくその家へ風呂を頂きに行った。

いつ見ても部屋の窓際に洋灯《ランプ》を点《つ》けて一心に読書している。

ある夜私は、例のようにお爺さんと近くのお上さんとの三人でその家に行った。月は昼のようだ。ちょうどそこは、山と山との峡間《はざま》で岩の間を深く、ねり込んだ川がチラリチラリ光って流れている。人々は、赤い洋灯の光の下でガヤガヤ話し合う。私にも来いという。断《ことわ》ったら悪いと思うので、おとなしくそこに坐って飲みたくないお茶を飲んで聞きたくない話を聞いてほとほといやになってしまう。そこで逃げるようにその場を立ってただ一人月光の渚に下り立った。

熊本を思えば哀しい。かの住みなれた町に残せる親しき人々よ。郷《くに》を思えばこの胸は、裂けんばかり。更に郷里の父と母、可憐なる弟妹、ああ更にまた迥《はる》かなる人よ友よ。私の未来は？　運命は？　月は照る——私は独りで豊後の国の名も知らぬ川の畔《ほとり》に立っている。いつかしら「セーヌの河畔」が唇《くち》に上った。歌っているとつい泣き出してしまうのが私の癖だ。

人もない我もない天もない地もない。ただ歌と泪とのみ。

その夜はかなりに興奮したままで暁方までグッスリ寝込んだ。

目を覚まして、手水《ちょうず》をつかっていると、お爺さんがそこにきて、今朝あの家に行ったこと、息子が歌をかいてくれたこと(お爺さんは頻《しき》に、学問好きで三十一字の歌でも作り得るという点から息子をほめるのだ)、それは私が昨夜歌っていた事□《(を)》題材にしたものだという。

曰く「月のもと少女うたふぞなづかしきおろかの吾ぞかなしかりける」

外に四、五首。

私は啞然としてそれを眺めた。

風呂にいくのが何だか変なようだ。歌でも何でもきかれてしまう。

そこで暫らく行くことを中止《やめ》にした。すると二、三日後是非来いといわれて断りもならず行くと、ちょうどその人が私の入る風呂の火をたきつけていた。実に困った。一体人がいると私はとても大胆になれない性分である。それがお爺さんだろうと、お婆さんだろうと。

そこで脱ぎかけた着物をまた着けて、どうしようか、と思って逡巡した。

どうか、彼方《あっち》へおいで下さい。

ともいえやしない。

しかし先方も馬鹿でなかったのですぐに一礼して立去った。有難いと思って入っていると何かを置き忘れたらしく慌ててやって来た。そして逡巡しながら曰く、

「いつ立つんです?」

「わかりません」

「また帰ってきて下さるでしょう」

「いえ、こちらには来ないでしょう」

「来ない？　あの歌は……」

「ええ拝見しました。なかなかお上手でいらっしゃる」我ながら明瞭なまた横柄な言葉だ。それなり青年は行ってしまった。私もすぐ帰った。

何だかいたましい苦しい心持がする。とにかく早く立ちたい。

二十六　怪美人

七月一日、私はしみじみ悲しくなった。寂しくなった。早く早くここを立ちたい、立ってしまいたいと悶《もだ》えている。けれど実はお爺さんが間島《かんとう》〔延吉《えんきつ》《イエンチイ》、中国吉林省東部の都市、旧「満州」内〕の親類に手紙を出していてその返事がくるまでというのでこう長びいたのだ。

お爺さんは既に死までも覚悟して出て行く事にしていなさる。

ああ私は暫らく鬱々として筆さえもとらなかった。その間にどんな事があったろう、随分いろんな――。

手紙は毎日少くとも四、五通ずつは来た。否《いな》来つつある。それから幾多の煩悶せる青少年とも会見した。

昨日は別府からわざわざの来訪、今日は大分の佐藤氏(法学士)に接す。

その他教育家、僧侶——。

こうした間に私は郷里の某氏からこんな手紙を受け取った。

「問題の女にされた御身はそこにいくらかの興味と好奇心とを持つんだね。この時頬に泛《うか》ぶは会心の微笑《ほほえみ》か憐愍《れんみん》の笑いかもしくば寂みしい微笑か」

爾《しか》り、寂みしい微笑みである。それも次第に蒼ざめて消えて行く……。

私は世の中の喧擾《けんじょう》を脱《のが》れて独りで夕陽の山上に立つ。その時にのみ私の心は救われているようだ。

静かに静かに歩かねばならぬ。私の穏かな微笑は何時までも美わしく聖《きよ》くなからねばならぬ。そうだ私は信念を失くしちゃならないのだ。

「怪美人云々」の記事が当地のどこかで書かれたそうな。私は寂しく微笑んだ。「別府では巡礼の話でもち切っている。男子か、爾らずば男子らしい老嬢か」、誰やらもこう言っているそうな。

「二度吃驚《びっくり》」とは貴女の事だ――きょうも或官吏の人がこういった。第一若過ぎる、と皆はよくいう。これについて私には毒水《どくすい》を呑むような苦しさが伴っている。それは「貴女は十八？」と聞かれて「ええ」といってきた事なのだ。仕方がない、行先々十八で通さねば不都合を来す事になってしまった。ああいやだ。この上は彼《か》の往昔《むかし》の尾藤《びとう》金左氏の気狂いのように自今《じこん》郷里に帰ってからもやっぱり十八で通して行こう。山上の夕陽は真《まこと》に森厳である。なづかしい熊本――と思うと泪がこぼれてやまぬ。熊本よ健在なれ！

更に熊本の人々よ、悄然と豊後の国の山上に立つ小さな可憐な私の姿を偲んで下さい。この稿は夕陽の中のその山頂で書いている。足音がする。驚いて顔を上げると村の若衆が五、六人私のあとを追って、密《ひそ》かに様子をうかがいに来ているのだ。何と苦笑すべき人々だろう。しかし私はそうし□（た）人々に対しても決して、礼儀と敬虔と謙譲といわゆる愛とをなくしてはならない。

私は静かに帰って行こう。あたりも何だか暗くなってきた。

二十七　煩悶の青少年

私は此度《こんど》ほど、世の中には、いかに有為の青年少年が将来の志望について煩悶懊悩《おうのう》しつつあるかを痛感した事は未だかってなかったのである。

換言すれば無意識の裡《うち》に起る「男子の責任」についての煩悶——と見做《みな》してもいいと思う。

某氏は年齢二十幾歳、非常に真摯《しんし》な率直な謹厳な青年である。××村唯一の旧家に生れながら種々《いろいろ》な家庭内の紛雑《ふんざつ》の末、財産は皆無、身は老祖母とただ二人取り残されて、哀しい生計《くらし》を立てている。しかもこの人、制すべからざる志あり、決然老祖母を或る縁類の家に托して東都に走らんかと既に業《すで》に路金《ろきん》までこしらえているが、との話であった。私は心から同情した。でもこの不束《ふつつか》な女の私に、どうしてそんな大問題の解決が出来よう。しかし私一個の考えとしてならば、余りに消極的かは知らないが「綿蛮《めんばん》たる黄鳥丘隅に止る。その止るにおいて云々……」の言の如く、その止る処に安んじて、心美わしく暮して行きたい。こうした僭越《せんえつ》な平凡な生ぬるい私の意見に対し心から感謝して下すった青年を、私は、どんなに嬉しく楽く見たことであろう。また某氏は十八歳。その兄の某氏なる人苦学して現に一外交官たり、目下海外に職《しょく》すという。最も近接な実例があるので自分も苦学して何かの登用試験でもとその事のみに傾心《けいしん》しているが、父なる人がそれを非常に嫌っている。そしてあくまで家業を継がしめようと考えている。

また某氏はこれも十八歳。家はかなりに大きい商店だが自分は商人が非常に嫌《いや》だ。そこで脱れて或る官衙《かんが》の給仕になっているが貴女の新聞記事を読んでいよいよ決心が固くなった。志望するところは大臣だ。笑っちゃいけない、現今《いま》早稲田の校外生に籍を置いている。そこで、近き将来においては必ず上京該《がい》大学に入り云々……。

その他なお幾人かのこうした若い男子たちからこうした事を聞かされて私はしみじみ考えた。

行くが是《ぜ》か、止まるが是か。ただ心に強き信念あれ。高邁なる、理想あれ。更に健全なる身体あれ。宇宙と人生とを考えよ。それ、人の生涯のいかに、如何に須臾《しゅゆ》なるかを。

二十八　大分市へ

滞在幾日、私は毎日悶えて来た。でもその事をお爺さんに話したら、お爺さんがますます心配なさるであろうと、御用が片付いてしまうまで、やっとの思いで待っていたが、いよいよ出立という事になって、さすがに胸は躍《おど》り立つようだ。

「ばら色に薫《くん》ずる空の陽の流れ、わが朝戸《あさと》出《で》はたのしいかなや」

こんな歌も出来たほど、目に映る物耳に響く物皆が皆私を祝福してくれてるようだ。

七月九日……荷物もすっくり片付いた。私は左の方から右の脇下へ浅みどり色の千代田袋を掛けたっきりでお爺さんどういっても荷物を負わせてくれない。荒い滝縞《たきじま》の単衣《ひとえ》の上に白い負衣《おいずる》をかさね、笠と杖とは手に持ちながら頭には紅《くれない》リボンの帽子を被《かぶ》り足には草鞋《わらじ》、微笑《ほほえみ》たのしく軽快な歩調をとる私の心は——でも、さすがに名残は惜しい。幾日か住みなれ見なれた我《わが》なづかしい中井田の山よ部落よ、いざさらば。更に、立つが立つまで親身も及ばぬ懇《ねんご》ろな世話して下すった村の人々よ、ああ振り返るだに忍びない。何故なら、近所のお婆アさんたち、私のために泣いて送って下さるのだもの。時よ一瞬に飛び去れ！　そして、むしろ一思いに彼《か》のなづかしい山々を彼の慕わしい人々を隠し去ってしまえかし。

ああ私は、あまりに女々しい。天を仰げ！

おお何というよき日の空ぞ。一歩は一歩お爺さんが後からあの老体に沢山な荷物を負ってお出《い》でになるというそれさえ忘れ果《は》てたほど、私は厳《おごそ》かな沈黙の人となり聖《きよ》い瞑想の人となった。

二里余にして〔大野郡〕犬飼《いぬかい》という町に着く。かなりに長い細い町だ。時は午後一時に近い。そこでお爺さんの知己《しるべ》の森田某氏の宅に御厄介になって昼食《ちゅうじき》をすまし汗を拭いていると自転車の人が二人私を追って来たという。何事だろう。吃驚《びっくり》していると、そこへ洋服の二人の紳士が来られて痛み入るほど丁寧な挨拶、私はますます恐縮した。聞けば中井田から二里いくらも先きの村ここから四里いくらの村からわざわざ出かけて来られたという。しかも道々尋ねて――と汗をふきながら語られるには、何と申上げていいやら言葉につまった。ここでもまた扇書《おうぎが》きが始まる。

停車場(此地《ここ》まで汽車が通っているのだ)まで見送人多数。出車前何分、なお扇をさしつけられる。餞別《せんべつ》、土産《みやげ》戴いたものはお爺さんに処理を頼み、私はすっかり疲れてかよわくベンチに凭《もた》れ伏した。

＊

誰か青切符を買って来た。即ち乗車。草履にはき更《か》え、ホット吐息して窓にもたれる。

さらば我が大野郡よ！　窓前群がり立つ山々の美しさよ、囚われざる我身のたのしさよ。

「一瞬千里の車にのれば」

小学校時代の唱歌が口をついて出る。嬉し、楽し、我が瞳とみに輝き、我が胸とみに脈動す。

数十分大分駅着、柵を出ると俥《くるま》が待っている。道々人々の目が光る。しかし私の心は比較的に平気だ。私の俥、お爺さんの俥、二つの異様な人を乗せた俥は、かなりに人の目を欹《そばだ》たしめたに違いない。しかしそれは私の知るべき限りでない。私の瞳は依然として輝いている。

それは初見《しよけん》の大分に対する好奇と、よろこびとのためである。

＊ 客車が一等車から三等車まで分かれていた時代の二等車の切符。薄青色だった。

二十九　塩九升町にて

俥は〔大分市〕塩九升《しよくじよう》町の阿部宗秋氏宅に着く。お爺さんの親類の家《うち》だ。好遇一方《ひとかた》ならず、かえって恐縮。夜は大分館へ活動見物に、けだしお爺さんに強《たっ》てすすめられたのである。お爺さんのお考えでは私が余《あまり》に内気すぎて身体に毒しやしないかというのである。

疲れきってヘトヘトになっているけれど折角のおすすめ無にし難く出かけて行く。しかしながら何処《どこ》にいっても私は孤独だ。人間の群と私の孤独――始終こうした事ばかり考えて、肝腎の映画はそちのけにしてしまう。就寝は午後十一時何分、起床は六時、天気が心配だ。冷《ひや》っこい中に温《あたたか》みを有《も》った朝風が不快に、後れ毛をなぶる。

散歩かたがた買物に――大分新聞社は？　子供にこうきくと直《す》ぐそこだという。行ってみようか、ふいとそうした出来心が起ってお爺さんを受附に行ってもらう。是非上《あが》れとの事で階上の応接間に上《あげ》られる。まだ午前八時前、佐藤様と仰せられる若い記者さまとお話する。明かるい親しみ深い優しい人だ。私は、例によって無言のうつむきがちな素っ気ない態度、度々顔を赤らめながら――われながら□(意)気地がなさ過ぎると思うけれど仕方がない。居る事二、三十分、辞し去ろうとすると、暫らく待って下さい、社長や主幹も追々出社さるからとの事であったがとうとう失礼する事にした。

それから当市目貫《めぬき》の町なる竹町を歩いてみる。いかにも賑合《にぎあ》っている。が惜しい事には道幅が少しせまいようだ。そのうちに雨が降り出した。困《こう》じ果てた末俥上の人となる。

帰りついて漸《やっ》と汗を拭いて着物を更えているところへ来訪の人あり、直ぐに座敷へ行ってみると先刻の佐藤様であった。種々《いろいろ》な話の末写真をと仰せられる。固く御辞退申上げて漸と難をまぬかれる。とにかく苦しい、私はほんの不束《ふつつか》な旅の巡礼に過ぎないんだもの。

お送りしてから部屋に返ると少し気分が悪くなったので、お婆アさまにそういって床をとっていただく。雨はますますひどくなった。明日の天気が心配だ。

三十　俥から

翌十一日も依然たる雨天、少し買物があるので出ようとすると、宿でちゃんと車を用意されてあったので、先ず竹田方面へ向い、左に折れて大道《おおみち》に出る。途中昨日来の雨で町内の幾箇所か浸水しているのを見受ける。(裁判所前の佐藤弁護士宅にちょっと立寄り名刺をお上げして後刻お伺いするからとの由を車夫にいわせると、御主人奥様お二人で御門までいらして折角だからちょっとでも上れと非常にいって下すったけれど御辞退申上げ、それから大道方面へ俥を飛ばしたのであった。)

大道には大きい精米場がある。そこの奥様が昨日私を訪問して下すって是非御来宅下《おいで》さいとの事、その外種々《いろいろ》な話しからわけもなくなづかしく思ったので、ちょっと御立寄りして御挨拶だけ申上ぐる事にした。此家《ここ》でも皆さん出ていらしておとめ下すったけれど強いて失礼、雨を衝《つ》いて大分見物をと思い立った。そこで俥を返して築港地《ちっこうち》方面へ向う途中威徳寺とよぶお寺あり、門内の古松といったら実に見事なものだ。四方へ枝が広がってそれがいい具合に曲りくねって居る。やがて俥は沖の浜に入る。この辺大概漁家《りょうか》だそうな。

ちょっと海岸に出て俥を下りる。雨に濁った鉛白色の波が沖合から物凄く音を立てて寄せてくる。前方に見えるは国東《くにさき》半島、きょうは四国路の山々は見えないが、天気の好い日には美しく脈うって見えているそうな。

「お風邪を召しますよ」と再三注意されて漸《やっ》と乗車いよいよ築港地へ。これといって別に変った眺望も設置もないが、とにかく海を控えた大分市の前途は羨むべきものがあろう。現に最近二、三年間においてもよほどの発展が見られるという。俥は遊廓を飛ぶ。何だか奇《めず》らしい心持で両側を注意しながらいくと、或る髪結いの処に二、三の娼妓がいた。「話してみたい」というと「滅相《めっそう》な事仰有《おっしゃ》るな」と俥夫はぐんぐん駆けぬける。

紡績会社の前を通り七十二聯隊《れんたい》の門を横切り、西大分に出《い》で再び竹町を衝き、県庁へ飛び県立女学校を後に――何だか身体が疲れてしまった。田圃《たんぼ》へ出ると女子師範の建物がいかにも堂々たるものだ。引き返して宿に着く。

疲れて横になっていると、誰か新聞をもって来た。「巡礼娘」なる標題がいかにも仰々しい。曰く「筆によって男を思わせた彼女は会ってみると意外優しい純女性だ……」疑問の人だの問題の女だの私はいつのまにそうなった事であろう。

静かに微笑め、寂しく思え。天を仰げ人生を望め。而《しか》して一切を熱愛せよ。然《しか》り妾若《わか》し。詩《うた》わん泣かん、燃え狂わん。而して閑《しず》かに月光の径《こみち》を逍遥し落日の山に佇立《ちょりつ》せん。

午後は此家でも揮毫《きごう》の憂目に逢着《ほうちゃく》した。

三十一　浸水の町

七月十二日、両三日来の雨で町内は幾《ほと》んど浸水、きょうは朝から大騒ぎだ。消防夫が出る。軍人が行く。巡査が通る。面白半分の若い者、子供、娘、様々な防雨具を着けて水の中を風に吹かれ雨に打たれながら燥《はし》ゃいでいく。

「やれ彼所《あそこ》は御飯がたけないから町内で炊き出しをした」、「家が流れかけてる」、「船がそこまで来てる」なぞ、やかましったら耳がつぶれるほどである。

午後になって雨は漸次小降りとなり水もよほど減退した。しかし空模様はなお険悪である。ある盲人の方が記念のためにと寄せられた点字の発句《ほっく》に曰く「巡礼の歌通されよ五月雨＊」

そうだ、私は単に巡礼として生きてけばいい。雨にまじって響く御詠歌はどんなに尊い美しい哀しいものであろう。とにかく囚われる事ほど私にとって苦しいものはない。私は正しき意味における「自由」の謳歌者でありかつ実行者でありたい事を希《こいねが》っている。

それについて極く卑近な例をとって具体的に説明(?)するとこうである。先ず私どもの服装――質素なれ健実なれとは聞きなれた道学者一流の教訓である。しかも実際はどうであるか。また美を好む傾向――これが悪い。いやこんな野暮はいわない事にしてとにかく私どもを制する服装上の一の固型は、我々各自の美を自由に発揮せしむべく非常な阻害をなしつつあるを認むる事痛切だ。髪はどう結《ゆ》わねば人が笑うだの、やれ服装が突飛《とっぴ》だの、言うを休《や》めよ、我らは若い人間である。我らは美の所有者である。人格と美の発揮、どこに矛盾があり撞着《どうちゃく》があるものぞ。但し私は自由と放縦とを同一視する者ではない。

痴言《ちげん》中止――雨は依然として降りやまぬ。退屈になって来たので大野郡滞在中に来た手紙類を整理してみた。端書三十一枚、封書二十六通、まだあったはずだが見当らぬ。それから面接した人々(特に私と面会するために訪問された人)の数がよく記憶せぬが日誌によると七十五、六人に及んでいる。しかもその大部分の人は皆新聞に書かれる事を厭《いと》っていられた。

ああ夢のような来《こ》し方よ、その騒々しい間にも「自己」を無くしないという事に努める事が出来たのは、せめてもの私の喜びである。というよりかも私にはいつも没し得《う》べからざる孤独があったのだ。そこには、またその上に築かれた力強い愛がもえ熾《しき》っている。即ち郷里に対する愛、友人その他に対する愛、一切に対する愛——。

私の退屈げな有様を見てお爺さん早速書店に走られる。『文章世界』、『中央公論』、『太陽』、どれでもいいといったので一番大きいからって『太陽』を——。『文章世界』も見たいなあ、小さな声でいうより早くお爺さんの姿は消えた。須臾《しゆゆ》にして現われたのを見ると望み通りのそれを手にしていられる。胸が躍る。

先ず『太陽』から読もう。冒頭第一に浮田博士(和民《かずたみ》、政治学者・歴史家、早稲田大学教授、当時『太陽』主幹)の新亜細亜《アジア》主義——よまねばならぬ、よって擱筆《かくひつ》。

* この句は後年の著書、『お遍路』(一九三八年九月、厚生閣)、『今昔の歌』(一九五九年七月、講談社)、

『火の国の女の日記』(一九六五年六月、理論社)のいずれにおいても、

　巡礼の歌流されよ五月雨　(傍点校注者)

となっている。この方が句として美しく、意味も通る。「娘巡礼記」がこの句の初出ではあるが、誤植と考えるのが妥当と思われる。

三十二　他流試合

雨は暮方になって漸《やっ》とやんだ。静かな黄昏日《たそがれび》である、窓に彳《たた》ずんで瞑想すること多時。

「この方がお目にかかりたいとのことです」

宿のお婆アさんによばれて我に返る。早速下の座敷にお通しして、お話を承わる。すべて宗教に関してである。

「では自己を無と見て仏さまを全能と見るのですね」

「いや無と見る、見るというのがいけない。実際無である、無であるに違いない。全体思うだの見るだのいう事は非常な間違いだ。真の信仰は決してそうした研究的な解剖的な立場□(に)よって立脚さるべきものでない。仏様は智慧《ちえ》のかたまり、慈悲のかたまりで

ある。我々の一切を誰よりかもよく理解しまた無限無辺の愛をたれさせ給うのだ。一体自己と仏とは両立すべきものじゃない。自己がエラクなったら仏様は自己の心から消え去るものだ」

「エラクなるとはどんな意味です」

「つまり自己が自己の力で完全な人格に到達する事が出来たと自信し得る境地だ。それら一流の人にいわせると何だ仏なんぞあるものかという事になる。そこで有難い仏様の折角の御慈悲もそんな横着な心のために受け入るる事が出来ないというのは実に気の毒な事だ。

人間というものは、絶対に煩悩から脱する事は出来ない。貴女は自己の力で解脱《げだつ》しようとなさる。それは血で血を洗うと同じだ。貴女は苦しんで理想郷に到達しようとなさる。しかしそれは無理だ。なぜ何の苦もなく仏に帰依《きえ》するの近道に出でないか。仏は貴女を限りなく愛していられる——」

こうした問答が続くこと三、四時間、しかし仏が愛していられる、という言葉はどうしても、ああそうかと感じる事は私に出来ない。私は、むしろそうまわりくどくいうよりかも翻然《ほんぜん》としてありのままなる自己及《および》一切を見よ。更に不可思議なる宇宙の霊を感得せよ。自己は宇宙に対して一部であり同時に全部たり得るものだ。一部より全部を知り全部より一部を識る事によって我々の行為なり思想なりは強められ深められる事が出来るのである。即ち小なる桎梏《しっこく》に囚われる事なく一切を豊かに愛する事が出来る。それが我々の思《(理)》想郷ではあるまいか。仏もよし神もよし霊もよし宇宙もよし。まわりくどく説く事に対し反感を有《も》っというのではないが(即ち私は仏といい神というすべて、最高理想郷に到達すべき手段としての平易な仮想人格もしくば、宇宙の不可思議、宇宙の神秘を総括する全能の霊の異名だと見做《みな》す)単に仏様にすがれ拝めといったところでそうは出来ない。つまりは同結果であろうけれど私どもの行為なり思想なりは、すべて自己に出発する。同時にかなり穏かな態度で自己を客観する事も出来□《(る)》。無論主観的客観には違いないが、要するに、自己は宇宙の一部であると同時にまた全部でもあり得るのだ。

　私の言葉も漸次熱を帯びて来た。

「それはいけない」とその人はいう。そして曰く、

「では貴女は仏様の一部だとおいいになるのですわね《(ママ)》」

「ええ」

「それは暴慢だ。私の友人に非常な信心家がいたが子供を三人亡くして信仰を失った。

というのは二人まではこれは仏様の思し召しだと思ったが何が何でも三人取られちゃ余りに酷《ひど》いというのでそうなったのだ。これと同じように、貴女が、自分は仏の一部だと自信なさるのも極くあやふやな一時的の妄想で、いつかは瓦解《がかい》の時がくる、——」

もう済まないが退屈してしまった。全然話にならない。子供が死んだから恨むなんて何て可哀想な人だ。しかしこの人の熱心には実に感銘を深くした。この人の説かれるところは他力信心である。

夜も更けた。も一度是非会いたいと仰せられる。そしていま暫らく滞在してはどうかと——。

お心は実に有《あり》がたい、しかし一日も早く出発したいものである。請う許してよ妾が失礼、妾が不遜を。

就床十二時何分。明日の天気が気にかかる。

いよいよ四国へ

三十三　八幡浜へ

七月十四日午前三時抜錨《ばつびょう》。汽船宇和島丸にていよいよ伊予路《いよじ》に向う。室内の陰惨さといったら実に耐《たま》らない。扇を胸に口を□《ゆが》めて眠ってる女、足を尻に、はね上てる女、挟みつぶされそうに小さく平たくなってる小児《こども》、しか□《(も)》そのいずれもが汚らしく眠りを欲張っている。私の横には先刻から荒鬼《あらおに》のような男子《おとこ》の足が伸び出して来ていく度肝を冷さした事であろう。

此室《ここ》でさえこうである、いわんや三等においてをや。殆《ほと》んどけだものの雑居と異らない。私は隅っこに悄然と端座して、こうして不行儀に寝ている人たちが一度に起き上がる光景を思い出して戦慄した。

夜は暗く雲は低く水は黒く風は重い。今こそ我《わが》九州を離れるのだ。さらば熊本よ健在なれ、暫く汝と海を隔てん。強いられて苦しい眠りに就き、目を覚すと早や佐賀関《さがのせき》に着いて居る。黎明は輝やかに海を蘇生せしめ、鉛色の靄《もや》はシットリと頰をぬらす。

船は穏やかに進行を始めた。

何らの美観——漂渺《ひょうびょう》たる海は鉛白色から乳白色へ、銀白色へ——空も水も山も船も人も一切は銀の世界に溶け込んでしまっている。

四国来《きた》る——四国来る——眼前に聳立《しょうりつ》するこれ四国の山にあらずや。九州か四国か四国か九州か、故郷か旅か旅か故郷か。胸轟《とどろ》かすひまもなく佐田岬から八幡浜《やわたはま》へ、上陸は午前十一時頃でもあったろう。

早速この地の大黒山吉蔵寺を訪ねる。名刺を出すと、痛み入るほど丁寧に遇《もて》なして下さる。

ちょうど金田禅師は御留守であったが、不思議な事にはこの寺の皆さますべて熊本県人というので何となく懐かしく思われた。この寺は四国三十七番の札所《ふだしょ》である。でもこの事は世人に多く知られてない。即ち三十七番は高知県の窪川《くぼかわ》にある藤井山岩本寺《ふじいさんいわもとじ》……いかにもこれが大師の旧蹟には違いない。でも古来の本尊や御納経《ごのうきょう》の版は吉蔵寺に伝わっている。そこで四国には三十七番が両立している形になっているとの事、その由来についてお話を承わるところである。一体大黒山吉蔵寺という寺号は、大黒屋吉蔵という人の名から取ったもので、大黒屋といえば現にこの地での多額納税者として誰知らぬ者なき素封家《そほうか》であるが、今から三十幾年前この吉蔵なる人、夜臥床《がしょう》にありて時ならぬ鐘の音を聞き、不審とは思いしもそのままにすて置いて翌朝例の如く早く目を覚ますと、家内の者が仏間にこんな物があったといって持って来たのを見ると八十八ケ所の納め札で、住所氏名は書いてなくその枚数三十七。ここにおいて、さては三十七番の札所をどうかせよとの仏の思召しかと考え先にいった岩本寺を調べてみると、見る影もなく衰微しているので三千五百円を以て本尊と納経の版とを買いとる事に相談をつけ須臾《しゅゆ》にして建立したのがこの寺である。その後裁判沙汰まで起ったけれど中止され、とにかく、札所としての権利は完全に維持しつつ今日に及んだ次第である。

話をきけばそうであったかとも首肯《しゅこう》される。随分大きい寺で、小僧の人たちも沢山いられる。今夜は是非一泊せよとの事でお言葉に甘える事にした。部屋の隅々までも実に掃除が行届いて清々《すがすが》しい。汗を拭き着物を着更えてお茶を頂いていると海を越えて境内を通して吹き流るる風が何ともいえない。

翌朝は厳《おごそ》かな読経の声に夢を破って早速身仕度に取りかかる。急ぎの旅でなかったら二、三日滞在してはと親切にいって下さるのを感謝しつつもいよいよ巡拝の人となるべく、質素なる服装に一笠孤杖《いちりゅうこじょう》、背に負いたるは納経と仏像、足には草鞋《わらじ》、門まで送られて振り返りつつ旅途《たびじ》につく。

ああ大分二、三旬の滞在は泥水の中に悪液がよどんだような感じであった。今こそ寂しく今こそ清く、未知の山々を巡るのである。

今宵の宿やいずくならん。

三十四　月夜の野宿

巡礼するのに逆と順とがある。私たちは逆をする事にした。先ず四十三番の明石山〔源光山明石寺《げんこうざんめいせきじ》〕に出なければならぬ。それだのに道を非常にとり違えてまるで反対の方へ出てしまった。仕方がないので大窪越えという難路を辿る事にする。名にし負う急坂《きゅうはん》路《ろ》、暑さは暑し、も早や一歩も歩けないほどに疲れてしまった。意気地なくも七十三のお爺さんに助けられて道々山百合を折ってもらったりしながらやっとの事で頂に達した。此度《こんど》は下りであるから元気がいー。それに風も心持よく吹いて来る。と見る行手に冷たい清い真清水の泉がある。私は走りよってそれを掬《く》んだ。そして手に持っている百合の花をそこに浸しておいて、暫らく木蔭に休んでいると、疲れが出て、名も知らぬ草の中にうとうと眠り伏してしまった。目が覚めると毛布が掛けられてある。吃驚《びっくり》して坐り直すと西日が真正面《まとも》に顔を照らす。横を見るとお爺さんも眠っていられる。ああ何という寂しい光景であろう。

私の毛布を、そっとお爺さんに掛けてあげて悄然とうつむく多時、鳥《からす》が頭上を飛んで行った。鳥よおん身は何処へいく、山を越えて海を越えてまた山を越えて野を越えると私の郷里、ああおん身が羨しい。郷里には私を待って下さる父上や母上や――もう涙が出て書けなくなった。

お爺さんが目をお覚ましになってから私たちは固く沈黙したまま山を下った。或る村を通り或る川を渡ってしまうと日は全く暮《くれ》きった。今宵の宿は――もう一歩も動けない。道傍の岩に腰を下《おろ》すと、弦月が朧《おぼろ》に全身を映し出す。

ああ疲れた。とうとう野宿と決定、少し上の草丘に上ってすぐに横になる。昏々《こんこん》とした深い眠りが毒液のように――ふと物に怯《おび》えたように飛び起きる。顔から手足に色々な虫が這《は》い上っていて不快で堪《たま》らない。

それに着物も髪も露でシトシトになっている。月が寂しく風は哀しく――ああこの身はここに坐っているのか。この月、この風、熊本やいかに。

これから何百里、かよわい私で出来る事であろうか。ああ泣いて行こう。いえ、花を摘んで歌っていこう。

昨夜、仏さまに上げておいた百合の花□最早萎《しお》れてしまっている。思うまい泣くまい、眠ろうと思ってもやっぱり故郷が恋しくてならぬ。とうとう夜通しねむらないで坐ったままで……その内月も落ちたが……。

洗面しようと思っても、ちょうどいい具合に水がない。

お爺さんどこから探し出したか鍋の中に水を入れて持って来た。これで洗えという。鍋の洗面器、何と奇抜《きばつ》な妙案だろう。仕方がないそれで済ます。パンの片を少量食《たべ》て、足は痛いが立たねばならぬ。み仏よ助け給いてよ。道は一すじ、大分で貰った近角《ちかずみ》文学士〔常観、明治・大正の仏教者〕の『懺悔《さんげ》録《ろく》』をよみながら歩く。

疲れは疲れを生み、目を上げるとまるで世界が黄色になってグルグル廻転しているようだ。

やっとの思いで卯《う》〔之〕の町という処につく。ここから明石山まで十町、ある家に休まして頂いて、ホッと息を吐《つ》く。

三十五　明石寺へ

山径《やまみち》を曲り杖を力に身はいよいよ札所のお寺へ……この寺は源光山明石寺《げんこうざんめいせきじ》＊（愛媛県東宇和郡田ノ《（之）》筋村大字明石《あげいし》）〔いまの宇和町内〕四十三番の霊場である。歌〔御詠歌〕に曰く、

「聞くならく千手《せんじゅ》のちかひ《（誓）》不思議には大盤石《だいばんじゃく》も軽《かろ》くあげいし《（石）》」＊＊

本尊は千手観世音にておわしまし古代の唐物《とうぶつ》と称せらる。外に雲慶《（運）》丹慶《（湛）》の作にかかる仏像あり。

そもそも当寺は役《えん》の行者小角《おづぬ》五代の祖寿元尊者の御開基《ごかいき》で欽明《きんめい》帝の勅願所であったのを弘法大師、嵯峨《さが》帝の勅を奉じ再興をなすったものであるという。

清冽《せいれつ》玉のような水を掬《すく》い心静かに礼拝《らいはい》す。終って山門に立てば時正《まさ》に黄昏《こうこん》、鳥雀《ちょうじゃく》の哀しむあり。

ああ我が身ここにあり、何らの不思議ぞ。日落ちんとす、日落ちんとす――。瞑想多時、うながされて山を下り行く事数町、県立農学校の門前を通り町に出《い》で道を左に、弦月光淡《あわ》くわれらが窶《やつ》れ果《はて》たる旅装を照らす。

「お泊んなさい」こう呼びかけたものがある。

見ると汚ない家で木賃宿《きちんやど》である。大変だ、こんな所に泊ったらそれこそ虱《しらみ》に食い殺される。それよりかも野宿がいい。月光の明《あ》かいに任せて何里歩いたか何町来たか、いっその事四十二番の仏木寺《ぶつもくじ》へ行ってしまおうと、とある家で道をきくとまた間違っていたので此《こ》ん度も山越えという事になった。仕方なく山道を辿る。月既に落ち風物《ものすご》凄く空気はヒヤリと襟元に沁む。

しかも険悪極まれる石径《いしみち》、お爺さんが気になってならぬ。

「オン、アボキャ、ベイロシャノ……」

二人は時々これを唱えて鈴をふり鉦《かね》を鳴らした。

よほど高くまで上りつめた処に、一軒の小さな小屋があり傍には、冷たい清水が湧いている。

ここに泊ろう。どちらからともなくいい出し、戸外に出してある置座を幸いに、脚絆《きやはん》も解かず横になる。

目が覚めたのは五時何分頃、足が痛くってどうしても立てないのを這うようにして泉に辿りつき洗面を了《お》え、脚絆を締直《しめなお》していると、戸が明いてお爺さんお婆さんが不思議そうに私どもをジロジロ見られる。

一切を話すと、直《すぐ》に打解けてお茶を沸かすやら座敷(蒲)団を出すやら。
朝食(パンと水と食塩)を済ましハンカチと足袋《たび》とを洗濯し乾くのを待っていると雨が降り出□(し)た。

ここから四十二番の仏木寺まで一里余の山道である。痛む足を踏みしめ雨を冒して辿る。疲れて疲れて泣きたくなっていると傍の崖に赤い苺《いちご》がある。それを取って食《たべ》たら元気がよくなった。

それからは瞳を見張って苺を探がしながら行く。思わず声を上げて「いちごよいちごここに来て、照らせふみ読む我が窓を」なんて蛍の歌に打ちまぜて歌ったり何だか愉快になって来た。それから美しい花もあった。見送り大師というお堂に詣でお花を上げてそこから十六町の歯長《はなが》坂を下ると桑畑だの人家だのがある。その中を辿ると仏木寺、すっかり汗になってしまった。

＊　武石彰夫編『仏教和讃御詠歌全集』(一九八五年五月、国書刊行会)によれば、「あかしでら」とも呼ぶ。以下同書による注記や訂正には、(『全集』)と付した。

＊＊　「聞くならく千手不思議《せんじゅふしぎ》の力には／大盤石《だいばんじゃく》も軽《かろ》くあげいし」(『全集』)。

三十六　宇和島へ

四十二番一𥿻《いっか》山仏木寺《ざんぶつもくじ》、歌に曰く、

「草も木も仏になれる仏木寺なほ頼もしききちく《（鬼畜）》にんてん《（人天）》」

本尊は大日如来、大師の作と伝う。曰く、御巡錫《ごじゅんしゃく》の際、山中の楠《くす》の枝に光る物あるを見、手に取って御覧になると、ずっと以前唐土《もろこし》から御なげになった宝珠《ほうしゅ》であったので、その楠で仏体を刻み、その宝珠を眉間《みけん》に納められたのがこの御本尊だと。

暫らく休んで直《すぐ》に発足、次は四十一番の稲荷山龍光寺《いなりざんりゅうこうじ》である。その間二十六町、歌に曰く、

「此の神は三国流布《るふ》の密教を守らせ《（り）》給はむ誓ひとぞ聞く」

本尊は十一面観世音、大師稲荷の神と御契約あり四国総鎮守《そうちんじゅ》として建立された霊場である。一段高い処に稲荷神社を祀《まつ》る。

須臾《しゅゆ》にして下り行く事二里余、宇和島港に着く。かなり賑あっているようだ。殊に湊《みなと》町という気分が花やかな三絃《さんげん》の音色にも赤い灯にも見えている。ここに来た時には足がもう一歩も歩けなくなってしまった。

そこで宿屋に宿をもとめたら遍路はお断りという。どうしよう、天下泊るべき家もなくなったのか。途方にくれて彳《たたず》んでいると、路傍に若い男の方がいて、親切にも私の家に泊めてあげようと仰言《おっしゃ》って下さる。そこは若いお内儀《かみ》さんとその人との二人暮しで、極く閑静な好い住いであった。

翌日もその翌日も雨天であったので引き止められるまま御厄介になる。そして明日は立とうという晩方、和霊《われい》神社に参詣する。少し手前□(の)橋の上は納涼の人で一杯である。さみしく欄《おばしま》に凭れていると耐《た》まらなく故郷の事が思い出される。ああ幼い弟と遠い村々の灯を数えた過ぎし日の土橋は——母さまと楽く歩いた川沿いの柳の蔭は——考えていると涙がはらはらとこぼれる。父よ母よ弟よ妹よ、共に健在におわしませ。ふと向うを見ると白い物が、岸から岸へ空中に輪を描いて現れている。何だろう。奇異の感に胸うたれて、よく見つめるとどうしても虹に違いない。月はちょうど後方遥□(な)空に輝いている。月夜の虹だ——私は独《ひとり》でそう思った。

翌日は十時頃から出発。番外の(奥の院)龍光院に札を納めて、直に四十番の〔平城山《へいじょうざん》〕観自在寺《かんじざいじ》へと向う。里程十里。その間、柏坂《かしわざか》なる難所あり、どうしても二日はかかる事であろう。

宇和島から来村《くのむら》の柿の木という村に入り、そこから旧道に入る。道は峡《はざま》に落ち峰に上り寂しく遠く続いている。ああ何所《どこ》まで長い旅であろう。

三十七　父母恋し

私はこの頃御飯が一寸も食べたくなくなった。冷えてコッコッの御飯に生《き》の食塩ではどうにも咽喉《のど》を通らない。それでもお爺さんがそうなさるのだから、言い出す事もようしないで、私はただ道ででも歩きながら読書ばかりする事に僅《わずか》の慰安を求めている。読書は私にとって唯一の清水である。読書しないで饒舌《しゃべ》る事は魂が刻々に腐敗して行くようで一刻も耐えがたい。

あーと時々吐息するとお爺さんが吃驚《びっくり》なさる。そして色々と聞かれる。

「信心がうすくなったかの」「……」

私はいつも黙《だんま》りである。この外に仕方がない、色々答える事も不快でならぬ。

畑地《はたじ》村という部落の奥からいよいよ急坂にかかっている。そこに清い小川があった。お爺さんはここに泊ろうという。いうままにそこの左手の藪《やぶ》の中の石ころや草原の中に毛布を敷いて坐る。私の沈黙は頃日来《けいじつらい》長く長く寂しく静かに続いて来た。私は〔国木田〕独歩の『源おぢ』を思い出した。無言のまま水を掬《すく》い無言のまま岩に座し無言のまま空を仰ぎ——月は既に頭上に輝き、静まっている附近の山、森、川、径——それらの一切は、早くも限りない夜の眠りに沈んでいる。

お爺さんも已《すで》に眠った。私独りいつまでも、何時までも月光の中に端座して、思いは遠く故郷に——。

ああ懐かしき山よ土橋よ、木柵よ疎林よ、閑雲よ、更に恋しき極みなる父母よ弟妹よ。私はいつのまに大きくなった事だろう。またいつのまに旅に出た事だろう。

「コバルトの空の下なる明《あか》き野に子ら打ち群《むれ》て父君を待つ」

これは私の過ぎし日の作である。町に行かれたお父様のお帰りを待ちあぐんで、お迎いに行き行きした、あどけない時代が、耐まらなくなづかしい。

ああお父様、お母様、いまお目にかかりとうございます。逸枝は今夜も草の中にやすまねばなりません。

では、もう、やすまして頂きます……。

涙止《とど》めがたく袂《たもと》を胸にして悄然と立てば、眼下の渚に黄色な花の開いているのが月の光で優しく尊くいかにも虔《つつ》ましく見える。月見草？　こう思うと躍り立つようになつかしい。おお月見草よ、巡礼の繊弱《かよわ》い逸枝をせめては慰めんために咲いてくれたのか。ふらふら草に仆《たお》れふしても眼は冴えてねむられない。ふと小さい頃お母さまが、「遠い長い山道をさみしく寂みしく歩いていく事を考えて御覧、いい子だから。そしたら直ぐにねむたくなるよ」と仰言《おつしや》った晩のことなど思い出して、今それを試《や》ってみておとなしく眠りたいと思うけれど、蚊はうるさく手足に顔に群がって来るし、どうしても寝つけない。着物を被《かぶ》って布目から月を見、声を忍んで泣きに泣いた。ああわが前途如何《いかん》……明日はいよいよ名にし負う難坂《なんはん》を杖をたよりに越さねばならぬ。

三十八　本堂に通夜す

七月二十二日細雨蕭々《しようしよう》たり。雨具を纏《まと》うて出発、身はいよいよ名にし負う柏坂にかからんとす。痛みのとれない足を引《ひき》ずりながら歩く。身体も魂もまるで汗と熱との狭苦しい世界を息もつまるまでに被《かぶ》されながら、足を痛めつつ追っ立てられて行くようだ。風が漸次酷《ひど》くなった。それにつれて雨もばらばら横さまに降りかかる。

「海！」……私は突然驚喜した。見よ右手の足元近く白銀の海が展《ひら》けている。まるで奇蹟のようだ。木立深い山を潜《くぐ》って汗臭くなった心が、ここに来て一飛びに飛んだら飛び込めそうな海の陥《おと》し穽《あな》を見る。驚喜は不安となり、不安は讃嘆となり、讃嘆は忘我となる。暫しは風に吹かれながら茫然として佇立《ちょりつ》。突然後《うしろ》より肩を叩く者あり曰く「もう暫らくの辛抱だっせ」吃驚《びっくり》して振り返ると軽装の一旅人《りょじん》、にっこりして通り過ぎる。

雨はやや大粒となって来た。海上低く飛ぶ雲、山中深く起る雲、み空の雲を透して陽が少し流れると、左右前後のすべての雲が一斉に銀色となり、その銀が溶けて千筋《ちすじ》の雨となる。その美観実に何ともいわれない。径は峰の中腹を這い頂きに出で、いくつかの森林を巻きいよいよ下りとなる。ここを柏坂という。急坂二十六町、風が非常に荒く吹き出した。汗も熱もすっくり吹き放されかつ笠や袂まで吹き捲《ま》くられる。面白い！　風に御して坂道を飛び下る。髪を旗のように吹きなびかせつつ、快活に飛び行く私を、お爺さんはハラハラした顔付で見送りながら杖を力に下って来られる。

麓に下りて、ラムネで口をしめして行く事数町、柏村とよぶ部落を過ぎ菊川村に出《い》ず。道々お爺さん頻《しき》りに心配す。私が昨日から御飯を食《たべ》ないというので……でも空腹でもない。しかし、とうとう餅だの水菓子〔果物のこと〕だの食べさせられる。四十番の札所平城山《へいじょうざん》観自在寺《かんじざいじ》に着いたのは暮れ方であった。そこは町の中ほどから左へ入り込んだお寺で、古寂《ふるさび》たかなりに大きく神々しい霊場である。歌に曰く、

「しんぐわん（心願）や自在の春に花咲きて浮世のがれて住むや獣《けだもの》」

本尊は薬師如来、大師の作。当寺は大師の御開基で平城《へいぜい》天皇の御宇《ぎょう》行宮《あんぐう》として定められた勅願所だという。

日が沈むと涼しい風が吹き出した。今宵の月は十五夜か、境内の雑木を透して明るい繊弱《かよわ》い故郷を慕う私の泪のような光を降らして居る。お爺さんは足を洗ったり荷物を処理したりセカセカと働きなさる。私は例のように呆然と立ち悄然と空を仰ぐ。お通夜《つや》をしよう——お爺さんが仰言る。「ええ」私の答えはいつもそれだけ——。

夜が更けるまで光明真言を唱うる。

この老人と、依然として深い沈黙に陥ちている私と——こうして次第に夜は深くなっていく。本堂の大きな古い円柱が月光の中に寂然《せきぜん》と立っている。虫が鳴く、風が響く、世界は宇宙は、人は、私は、みんな夢だ、夢のようだ。

三十九　恐ろしき遍路の眼(上)

七月二十三日、早朝出発、深浦とよぶ一小港に至る。問屋に行って聞き合せると大和丸という汽船が午前十時土佐へ向け出帆するとの事。待つこと二時間余にして乗船、例によって室内のムサ苦しい事、ほとほと耐まらない。それに小さな蒸汽であるから部屋は上と下との二段しかない。しかも乗客は食《は》み出す位、つまっている。途方にくれて立っていると上の段の部屋から姐《ねえ》さんお上《あが》んなさい、さ、ここから、と親切にいうものがある。ハッとして見上げると、みんなの視線が気味わるく私に注がれてある。でも、私はそこから上ろうとした。上からは二、三人で助けてあげようと手を出している。その中の誰かが「笑顔《えがお》をお見せ、きれいな笑顔を」というと皆が口々に何かいって笑う。「何という失礼な人たちだろう」私は赧《あか》くなるよりかも屹《きっ》となって見返しながら静かにそこを去った。

可哀想な人の群よ。海は穏かで風もない。しかし空が曇っているので水の色もドンヨリ□ずんでいる。下の段の狭っ苦しい部屋に入って、僅《わずか》に坐っていると、船は動き出した。ここでも皆の眼が好奇に光る。うるさくて耐まらないので、私は目を瞑《つぶ》って後《うしろ》の荷物に凭れていた。

船は、やがて土佐の片島《かたしま》港着。船員に助けられて上る時、ふと私のそばに恐ろしい眼《め》の遍路がいるのに気がついた。

遍路は忌《い》ま忌ましそうに船員をおし退《の》けてさっさと歩きながら時々振返って私をジロリと見る。年は四十五、六、髪の毛は蓬《よもぎ》のようで赤ちぢれてあくまで日に焼けた顔は一杯の毛むくじゃらである。かつ何よりかも目に立つのはその眼《まなこ》だ。熱を有《も》った濁った赤目の底に、ギロリとした無気味さが光る。世界には何物もいないただ獣《けだもの》の自分ばかりだといいたげの顔である。着物といったら垢で真っ黒になり、裾はボロボロに千断《ちぎ》れている。足は無論跣足《はだし》で手には、さすがに形ばかりの金剛杖をついている。私は不思議に恐ろしいというよりかも、奇異と、興味とを感じて、彼《か》れがジッと見返ると此方《こっち》もジッと見送った。

するうちに彼れの姿は群衆の中に紛れ込んだ。私は何だか名残惜しく感じた。種々《いろいろ》の想像を湧かしながら歩いて行った。宿毛《すくも》という町を通り、とある店で端書《はがき》をかいていると近所の者が、可愛いいだの、奇麗だのといっちゃ私の事をお爺さんに聞きただしている。中にも滑稽なのは小さな愛らしい嬢ちゃんが、可愛いい巡礼さんと呼んだ事である。

どちらが可愛いいか知りもしないで。世の中の人間は、どれもこれも好奇の眼を光らせたがるものである。私はわけもなく不快で仕方がなくなった。そこでさっさと歩き出す。固い沈黙は、なお固くなって行く。前方に木蔭があるのでちょっと足を止めようとして眼《め》を上げると、木立の奥に光る眼《まなこ》——正《まさ》しく先刻の遍路の眼《め》だ。いよいよ赤みを帯《おび》て熱ばんだ血眼が、何処《どこ》までも追及するように私の顔にむけられている。

何か起るに違いない！　私は静かにそう思って妖婦のように微笑みながら彼れを見た。

四十　恐ろしき遍路の眼(下)

先方でも黙っている。此方でも黙っている。黙と黙、眼と眼との暗闘だ。

お爺さんは少しも知らない。そこで暫らく休むと直《すぐ》歩き出す。私もさっさとついて行く。須臾《しゅゆ》にして山径となり六町ほど上って下った処に三十九番の札所、寺山延光寺〔赤亀《しゃっき》山延光寺《ざんえんこうじ》、院号寺山院《てらやまいん》〕が建てられてあった。ここは高知県幡多《はた》郡平田村大字中山〔いまの宿毛市内〕とよぶ部落である。歌に曰く、

「南無薬師諸病悉除《しつじょ》の願《がん》なればまゐる我が身を助け給へよ」＊

本尊は安産薬師如来、行基菩薩のお作という。即ち菩薩の開基(聖武帝の御宇)で大師の再興し給える霊場である。暫く例の眼《め》の事は忘れていたが、私一人で大師堂に詣でている時ふとある戦慄に消《に》た直覚を感じて振り返ると、来ている！　来ている！　しかも私の背後三間余の真(間)近にわが敵は鋭き眼光を以て迫っている。

何故だろう、私はこの眼に対して非常に平気だ。十分見返して白眼《にら》みつける事が出来る。すると彼の眼は幾分かたじろぐ。しかし私の眼が外《ほか》にそれると熱心に光り出す。そして慄《ふる》える足がジリジリ□(と)近づいて来る。

臭気が鼻をついて耐えがたい。でも私は凝乎《じっ》として杖□(を)斜に笠傾けて微笑んでいた。彼肉迫し来らば刃《やいば》の如き微笑を与え更に静かに優しき言葉を恵み、彼をして戦闘力を消滅せしめ、しかる後清く尊く悠々としてこの場を去らんと、私はひそかに待っていた。しかしながら予期は外れた。近づくと見た彼は、何と思ったか、あわてて何処へか行ってしまった。

さらば遍路よ、健在なれ！　私は心静かにそこを去って、寺山屋《てらやまや》なる木賃宿に――ここは、お寺の経営になるもので御飯の世話から寝具その他一切番僧の手でやっている。お縁に腰を下ろすと足がズクズク痛み出す。足を洗って部屋に上り、同宿の客に挨拶して荷物を整理し御飯をすますと早や夕暮れである。今夜も月が明るい。風は少し吹いている□(が)物凄いほどではない。

□(同)宿十九名総て遍路ばかりである。部屋は□畳二間と四畳半二間との□通しで混雑□(と)□(い)ったらない。これが木賃宿の光景かと思って私は奇《めず》らしく見廻し□(た)。そこに一団ここに一団、中には品格のある壮年の人も見受けた。

熊本県の人だという二十四、五の快活な人もいられた。阿蘇の坂梨で合志《ごうし》さんと仰せられるそうな。何となく懐かしい。

遍路も人間である。やっぱり、こうして集まるとそこには、礼儀だの冗談だの哄笑だのが、わけもなく生れるから奇妙だ。私は、お縁に腰かけたまま黙ったまま、臆病そうに見まわした。

月が明《あか》い！　ああ忘れていた、この良夜を――。足はいつしかふらふらと境内を歩いている。

ふと、本堂の縁の下からギロリと光る眼《め》――おーまだ御身はいられたか。おお御身よ、何を思い何□(を)怪しんで妾を見る。足はヒタとその前に止まった。「あなたはそこ□(に)お通夜をなさるんですか」思いきって丁寧に話しかけてみた。でも先方は、何やら口ごもって黙っている。しかし、烈しく身悶えている事は明かだ。
もうそれ以上ききたくない。
「では、さよなら」いいすてると私は引き返した。
＊ 延光寺の正しい御詠歌については、同寺から次のように回答があった。「南無薬師諸病悉除の願こめて詣る我身を助けましませ」。

四十一　遍路衆物語

七月二十五日、昨日来雨風が酷《ひど》いので、ずっとこの寺□(に)滞在せねばならない破目に陥った。実際本日なぞの風といったら凄《すさま》じいものだ。これから土佐を歩きまわる中には随分と難所もあり川や海や渡船《わたし》で越さねばならない処もあるそうなが、こうした風雨じゃ、全く動きもとれやしない。

同宿六人戸外の荒れを聞きながらむつまじげに、あるいは心細げに、あるいは頼りなげに、身の上話やら、遍路中の出来事やらを話合う。中にも愛知県人という、五十前後の毛濃ゆい赤ら顔の厚い唇の男が、色々とよく話される。風眼《ふうがん》で盲目になったのが動機での信心だそうな。今では御利益《ごりやく》を戴いて立派に見えるようになっていられる。次にその同伴者で剝《(禿)》げて申しわけばかりになった灰色□《(の)》髪の毛をかがり束ねたヒロ《(ママ)》リとした六十位のお婆さん。次にはまるで骨と皮との、眼玉の飛び出たお爺さん、生国は土佐だそうな。次が盲目の色の青い頭の毛の中に汚ない禿《はげ》を有する男の方。それと私たち二人で打ち見たところみんな盲鬼か幽霊かお化《ばけ》かの寄り合いみたいだ。

　話はお大師さまの御恩から、修業の事に移る。いわゆる修業とは乞食の事である。彼らのいうところでは、遍路の者はいくらお金持でも日に七軒以上修業しなければ、信心家とはいえないそうな。

　しかもその事は、法律上からは禁ぜられてある。そこで自分にはこんなつまらない経験もあると愛知の人が語るよう「それは、出雲《いずも》へ参拝の途《みち》であった。ふと或る家で修業していると、巡査に見付かって逃げるに逃げられず遂に捕まってしまい、暫らく警察署に留置され□《(て)》から、或る処に護送され、一週間馬鹿馬鹿しい目にあわされた事があったことだ。また宿毛《すくも》でも同じ目に合い伊予境まで追いやられた事も□《(あ)》る。そこで信心と法律とは矛盾してる形だから変だ。つまり四国遍路のお修業は公然の秘密になっている。お修業するのに一等楽なのは伊予と讃岐《さぬき》で、土佐と来ては人情が紙のようだ。どこでもいいからただ一晩泊めてくれ寝《やす》ましてくれと頼んでも見向もしない家が多い。修業するなら道ばたじゃ貰いが少ない、ずっと田舎に入り込んだら少しはある。それも米だの粟《あわ》だのアラ麦だの、やたらにくれるから大変だ。別々に入れる物を用意してるが好い。それから貰った物はお金に代えるがよろしい……」

この人は十何回も巡ったというが、なるほどずい分委《くわ》しいようだ。なおここらではお米は三十五銭、宿代が十二銭だそうな——。話すうちにもさすがにお大師様は忘れない、連中で南無大師遍照金剛は何度も何度も口の中で唱えている。

眼《め》の光る遍路は、この雨風をどうしているやら、あれ以来全く姿を見せぬ。

四十二　遍路のさまざま

遍路仲間では、土佐の同行《どうぎょう》さんだの阿波《あわ》の同行さんだの紀州の同行さんだの言い合っている。してみると私は肥後の同行さんである。何だか乞食の名のようだ。遍路の群にも大分出会ったが、色々様々な人があるものだ。でも□(総)括すると、灰色の敗残者だと見なして好いかと思う。どれもこれも足を痛めていたり口を歪めていたり痩せて骨ばかりになっていたりまるで死の勝利に出ている乞食の群を思わせるようだ。

それに若い者は幾《ほとん》ど見かけない。先ず四十から上の年輩の人たちだ。否《いな》全然見かけない事もないが、そのいずれもが若いやら老人やら分らない種類の者で、みずみずしい少女だのは見ようたっても見られない。いわんや窈窕《ようちよう》花の如き美人においてをや。

青年にしてもそうである。ただこないだ一人若い元気に充《み》ちた人に出会ったが、およそ理想的な気品あり学識あり、思想高邁にして詩を解するが如き青年少女をこうした群れの中に見出でようと望む事はそれは無理であるかも知れない。色々様々な遍路――その中の三、四人の見たままをかいてみよう。雨の降る朝五十年輩の、髯《ひげ》の汚ない男が、尼さんを伴《つ》れてやって来た。

眼玉が三角形に飛び出して物を言う度にギロリと光らせながら険《けわ》しくまたたきをするのが癖である。尼さんは四十二、三で目のドンヨリした口の締りのない、無智が顔全体に表れている小女□《(だ)》。男はズッと部屋に上《あが》って痩せ骨の足をヒョロリと伸ばしながら煙草を呑む。女は、手拭で頭を撫でまわしながらキョト□□《(キョト)》四辺《あたり》を見かえる。殊に私を険わしい目で眺め出した。お爺さんは男と話を始めている。

「アンタの郷里は?」

「伊豆の国」

「お仕事は？」

「遍路」

「お年は」

「わすれた」

「御家族？」

「女房一人」

「へえ、この尼かナ」

「そうじゃ」

「お出合いじゃろ」

「いかにも」

お爺さん、ひどく突きこんできく。でもまじめに熱心にきいている□□(から)可笑《おかし》い。答える人も無愛想だ□(が)まじめだ。尼さんは私に問いかけた。

「アンタ遍路かえ」

「年はいくつかえ」

「不具者じゃないかえ」

これには少し驚いたが、

「不具者かも知れません」

と答えてみる。

「そう、私も不具者で尼□(に)なったがこの人に欺《だま》されて酷い目に会っている。アンタ不具者なら決して嫁《とつ》ぎなはるな」

「アンタは肥えて美しい。ホンマに不具者かな」

「アンタはえらい金持だろ。なんぼほど有《も》ってるかナ」

「少し気分が悪う御座いますから失礼いたします」

やっと切り抜けて、そこを立つ。お爺さんはまだ熱心に話ている。

尼さんは、ポカンと私を見送っている。

四十三　遍路のさまざま

若い女の遍路では二十四になるというのがいた。色艶《いろつや》もない髪の毛を櫛巻《くしまき》にして目は凹《くぼ》み頬は落ち身体は痩せて歩く度に倒れそうな、惨《いた》ましい姿。どの点を見たら若い血潮が香っているかと私は、静かに注意したが駄目であった。ただ声だけは枯(嗄)れているが幾分か若いようだ。郷里は伊予の温泉郡だそうで、十八の年から痼疾《こしつ》に取りつかれ、どんなに手を尽してみても治らないので、お大師様に御願をかけて巡拝□(し)つつあるのだという。

　南無大師南無大師南無や大師の遍照尊……。

声を枯らして熱心に捧ぐる御和讃は、さすがに可憐《いじ》らしく聞かされた。まさきかれ君よ。

もう一人は十三の娘、汚れて真っ黒になった浴衣《ゆかた》の上に、縄のようによれた帯を締め、髪は、赤ちぢれて根元には累々たる瘡《かさ》が食《は》み出ている。きたない指でかきむしるとその瘡ぶたが剝げて中から青赤い濁り汁がドロリと流れ出る。その臭気は実に耐えがたい。

その子は生れ国も母の顔も知らない子で父といっしょに歩いている。

父というのは五十四、五、見るから白痴のようで何をきかれてもヘイヘイといっている。これは外の人の話しであるが、この男ある時なぞは警察署へ修業に行って巡査から叱られ、警部から餅を二つ貰い喜んで食べながら出て来たそうな。

「貴女はいつもお父さまと歩いてるの?」

娘のそばに行ってそっと問いかけると、白眼でジロリと見返しながらなかなか返事をしない。

「ね、どうしたの」

優しく手を肩にかけてやっても決して動くじゃない。おしまいには私の方が顔を赧《あか》らめて俟《ま》った。

「では、さよなら」その子が門を出ていく時、私はそこまで見送ってこういうとさすがに彼女もニッコリした。

まあ、嬉しい。私は、しみじみなつかしく思って姿が消えてなくなるまで見送った。

雨はいつまでもやまない。お寺の傘を借て蓮池の畔《ほとり》を歩いているとこれも遍路の六十二、三のお婆あさんが、近づいて来て手紙を書いてくれという。そこで本堂へ行って差出された紙に鉛筆でかいてあげる。曰く金送らぬと取殺すとかいて下さい。また南無大師のお兼よりと署名して下さい。酷いお婆アさんだと思って種々《いろいろ》いってみたが駄目であった。そこで「どうぞ送金してくれ」という意味を書いて読んで聞かせると、お婆アさんは聞き分けが出来ないので自分がいった通《とおり》にかいた事だと思って大機嫌である。曰く、

「とり殺されちゃ大変だと思うじゃろ」

四十四　真念庵にて

七月三十一日、何から書こう、毎日毎日歩きずくめで久しく筆もとらなかった。三十九番寺山《（延光寺）》を出発してから四日目である。その間に市瀬《（市野瀬）》——大岐《おおき》——足摺山《あしずりさん》——大岐——市瀬という径路(但しその間幾多の村落がある。総里程五十町一里の十五里)を取って今市瀬の真念庵に休息して居るところである。足摺山〔蹉跎山金剛福寺《さださんこんごうふくじ》、通称足摺山〕は室戸岬と共に土佐湾を抱いている嵯□《（蹉跎）》岬〔足摺岬の古称の一つ〕の南端に位し、三十八番の札所として八十八ケ所中著名なる霊場である。歌に曰く、

「ふだらく《（補陀落）》やこゝはみさき《（岬）》の舟の棹《さお》とるも捨つるも法《の》りのさた山」*

本尊は千手観世音菩薩で大師の御開基になり嵯峨天皇勅願所と定め給える名刹《めいさつ》である。ここへ行くには、昔□《（は）》非常に困難であったそうなが、今では新道も貫通しかけているしよほど楽である。とはいえ今もなお難路の一には数えられているだけ、小さな山径、谷川、藪の中、峰の道なぞ随分酷《ひど》い。それでも常に海ぎわを上り下りして行くのだから、

風は涼しいし気もちが好い。殊に大岐わたりの風光はまるで、画のようだ。山峡から流れて来た川が、緩やかに穏かに松の保安林をぬけて海に入る処、白砂《はくしゃ》数町に連らなりかなた遠く紺青《こんじょう》の海を望む。全く単調ではあるが濃厚な油画のようだ。青いものは偏《ひとえ》に青く、白いものは偏に白い。

市瀬出発後初日は大岐に一泊、ここから足摺山へは四里だという。但し五十町一里での四里である。一体この辺は、五十町を一里とする事が流行《はや》っているようだ。

その日は足の続く限り歩いてみようと決心した。そこで草鞋《わらじ》を引き□《(締)》めて山また山谷また谷を越え、目的地に達するや須臾《しゅゆ》にして引き返し、既に日暮れて黒暗々の坂径を、杖にすがり四ツ這《ばい》になりして辿って行った。

いつもは三、四里行ったら疲れきってしまうのが不思議に足も軽ければ元気もいい。お爺さんは吃驚《びっくり》してまた愚痴をこぼし始めた。どうしても歩けないという。では休みましょうといっても貴方が歩きたいと思っていなさるから歩くという。

構わない歩け！　と心が叫ぶ。

とうとうちょっとの休息もしないで、打ち通しに大岐まで帰りついたのが午後九時何分、宿の人たちは、夢かと《(ママ)》ように吃驚する。なぜなら、弱々しい私が山坂越を八里（三十六町一里に換算して十一里四町）歩き通したという事が実際不思議だという。お爺さんもこれまでの歩き方弱り方に徴して今日はどうしても、奇蹟みたいだという。果ては衆議一決、観音様のお手引きだとなってしまう。

足摺さんは霊験《れいげん》著しい観音様であそこでは一昨年盲目が目明き《（ママ）》なった実例もある。その代り心の悪い者がいくと鼻の高い人がいて云々……みんなの話は、それからそれへ、上句《あげく》はいつも私への讃嘆となり、仰望《ぎようぼう》（？）となる。この分では、またオデキの神様でも開業が出来そうだ。

＊ 「補陀落《ふだらく》やこゝは岬《みさき》の船の竿《さお》／執《と》るも捨つるも法《のり》のさだやま」（『全集』）。

四十五　遍路の墓

そこここで遍路の墓というのを見たが、そのいずれも遍路道に近く面して立てられ新しいのは杖や笠などまで置かれてある。

こうして遠く旅に来て、死に行く人の運命を思うと、寂しいような、悲しいような、また仄《ほのか》な夢路を歩くような、微《かすか》な愁いにそそられる。

この庵《いおり》から数町とは離れてもいまい。つい近くの草径《くさみち》の傍《かた》えにも、一つの古い寂しい墓標が立っている。福岡県福岡市重松某と仄によまれた。あわれ巡礼が繊弱《かよわ》き供養を受け給えとて、露草《つゆくさ》の花を手向け水を注ぎ暫くその前に額《ぬか》ずいた。ちょうど夕方で入日は赤く附近の山々谷々を染め、いうばかりない静謐《せいひつ》は恐ろしいまでに四辺《あたり》の空気を厳粛ならしめた。

ああ遍路の墓――何という懐かしい美しいこの墓の姿であろう。永久に黙然《もくねん》として爾《じ》来《らい》数知れずその前を通り行く遍路の群を眺めて立っているのだ。

(きけばお爺さんの祖父にあたる人もこの土佐の国を遍路中亡くなられたそうな。それでこれからあてもなくその墓をたずねていくつもりである。)

人間である以上生物である以上、何所で死ぬかは分らない。こう書いてる私自身も、巡礼の姿のまま、はかなくならぬとは限られない。

先日は四万土《しまんと》河(十川)のわたしで四十人の遍路が死んだそうな。その中には大分県の人も六人いたという。

その四万土川は、私のこれから行くべき路に当っている。請う、四万土川よ波静かなれ。私にはまだ私をいつも心から案じて下さる両親がある。私は死んじゃならない。でも遍路の死……それは実になづかしい。暫らくその墓の傍《かた》えの草の上に座し墓標に手を置き、じっと落日を眺めながら色々な事を考えた。

自由！　私は突然跳《おど》り上るようにして心に叫んだ。自由な生、自由な死……然《しか》り、自由は放恣《ほうし》じゃない。

真の孤独に耐え得る人にして始めてそこに祝福された自由□《(が)》ある。

自由の色は、血の色だ。若かれ！　高かれ！　尊かれ！

よし、私は、あらゆる障害、あらゆる脅迫と力戦しつつ、私の血の如き火の如き若き生命を、厳粛な自由□《(の)》絶対境に樹立せしめねば熄《や》まないであろう。

ちょうどこの遍路の墓が郷里を離れた遠い旅路の草原に独り黙然と佇立《ちょりつ》せるが如く私もまた寂しい荒涼たる生死の草原を永久に辿り辿らねばならぬ。

その時夕陽は血の如く赤く私のその独旅《ひとりたび》を照らすであろう。

遍路のみ墓よ、さらば静かにおわせ。生より死へ……有為《うい》より無為《むい》へ……道は一路であるものを。ああ大悟徹底とは大なる諦めである事を今に及んで知る事が出来た。

四十六　伝説一束

お大師様の事では非常に伝説が多い。そこでここではその中の三、四を抜いでみる事にしよう。まず讃岐の国で七十三番の札所に〔我拝師山《がはいしざん》〕出釈迦寺《しゅっしゃかじ》という霊刹《れいさつ》がある。ここは、大師御年《おんとし》七歳の時、身を捨てて一切衆生を救わんため、眼下千丈の谷に向って投身せんとなされるところへ、一体の天女降下し来って引止《ひきとど》むるあり須臾《しゅゆ》にして釈迦如来出現し給い「汝の意願成就せり」と告げ給いしが故にこの寺号ありとの事。

次には阿波の国で二十一番の札所に〔舎心山《しゃしんざん》〕太龍寺《たいりゅうじ》というものがある。ここの奥の院は有名なもので、長い暗い岩屋の中を、寺から借りた白衣《びゃくえ》をつけ燭《しょく》を手に持って曲りくねりに這入《はい》っていくという。この岩屋は大師修業の砌《みぎり》、悪龍来って障害をなしたる故どこからともなく宝剣飛び来って救護《くご》し奉りしにより大師即ち件《くだん》の龍をこの岩窟に封じ給いし由。

次には吉野川の渡しに無銭《むせん》の渡しというのがあるそうでここには昔貪欲《どんよく》な船頭がいて大師御渡船の際「ちょうど金をなくして困っているから、どうか、無銭《ただ》で渡してくれ」とお頼みになっても頑□(と)して応ぜないので、では無事に向岸まで渡す事が出来るか出来たら金は払おうと仰せられた故、嘲《あざけ》り笑って棹をとるや、船《ふね》中流に至り屹《きっ》として動かず、生ける物の如くまた釘付けられた物の如くどうにも始末に困《こう》じ果《はて》、遂には大師に恐れ詫《わび》て以後遍路は一切無銭にて渡すという事の約定《やくじょう》により、やっとお許しを受け得たという。

次には伊予で五十一番の札所に(熊野山《くまのざん》)石手寺《いしてじ》というのがある。これについては少し長い話があるが約《つづ》めて書くとこうである。

昔伊予の松山(確かには分らない)に衛門三郎という者がいた。金持ではあったが大の慾っ張りで、附近の人にも悉《ことごと》くいやがられていた。ちょうど大師其所《そこ》へ入らせられその話を聞き故意に托鉢《たくはつ》に行かれること七度に及び、その都度追い払われても、懲《こ》りずまた御出《おい》でになると、主人の三郎非常な立腹で、そのお鉢を奪うより早く土間に投げつけたがその破片は八羽の鳥となって天に舞上った。その時大師仰せられるよう、

「いかに三郎汝が財宝今は八つ裂きになりしぞよ」

それでも三郎は目が覚めない。とうとう大師を追出してしまったが、それからというもの毎日毎日八人の子供が相継いで亡くなったので始めて自分の非を悟り、どうかして再び大師にお目見えしお詫をせねばと八十八ケ所を順に二十度巡ったが遂に会う事が出来なかったので、今度は逆に巡り始め遂に望みを遂げ御加持《ごかじ》を戴き石を握って往生した

のがそのまま松山の城主の家に生れ更《かわ》り、さてこそその石を納めた寺だというので、この寺号が起ったという。その外《ほか》食わずの芋だの食わずの貝だの伝説は頗《すこぶ》る多いがいずれその中《うち》に八十八ケ所中の伝説一切を詳しく調べた上で折を見て書く事にしようと思っている。

四十七　生意気連発

遍路が五人私を加えて六人、ある街道の木蔭に寄り集って色々な話をした。その大方はお大師様の有難い話であった。その内にもお爺さんは例の癖を出して私を讃《ほ》□□《（め出）》した。観音様の出現が先ずその□□な前提である。そこで一同は□《（一）》も二もなく感心した。その後で天狗の話が出た。罪深い悪人は必ず天狗にブラ下げられて遠方のお寺へ飛ばされるそうだ。みんな熱心になって話し合っている。私も熱心にそれを聞きながらつくづく感心した。そこで大発明をしたつもりで、

「お爺さん、それじゃお天狗さまの飛行器が出来るのね」と大まじめでいったがそれは非常な失敗であった。何故なら、今まで受けていた信用がこの一言で地に墜《お》ちたは好

いが第一お爺さんの言責《げんせき》に関係するような事となってしまったとは情ない。一同顔色を変えて曰く、

「何て生意気な人だろう」

道々読書にも瞑想にも飽いてくると一切が単調で無意味で憎らしくて仕方がない。そんな時にはこの生意気娘、きまってお爺さんと議論する。きょうも非当(常)な熱論を吐いて聞かせた。それは海岸の涼しい木蔭で、波の飛沫《しぶき》が折々顔に飛んでくる。見はるかな土佐湾内波静かに白帆五、六夢の如く浮けるを望みつつ、話は地球の自転論から始まりお爺さん曰く地球が廻るなら水桶の水は何故《なにゆえ》かやらぬか。これがお爺さんの唯一の論拠だ。私は早速引力だの形状だの周囲だのを説き起した。しかしながら第一お爺さんにこびり附いた上下の観念はなかなか意地わるく離れない。曰く地球が廻るなら晩には、逆さにかやらねばならぬ。私はやや短気を起し出した。性急に、唇をビリビリふるわせながら、一時間余も説法した。果ては、お爺さんの古あたま、残念だと嘆息したり、痛罵したり、一生懸命必死の勢いでやっているうちお爺さん遂に弱ってしまった。

しかし決して解《わか》っちゃいない。第一お爺さんという者は、智識を得たいなぞ一寸も思っちゃいないから駄目だ。そこで議論は有耶無耶《うやむや》になってしまう。私は昂奮して涕《なみだ》を出

して説法したがお爺さんはもう降参しますといいながら平気で笑っているのが憎くて耐まらない。残念だ。今は毎日、隙《すき》を見ては、お爺さんから按摩《あんま》の稽古をつけてもらっている。

それは大変に巧《たくみ》になって帰郷してから母に自慢して揉《も》んでやりたいためである。そこで自分ではも早大分《はや》上達したつもりでいるところへ、私の足の豆を治して下すったおばさんが胸を痛くして困っていたので、それは胸に血の鬱滞《うったい》がある、それからして発熱して痛みを起しているのだと巧者《こうしゃ》な事をいいながら、揉んであげると、おばさん顔をしかめて痛いといわれる。

「イエ、痛いほど揉まなくっちゃ利《き》けませんよ」と続けているところへお爺さんが来てそんな乱暴な揉み方がありますかという。

「失敗《しまつ》た」

と思ったが早速の機智で、

「これね、ガール式のマッサージよ。妾《わたし》学校で習ったのよ」

というと二人ともすっかり感心してしまい、おばさんの痛みもよくなった。実は娘巡礼式の按摩だというつもりであったがそういっては、発覚の恐れがある。そこで滅茶苦茶にガール式とは、我ながら可笑《おか》しくてならなかった。これで私の開業が二つ出来る事になった。曰くオデキの神様。曰くガール式マッサージ。

四十八　狂瀾怒濤

(八)七月二日伊豆田《いずた》越えの難を抜け四万十(十)川の渡船場《とせんば》に至る。評判ほどに大きい川じゃない。船を下りて行く事数里、道々幾人かの遍路に会う。同類項は仲が好い。双方から多年間の知己のように馴れ馴れしく話し合ったり笑ったりする。遍路の大方は順ばかりだ。私たちのように逆にまわる者は非常に少い。

入野《いりの》とよぶ小宿駅を過ぎるや遠雷の如き音響を耳にす。お爺さんを後に一散に海岸に出ると、

快絶！　白浪《はくろう》高く天に躍りて飛沫濛々《もうもう》雲煙の如し、何ぞその壮絶なるああ何ぞその——。

暫く無言、わが身直《ただち》に狂濤《きようとう》に接す。あわや！　足《あし》土を離れて飛ばんとす、その間髪《かんはつ》をいれず、

「何を？」お爺さんに引止められ愕然として我に帰る。ああ何という恐ろしい事実――いま思っても戦慄を禁じ得ない、恐ろしい事実であった。お爺さんは色々と仔細《しさい》を訪ねる。しかし私には何ものもない。ただ私の魂が彼《か》の狂波怒濤と一致したのだ。それだけだ。私は急に恐ろしくなって駆け出した。でもそれは無駄な事だ。行っても行っても海岸の道は続いている。「ここに泊りましょう」私はとうとうある木蔭の草原に疲れた身体を横にしてしまった。そして凝乎《じっ》と海の光景をしみじみとした瞳で眺めまわした。夕方である。この辺り波が烈しいので飛沫が銀の煙をなし濛々と立ち罩《こ》めているため水平線も判然《はっきり》とはわからない。

すぐ足の下に浪が狂っている。

闇は次第に迫る。白い闇だ。見る見る眼界は狭められ見る見る真っ白な闇が幕のようにたれ下る。その闇の上に星が浮かぶ。お！　天《あま》の川！　行く方も分らずその白いものものドン底になだれ落ちそうだ。お爺さんは早や横になってしまって居る。最初は私を気づかっていたがもう安心なすったらしい。

海と夕やみと、七十三の萎《しな》びた老人の亡骸《なきがら》の寝姿と――私は静かな落ちついた心で「死」を考えた。

四十九　海辺の一夜

夜は漸次更けてゆく、闇は白さを増して来る、足の下では波が躍る。草鞋《わらじ》のまま松の根に腰を下ろして、屹《きっ》と四辺《あたり》を見まわし凝乎《じっ》と耳をすます。ふと光明真言を唱えよう（と）□思い出した(千度だけ)。

そこで百唱えては草の葉をむしって袂《たもと》に入れながら、虚心平気になる事を一心に努めたがいけない。人が通りかかったら何と思うだろうか、お爺さんが眠りを覚ましたら、私を酷《ひど》くまた讃めるだろうの、不快な事ばかり思い出してその度声が低くなる。

三百唱えた時、私は不意にこう思った。念仏という事は「諦める」ための早道だ。つまりありのままに我が身を天に打任《うちまか》せ流るるままに安心して生きゆく事である。

要するに大悟とは諦めることなのだ。その外に道はあるべきはずがない。どう考えてみても我々には絶望すべき死の穴がある。換言すればわれわれのおしつまった絶望は、死より外にはない。

であるから、死より逃れる事、死より免《まぬか》れる事が出来たら……と私どもは常に考える。

しかしながら物質□においてはそは到底絶望だ。そこで我らの信念の力をもて死から超越しようと努力する。

しかしながら努力という範囲内に住んでるうちは、まだ信念が硬《こわ》ばっているのだ。偉大な精霊の神秘な翼がかじかんでいるのだ。

精霊が無限な静平《せいへい》を(消極的にせよ)保安し得た時、あらゆる一切は、既に神秘の別世界に移される。即ち苦も楽も絶望も等しく些々《ささ》たる事なのだ。五百八百一千……。

数え尽し唱え尽した時、私はほのぼのとした喜びを感じた。

安心立命《あんじんりゅうめい》という事、信念一向《いっこう》という事がいかに偉大なものであるか。なぜなら私の凡愚を以てしてすらもこうした、念仏的状態□《(に)》ある間は、或点までは外囲の刺戟《しげき》脅迫にも厳然とし□《(て)》屈せざるの態度をとり得る事を経験したのであるから。私はかつて光明真言の解釈を徹底的に訊《き》きただしたい《(ママ)》のだ。小さな事にばかり囚われていた事を恥しく思う。わが心よ静なれ、安らかなれ。ありのままのそのままなれ――。

黙禱多時、夜はややに明け方近くなって来た。暫く、眠らねばと思うけれどどうしてもねむれない。

そのうちに月が出た。何と森厳なその光よ。磨かれて露もこぼれんその光よ。海面一望、白靄が煙っている。歩きたくなった。無性に歩きたくなった。草鞋をしめて立つ。足は腫上《はれあが》って全く一歩にも耐えないほどだ。でも無理に歩いてみる。その中は（ママ）やや馴れてくるものだ。そこでお爺さんを起して出発する事にした。睡眠不足の目が痛い。

五十　トンネルよさよなら

八月三日、疲れて疲れて、海がどんなだろうと山がどうだろうと幾《ほと》んど一切がいやになってしまう。

昨夜の大悟徹底は一体どこへ吹っ飛んだか、心がまるで荒びて息がほとほと苦しい。眼前我に立向う敵あらばとっても引き退《の》けんほど気が切れるように短かくなっている。お爺さんも随分困らせた。

困らせるところに痛快がある。ああ何という醜い心だ。でも私は、単調な道と暑さと疲れと足の痛みとのため□（に）全く苛々《いらいら》しきっている。

この苦しさ、不快さから脱がれる手段として、わざと海洋に目をやりわざと嘆嗟の声を放つ。また、うら若い歌を歌う。それによって自分□（の）苦しさを放散し、その雰囲気内に疲れた自身を慰める。しかしそれも長くは続かない。すると此度《こんど》は読書である。これは私にとってかなりに有効な方法である。しかし、も早や所有の書は、二度三度も読み返したので興がうすい。この際熱烈な奔放な色彩の濃ゆい詩集を読みたい。

こうした私の態度は一向に利己主義である。私は実際一寸もお爺さんを構っていない。時々はお爺さんさぞ退屈だろうと振り返ってみる事もある。そんな時には急に気の毒になって一言二言お対手《あいて》してみるが直《すぐ》いやになって止《よ》してしまう。ああ何という下劣な私の心であろう。しかし私は耐《たま》らない。暑気と疲れのためヘトヘトになって無暗《むやみ》に濃厚な刺戟を欲しまた無暗に一切を憎んで憎み仆《たお》してやりたい憎悪心をムラムラさせる。

時々は花を摘んで僅《わずか》に楽み数々の思い出を辿って血潮を躍らせるがみんな長くは続かない。

きょうは佐賀という小さな町を過ぎ熊井のトンネルを通過した。

トンネルが見える！　と知った時私は子供のように喜んだ。

とにかく単調な道にトンネルという一つの変化がある事は愉快である。足の痛さも一時忘れた。声を出すとガンと響く。

面白いこと面白いこと、好きな歌を考えては歌う。我ながら好い声である。果《はて》は色んな事をお爺さんに話しかける。目的は反響をきくにあるのだから頓珍漢《とんちんかん》でも一寸も構わない。

ただお爺さんは吃驚《びっくり》している。その中《うち》にトンネルは尽きた。

ああ残り惜しい。終りにのぞみ何かいわねばならない。

でもちょっと考え出せない。

「トンネルさいなら！」

とうとうこんな事喚《わめ》いてしまった。すると大変、私の後二、三間の処(トンネル内)に誰かいて、

「では、どちらへ行くんです」という。変だ。

出て来たのを見るとつい忘れていたが先刻茶店でいっしょになった人である。某中学の人、お爺さんが色々話すもんだから、馴《なれ》ていっしょにいく事になってしまった。

「さいなら」とその方にいった――と間違えてこう訊《き》かれたと知って私は赤くなった。

五十一　可憐なる少女

八月四日、昨夜も野宿、無論草鞋《わらじ》も脚絆《きゃはん》も解かない。またまた眠れない。夜中になって急に胸部が痛み出した。それがぐんぐん酷烈になってくる。果は息も絶えそうになった。死ぬだろう、と私は思った。が幸いにして痛みが止まり、昏々《こんこん》たる暗い深い眠りに沈む事が出来た。目を覚したときは既に黎明、早速胸をさすってみたが痛みはすっかり除《と》れている。でも足は依然として痛い。傍の流れで顔をお粗末に一洗いしすぐに出かける事にした。

きれいな娘だと人がいう。しかし夜目遠目笠《かさ》のうちに過ぎない。日に一度洗うか洗わぬか顔は、も早や真っ黒に印度《インド》人みたいである。鏡もなんにも重いので捨《す》てしまった。といっても無駄にすてた訳ではない。三十九番の札所寺山の下女にやって来たのだ。

きょうはいよいよ三十七番藤井山岩本寺《ふじいさんいわもとじ》へ――この寺は高知県高岡郡窪川《くぼかわ》町に建てられている。歌に曰く、

「六《む》つのちり（塵）五つの社《やしろ》あらはして深き仁井田《にいだ》の神の楽み」

けだし阿弥陀如来、薬師如来、地蔵菩薩、観世音菩薩、不動明王の五尊を以て本地仏《ほんじぶつ》五体を祀《まつ》る。

寺を出で坂を上り暑さに苦しみながら仁井田村平串《ひらぐし》〔高岡郡窪川町〕という村落の宿屋に泊る。翌《あ》けて五日、同じく高岡郡久礼《くれ》町〔いまの中土佐町〕へ――途中お爺さん少し用が出来てある村へ行った間に私一人そこの草丘に佇《たたず》んでいると可憐な少女がなづかしそうに私を見ている事に気づいた。

私もしみじみなづかしく思って見返した。

髪の美しい可愛らし《(ママ)》少女である。純美そのもののような少女である。私は少女が女のうちで一番好きである。純な幼い、あどけない――いつまでもそうでありたい。

「ここへいらっしゃい」

微笑んでこういうと、怯《おび》えもせずに近づいて来た。

二人はやがてすぐに仲よしになった。

「お年はいくつ?」

「十二」

私はその子の髪を結《ゆわ》えてやりながら色々な事を話した。

「お姉さんのお国は？」

「入日の国」

「入日の国って」

「わからないの、ではね、きょうの夕方ここに来てね、赤く沈んでいく夕日を御らんなさいな。あたしのお国はそこにあるのよ」

「そう、妾《わたし》行きたい」

「お出でなさいとも、大きくなってからねえ」

「では、さいなら」

お爺さんがよんでいるので私は少女を残して立った。

少女はいつまでも佇立《ちょりつ》して見送っている。何という可憐な心であろう。

「さいなら」私は振返り振返り叫んだ。

やがて少女の姿は消えた。私は悄然と暫し佇《たたず》んだ。果然《かぜん》、彼女は追っかけて来たのだ。

「あ！」私も驚き喜んで其方《そっち》へかけ出した。

二人は、また暫らくそこの草の上に坐った。「ね、もう別れましょう。私は旅人なの、流人なの、といってもわからないでしょう。さ、お立ちなさい。記念にこれ上げましょう」笠の緒《お》の紅紐を解いて、懐に入れてやって、思いきって歩き出した。

「おねえさん」

ああ、もうよび給うな、後ろ髪を引かれるようだ。血を呑む思いで走りぬけて、山を廻ると、も早やいとしい少女の影は見ようとて見られない。私は、そこに仆《たお》れるように座って、心の限り泣いた。泪《なみだ》がこぼれて止度《とめど》がなくて――。

五十二　面白き茶店の主《あるじ》

高知県高岡郡仁井田村という村落から同郡久礼町に至る近道を数町下りた谷間に、不動が滝とかいって滝の中に不動尊を安置した処がある。その傍に小さなムサ苦しい茶店みたいな家がありその家□（の）中には形ばかりではあるがお大師様を祀ってあるのが何だか異彩を放っている。主人は五十位の鬚《ひげ》ののびた赤ら顔の男で眼光何となく物凄い。

「お茶をおあがんなさい」

声は案外に優しく、挙動も非常に柔らかである。庄（床）机《しょうぎ》に掛けてふと畳の上を見ると、こんな家こんな男には不似合な洋綴《ようと》じの書が置かれてある。

「ちょっと拝見」と手にとってみると教家必携布教全篇高田道見著と書かれてある。内容もかなりに面白そうだ。

中には再生という事を論じてあるのが見つかった。論に従えば再生はありうべき事だといい多くの実例を挙げてある。最初に衛門三郎の事が書いてあったが、私がこの間書いた伝説とはよほど違っている。その主なるものを記すと三郎の生国は伊《い》予国《よのくに》浮穴《うけな》郡荏《え》原郷《ばらごう》だそうで死んだのが天長八年辛亥《かのとい》の十月二十日、再生したのは国守《こくしゅ》河野左衛門佐息《やす》利《とし》公の嫡子《ちゃくし》として後には百万石の国主《こくしゅ》たり、石を納めたという寺は道後湯町を距《へだ》る東南八丁の処にあり、石は一寸八分今なお宝物として秘蔵されてあるという。

次には王陽明の再生というのが書かれてある。王守仁《しゅじん》(陽明)某日某寺に至り見れば、境内に固く錠を下した一宇があるのを発見し僧に請《こ》うて戸を開き見ん事を需《もと》むれども肯《き》かず。曰く「この一室には五十年来定《じょう》に入れる聖僧あり」と。

守仁ますます見ん事を切願し遂に目的を達す。果然《かぜん》一老僧の端然と座禅をくめるあり。その顔容真《まこと》によく守仁自身に酷似《こくじ》す。かつ壁上一詩を記せるあり、

五十年前王守仁　開門原是閉門人
精霊剝後□(還)帰復　如信禅門不壊身

守仁即ちこの僧を以て自分の前生者だと知り、ねんごろに埋葬した云々……その他奇抜な実例がいくらも挙げてあったが論者最後に喝破《かつぱ》して曰く、

妙の字は若き女の乱れ髪

いふにいはれずとくにとかれず

奇妙不可思議が宇宙人間《じんかん》の真相だ……微笑んで読んでいると主人は莞爾《につこり》としてわが傍《かたわら》に来り、どうです面白いかのいう。(ママ)かつ曰く、私はいつも読み返して面白いと思っている——。

愛知県人で四国遍路を十五回もしたという。ここに来たのはつい四、五十日前だと——とにかく変だ。

五十三　須崎にて　毛利の末裔

八月六日、昨夜は久礼町に一泊し今朝出発。須崎《すさき》という一小港湾地に着す。ここから三十六番の札所へ船で行こうと思って問屋に聞き合《あわ》したらその都合がちょうどよくない。そこでこの町に一泊する事にした。場末に近いある遍路宿に泊る。

同宿者九名中に広島県人で毛利元就《もとなり》の末裔だという四十一、二の人がいた。遍路じゃあるが自分は医者の方だという。とかくしている中に一人のお爺さんが訪ねて来て、

「先生、ただ今は御厄介にあずかりまして」と頻《しきり》に頭を下げる。

「それからお礼は、いかほど？」

「いや自分は薬売《くすりうり》じゃないから」

「それでは失礼ですがこれを」

「そうかナ。では折角だから頂戴しよう。それから先刻の脳病の人を出来るならここへ――」

「ええ、承知致しました」

こんな問答の後お爺さんは帰って行った。暫くすると、三十位の若者と五十四、五の老女とがやって来た。

その若者が脳病患者だそうな。

頻りに平身する事多時、医師は静かに診察を始めた。

見たところどうやら普通の診察法ではないらしい。指先で頭部の二、三ケ所をおさえそれを一々手帳に控える。それからいよいよ薬であるが前以て調合したのがあると見え

て造作《ぞうさ》なく一包の粉薬を二重に紙にくるんで、「これは気を抜がぬようになさい。日本にはどこにもない薬で私が極少量《ごく》だけ米国から持って還《かえ》ったのを上げるのだから十分大切にしてもらわねばならぬ。それから貴方の病気は脳充血の下地という病気で脳充血にもこれとニセ脳充血とホン脳充血との三通りあるが、多くの医師はそれを見わける事が出来ないので、薬のききめがないのである。そこでこの薬は十二時十五分にきっとのまねばならぬという事をよく覚えていてもらいたい……」いう度に若者と老女との頭が下がる。

ややあって若者恐る恐る曰く、

「これは私の母で御座いますが足が痛んで困るので医師に見せるとリウマチスといいますが……」

というのを制して、

「いや私には容体はいっちゃもらうまい。診察してみて容体が分らぬ位な医者では困るのじゃハハハハハ」

二人の患者恐縮の余り身体平蜘蛛の如く石の如し。

やがて先刻同様奇異なる指先の診察法始まる。そして例によって予《あらかじ》め包みある薬を与えると、二人はまたまた低頭する。それからお代は如何ほどという段になる。薬売じゃないからと答う。よって寸志をといっていくらか包んだものを畏《かしこ》み畏み捧げる。こうして二人は去って行った。

それから医師(?)は他所《よそ》から書を頼まれたからといって唐紙《とうし》と筆とを取り出した。さては書道にも委《くわ》しいかと見ていると何やら書き出したが、まるでお化《ばけ》のような字だ。力も元気もあったものでない。第一筆の持ち方から腰の据え方から目のつけ方から幾《ほと》んどなっていない(と断じ去るだけの僭越《せんえつ》は私には出来ないが)。とにかく、やたらに曲りくねった文字だ。了《おわ》るや彼揚然《ようぜん》として曰く、

「大阪では区長から額を依頼され詮方《せんかた》なくかいてやると十円の謝礼の外にくれたのがこの筆だ」と。

一座の者悉《ことごと》く感心す。私はそっとお爺さんを見ると、お爺さんは熱心に感じ入って聞いている。

何という喜劇のような狂言のようなこの場面の光景であろう。

ならない。

五十四　山中の運動器具

八月七日、私は近頃私の言語や挙動が何だか軽浮になったような感じがして苦しくてならない。

私は真心から多くの人なりまた一切の物に対せねばならぬ。ああ私から敬虔と至純とが飛び去ったら、私の栄《は》えある若さも美《うる》わしさも同時に亡びる事であろう。

ああ私はちょっとでも人を疑ってはならない。また荒《すさ》んではならない。ほのぼのと旅をつづけよ、心つつましく優しく淑《しと》やかなれ。

こんな事を長い間思いながら歩いていた。それは高知市を貫いた県道である。お爺さんはいよいよ修業をはじめられた。私はゆっくり歩いて待っている事にしたがなかなか待遠しい。そこで某村では後からソッとついて行ってみたら忽《たちま》ちそこの人に発見されてあるお婆さんがお団子を持って近づいて来られる。大変だと思ったので気づかないふりをしてぐんぐん歩き出すとお婆さん一生懸命急いで来られる。

そこで私も一心に後をも見ず急いで山道□(へ)入ってしまった。

もう大丈夫である。ふと見ると右手の大木の間に大きな蔓《つる》が幾条となく絡み合ってまるでブランコのよう□(で)ある。それで、試みに乗ってみると具合が好い。面白いこと面白い事、それに風が吹くもんだから涼しくてユラユラと揺れて気もちが好い。そこで最初は喜んで揺《ゆす》っていたがおしまいには眠たくなって、蔓につかまったなりウトウトと眠ってしまった。

呼び起されて目が覚めるとお爺さんが先刻の団子を持って立っている。私が逃げたので後では大笑いだったそうな。木の葉に包んで真黒なお団子だ。一体熊本には見かけないがこの辺では木の葉の団子が流行《はや》る。

そこを立って暫くして歩いている内、谷川があって円い柱を橋にしてある。例の好奇心でその上を両手を側挙《そっきょ》しながら一二、一二と歩いてみた。これはまるで、固定円木のようだ。面白いといったらない。

そこで暫く遊んでそれから十二、三間行ったら此度《こんど》は木馬のように木を組合せたものがある。

今日は運動器具に沢山出会って面白くて足もなんにも痛くない。

六、七里歩いて高岡〔いまの土佐市〕という町に入る。早いけれどここで泊めてもらう事にした。風が酷《ひど》い。

宿につくとお内儀《かみ》さんたちが第一にいう事は、「お爺さん。あなたの娘さんですか孫さんですか」ということだ。

これは至る処の人に連発される事である。こうして私の幾分かを聞き出そうとするのだ。「御主人の嬢さんでしょう」知ったふりの人もたまにはある。

五十五　怪しむ人々

私はかつて阿蘇の坂梨にいた時分にもこうした事を書いたと記憶している。爾来《じらい》怪しみの標的となり疑いの中心となったような感じのもとに大分県を通過して来たが、四国でもやっぱりそうだ。

茶店にでもちょっと立寄ると、真っ先にお爺さんが詰問される。

「お孫さんですか」

「いいえ」

「御主人でしょう」

「へい」

「いえ決してそうでは御座いません、よその御爺さまでいらっしゃいます」横からそういわずにはいられなくなる。すると話が面倒になる。

久礼という町では、

「どうも由《よし》ある家の嬢さんに違いない。お爺さんちょっと」

といって何やら注意する気味わるい人もいられた。

久礼から須崎へ来る県道では、道ばたに可愛いい花が咲いていたのでちょっと屈《かが》んで摘んでいたら、自転車の人が三人通られて、

「おうちは何処《どこ》?」

と訊《き》かれるので熊本で御座いますと答えると、

「学校がお休みになったので旅行のおつもりで出かけていらしたでしょう。お年はおいくつ?」

色々きかれた上に、失礼ですが僕は徳島県那賀《なか》郡立江《たつえ》町〔いまの小松島市内〕の者です、ちょうど僕の近くに札所があるんです、ぜひ御寄り下さい、といって名刺を下さる。私はぼんやりして立っていた。

何故皆さん色んな事をきいたり言ったりするだろう。

須崎を出て六里何町歩いて高岡という町に二泊。

疲れたので、お爺さんが宿をおさがしなさる間、そこの橋の上に杖をつきながら寂しく佇《たたず》んで曇った大空を見上げていると、奥さんのような方が二人、

「女の自転車なんて生意気だわノウシ」と話しながら私の姿を認めて、

「まあ、いじらしいノウシ、きれいやノウシ、可哀想に髪を切ってノウシ。どこぞお悪いかえ」

「いいえ」

「まあそうかい。可愛らしい巡礼さんノウシ」二人で色々と話していなさる時、女の自転車姿が向うを過ぎて行った。

袴をつけた二十六、七の色の少し黒いお茶の水か目白とでもいいそうな……そのうちに吃驚《びっくり》して振り返ると私の後には沢山の人が来ている。

「可哀想やノウシ」

お婆あさんたちの声がする。私はきまりがわるくなったので歩き出した。両側の家々からは、みんなが必ず何かいっては見送っているらしい。

「ここをお爺さんが通ったでしょう」

ある店でこうたずねると、

「あいあい、すぐそこを——」

何という温かい懐かしい声だろう。

五十六　わが行末は

雨は蕭々《しょうしょう》と降って居る。私は一人宿の離室《はなれ》の柱に凭《もた》れて長い間考えた。夢のような来《こ》し方から現在から未来へ——。

幼ない時分よく遊びに行った木原山や緑川や、あの辺一帯の風光は今だ(未)に忘りょうとて忘られぬ。

あどけない妹の手をとって春は淡霞《うすがすみ》さみしく匂う閑村の哀れふかき花かげに彳《たた》ずんだ少女——あの頃から私は既に泪ぐましい寂しい静かな少女であった。

私の理想は虔《つつ》ましい柴の折戸に高らかな清い生涯を送り果る事であった。私は幾日か流れの岸に立って果敢《はか》なき人の生涯を考えた。

全く内気なうつむきがちな少女であった。

少くとも私の過去を知っていて下さる方は、私がどんなに寂しそうに微笑み、好んでは一人でイずんだり、歩いたりしていた事を記憶せられるであろう。学校でも私は幾《ほと》んど孤立の状態であった。それは寂しかった。でも致し方なかった。一日中無言がちなことが多かった。

ああ月日は流るる水のようである。

別れ別れになった多くの友達も今はそれぞれ思い思いの運命のもとに日を送っていられる事であろう。今は音信も絶えている、懐かしい天草《あまくさ》*の友達はどうなさっていられる。住吉の海べに遊んで遠く望郷の思いに堪えず手を取って泣きぬれたそのかみの思い出よ。

いまの我が身――おおいまの我が身――我が身巡礼となりて漂泊の旅にあり、

島つ鳥今宵はこゝに臥さしめよ
汝《な》に守られてねにし入らなむ

これは四、五日前の作である。

ああ私は巡礼である、流人である。旅費すら既に尽きんとし心ぼそき未来、不分明なる未来を前に疲れた足を運ばねばならぬ。

いな、私は何も思うまい。私はこの現在の限りない静謐《せいひつ》と哀愁とに生きていけばいい。

それでいい。

漂泊の心流人の心はまた美しきかな。命つきなば石を枕に仆《たお》れもせん。

ただなづかしき島よ鳥よ、妾がかよわき亡骸《なきがら》を守りて静かなれ――。

長くもあれ短くもあれ人の生涯や極まりあり、何ぞ空しく恨み何ぞ徒《いたず》らに悶《もだ》ゆべき。

ただ私は永久に真摯《しんし》であり永久に至純であり永久□(に)厳粛であり永久に若□(い)血潮をなくしてはならぬ。


私の過去には酢のような思想が、ちょっとだけ私を脅かした事もあった。しかしながら私は到底私である。幼稚ではあっても私はきっと□して荒《すさ》まない可憐な私を守り育てていかねばならぬ。

＊　県立熊本師範学校女子部での同級生松下シマ(旧姓明瀬)氏をさす。

五十七　奇遇の人

八月十日、雨がやんだので高岡町から二十何町の〔三十五番〕医《い》王山《おうざん》清瀧《きよたき》寺《じ》に詣ず。本尊は薬師如来、行基の御開基で大師御巡錫《ごじゅんしゃく》の砌《みぎり》三密瑜《ゆ》伽《が》の道場と定められた霊刹。歌

に曰く、

澄む水を汲むは《(めば)》心の清瀧寺

　波の花散る岩の羽ごろも

実はこんな事書いているのももどかしいほど、私は今ある事について考えさせられている。というのはこうである。ちょうどお寺に詣でて一人さみしく山門に立っている時であった。一人のお婆さんが来て頻りに感心して(何のためであるか分らないが)私を見ているので、きまりが悪く□《(て)》伏目になって杖で地びたを突いたり線を引いたりしているとうとう声をかけられた。

「あっさんお国は何処《どこ》じ御座りますか」

純熊本弁……何という懐かしい言葉だろう。私は思わず胸を跳《おど》らせながら近づいた。

「お婆あさん熊本でしょう、妾《わたし》も熊本」これっきりしか出ないほど私は確に亢奮しその極涕《なみだ》さえあふれる位であった。

「まあ……」お婆あさんも、ひどく驚いた。それから住所だの氏名だの互に名乗り合いなづかしみ合ったが、お婆さんは私の姓が高群と聞いて直覚したように、ではもしや本宅の……といい出した。私もお婆さんの故郷が鹿《か》本《もと》郡と聞いてどうやらなづかしく思っていたが、そういわれて吃驚《びっくり》した。話はそれから直下した。

この老婆は不思議にも若い時私の家にいたとやら。

石川の本宅といえば聞えた旧宅であったのに、あっさんのお祖父さまがサムライ気質《かたぎ》で太い事ばかりなさって……と老婆は今更のようにしみじみという。

「何よりもお痛わしや、お繊弱《かよわ》いお姿で草鞋を召して……」

老人の涙に弱く早くさめざめと泣くので私もつい悲しくなって、二人手を取り合っては、どれだけ泣きに泣いたろう。「お婆さん」こういうと「勿体ない。婆《ばば》といって下さりまっせ。御ふびんや、お供したいは山々であるが婆は伴《つ》れが御座りまして、それに順に詣でて居りますので……」と泪ながらに私の姿を見上げ見下《みおろ》してはこういうのをきくと、とりすがりたいほど懐かしく、耐《こ》らえようにも耐らえられぬ涙はハラハラと頬を伝《つた》ってこぼれ落ちる。色々な話はそれからそれへ尽きようともせぬ。

ああ、でも、も早や別れてしまった。別れてしまった。別れてしまって私は宿に帰っている。

先祖の事――親類の事――こうしたことが今はしみじみ考えられる。

妾也元是武夫女　熊本城南棲画楼

はしなく白菊の詩*が浮かぶ。

それから連想して武道一徹の祖父、学道一徹の外祖父、昔語りによくある武道の遺恨から不図不覚《はからずも》の害を蒙《こうむ》り白河で惨死した曾祖父、そのために家禄召上げとなりし故、金峰山《きんぼうざん》にこもり一意腕を磨いて再び指南の家名を再興した大叔父……。

ああ……私は何やらさみしくなった。私は巡礼である。そうだ私は巡礼である。花を摘みつつ風に吹かれつつ哀しい旅を続けて行こう。

＊　井上巽軒《そんけん》(哲次郎)「孝女白菊詩」。

五十八　宿無し者

宿無し者という言葉があるかどうかは知らないけれど、昨夜はつくづく困《こう》じ果てた。私は今、路傍の露に濡れた石の破片の上に腰を下ろして、これを書いている。昨日(八月十一日)は福島という処から入江の渡船に乗って、それから山を越えた先きの三十六番独鈷山青龍寺《とっこざんしょうりゅうじ》へ詣でた。

本尊は波切《なみきり》不動明王、大師御帰朝の際密教弘通《ぐずう》の地を選ばんがためお投げになった独《とっ》

鈷《こ》がここの松の枝□(に)懸っていたのでお開きなった(ママ)という霊場である。歌に曰く、

「僅かなる泉に棲める青龍《しょうりゅう》は仏法守護の誓ひとぞ聞く」

御納経も済ましたので元来た道へ引き返そうとしていると(ここは岬だから入江を往復二度渡らねばいけない)雨が少し降り出した。それでも構わず急ぎ出したが山の中腹に来た時にはまるで後にも先にも行けないような大降りとなり雨具を被《かず》くまに早や着物も髪もビショ濡《ぬれ》となった。泣きたい思いで漸《や》っとの事下へおりついた頃には、雨も小降りとなり渡船も無事。ぬれた後れ毛をかき上げながら歩いていると俥夫が来て、

「どこまでいらっしゃいます?」

と訊《たず》ぬ。

「三十四番の方へ」

というと、

「ではお供いたしましょう。私もあちらに帰りますから」

という。

「でもお爺さまが……」

「あ、お伴れさんがいらっしゃいますか」こういって彼は右手の家に入った。私がそ

この前を通ると派手な浴衣を着た紳士らしい人が、

「僕も御いっしょに行きましょう」

といって出て来たが後から誰やら何とかいったので引き返して行った。また渡船に乗ったり砂浜を歩いたり、疲れた足を引ずって三十四番本尾《もとお》山《ざん》種間《たねま》寺《じ》に着いたのは、既に暮《くれ》きって四日か五日の弦月が寂しく、淋しく林の上に照っている頃であった。

札所のそばには宿があると聞いてきたので、そこにいくと、御見かけの通り沢山なお客さんで始末に困っている。気の毒だけれども御断りという。

仕方がない、とにかくお寺に行こうというので山門を入って、本堂に礼拝《らいはい》し納経を願い通夜さして下さいと頼んでみると通夜は一切お断りしているという。では歩きましょう。こういって私は、静かに笑った。もう心もすっかり落ちついて来た。泊るも歩くも五十歩百歩のみ。

しかもこのさみしい夜空の下をとぼとぼと辿る――私はも早や一徹□(に)その気になって、お爺さまを促した。でも、お爺さんは疲れている。「特別に」という僧の許しを得て草鞋もとかず、大師堂の前の腰掛けにキチンと掛けたまま一睡もしないで夜を明かした。ずいぶんと夜は長い。

今朝はお爺さんの目覚めを待って顔も洗わないで出かけて来た。

ああ、いま何時位だろう。きょうは十二日である。八月も半《なかば》となった。いつになったら恋いしい故郷に帰られるであろう。

五十九　七夕さま

三十四番本尾《もとお》山種間寺《ざんたねまじ》については前回なんにも書かなかったように思うのでちょっとだけかいておく。

本尊□(は)薬師如来、用明天皇の御宇《ぎょう》聖徳太子勅を奉じ〔摂津の〕四天王寺御営造のため百済《くだら》の国から来た工匠《こうしょう》たちの帰り道ここに立ち寄り止まらせて彫刻せしめられたのである。

歌に曰く、

世の中にまける五穀の種間寺《でら》
大悲の光如来《にょらい》なりけり　＊

ここを出てから一里二十八町。橋賃《はしちん》をとる川があったり小山があったり余り疲れを感じないで三十三番高福山《こうふくざん》雪渓（蹊）寺《せっけいじ》に着く。

本尊は薬師如来、大師の作〔運慶作〕。もと少林山《しょうりんざん》高福寺といって真言宗であったが、長曾我部《ちょうそかべ》氏太守たりし時再興せられ山号寺号を改め臨済《りんざい》禅宗に属せらる。歌に曰く、

旅の道う（飢）へしも今は高福寺
　のちの楽み有明の月

この寺を出て長浜という処を通り、浦戸《うらど》湾口種崎《たねざき》の渡船により対岬《たいこう》に着き、歩《ゆ》くこと二十何町、この辺土佐造船株式会社の事業着々歩を進めつつあるやに見受く。須臾《しゅゆ》にして松原に入る。

右手は砂丘を越して静かなる夕ぐれの海を見る。

松原は極めて閑静、処々漁家ありて軒端《のきば》には色紙を結《ゆわ》えた竹が立てられてある。ああきょうは旧の六日明日が七夕さまであったのか。

何という懐しい光景であろう。

風に舞い落ちた短冊《たんざく》の一つを拾い上げてみると「七夕、天の川」と危《あやう》げに可愛ゆく書かれてある。

私は幼い頃弟たちと芋の葉の露をとって短冊を書いた懐かしい思い出を想い起して、

泪ぐまずにはいられなかった。今年もうちにいたらきっと書くのであったろうものを。

これは織姫さまのお召物よといっては様々に工夫して小さな可愛い着物をこさえ、笹の葉につるしては一心に天をおろがんだ幼い頃の美わしい可憐《いじ》らしい心。

ああ、もう一度あの頃にかえりたい。私は暫らく夕陽に染《にじ》んだ砂丘の上に杖をなげて佇《たたず》んだ。

私から醜汚《しゅうお》な虚偽だの虚栄だのその外一切の不純物を取り除かない限り、私は到底苦悩から脱れる事は出来ないであろう。この陰惨な苦悩から――私は誰がどういっても私である。

決して累《わずらわ》されてはならぬ。

ああお父さまに会いたい。お母さまに会いたい。

優しい静かな私の母さまと、秋の山べを美わしく楽く歩きたい。

かつて母が私にこういった事を記憶する。

「お前と二人閑《しず》かな山の上に住《すま》いたい。月夜はいいだろうねえ、白い雲が足の下の峡《はざ》間《ま》を流れて――」

ああ世にもなづかしい我《わが》母上よ、私は世界の誰よりかも私の母を讃美する。七夕節句の床しい趣味を解する母は、今年も子供たちにまじって静かに笑《え》みながら短冊を笹につるしていられるだろう。ただ遠く旅に出た私の上を案じながら……。

入日に向いて飛ぶ鳥あり、何ぞ羨ましき御身がつばさ——。

父上さま母上さまこの頃は御たよりもいたしませぬ。さぞ案じていて下さいましょう。でも決して御心配下さいますな。

私は無事に今もこの海べに立って御健在を祈って居ります（八月十二日）。

＊ この御詠歌の下の句については、次の記述が正しいと種間寺から回答があった。「深き如来の大悲なりけり」。

六十　切腹したいという人

八月十三日、長岡郡三里《みさと》村（いまの高知市内）の長い長い松原の果て、吹井屋と呼ぶ茶店に宿を借る事にした。

足を洗って部屋に上ると既に先客あり。同じく遍路で年齢《とし》は六十六歳だと後で聞いて知ったがよほど衰弱していられるらしく、七十にもなられるかと最初はそう思った。

「お国は何処です？」と聞かれたので九州ですと答えると「九州は何処です？」と重ねて聞かれる。

「熊本です」

「熊本？」

驚きの表情が顔に上る。

「あなたも熊本でしょう」

「ええ、さあ」

答えが頗る不明瞭である。

「熊本は何処です？」

先方では、私にばかり尋ねかけられる。暫らく話しているうちに漸《やっ》と菊池か玉名《たまな》か鹿本かとにかく城北の人だという事が分った。

宿の内儀《おかみ》さんソッと私に、

「余りお話なさいますな。恐い人ですよ、切腹したいなんていってね」

と耳打した。

段々話を聞いているうちに元は大きく商売をしていた人らしく、今でも親族は歴《れっき》とした立派な――そのために、自分がこうおちぶれているのが面目ないというので姓名さえもお名乗りにならないという事が分った。

国を出て大阪に行っている事が既に三□年。無論どうかして一度は成功し以前の失敗を償いたいという一縷《いちる》の望みに繋《つな》がれて、故郷は無論、朋友にも音信断絶、可憐な妻や兄弟の事も気になるけれど、とうとう今日に及んだ次第であるが御覧の通り病気（腰痛み）に悩んで職業を失い、こんな有様に成り果たが、人間死より難きはない。幾度切腹を企てたか分らないけれどその都度やっぱり心が怯《ひる》んでおめおめと何の楽みもない苦しいばかりの老体を毎日引きずって行かねばならない。

しかも、も早や二十何ケ所巡拝すれば納めじまいとなるのだが、そのさきはどうなればいいのやら。

いよいよ死期が近づいたやら、未来は未来で、一寸も分らない……。

何という惨《いた》ましい話であろう。消え入りそうな影のうすい姿だろう。

「いっしょに熊本へ帰りましょう」

とよほどすすめたが、

「親類一族に面目がない」の一点張りである。

ああ、どうしたらいいであろう。

姓名は固く秘して笠の文字さえ私には見せないようになさったけれど、私はふと札挟《ふだばさ》みを見て□□といわれる事を知った。しかしその人の体面を思ってここには特に書かない事にする。

「従弟は神風連《じんぷうれん》で切腹した。私もせめて、ああした死方でもしたらこんな恥は見せないで済むのだったろうが、仕方がない」と幾度も嘆息される。

ああどうかしてあげたい。どうしたらいいものか。きけば弟に当られる人は随分立身していられるそうな。

また親族一統すべて立派な家格だそうな。どうかしてこの人のこの淋しい痛ましい心を知らせてあげたいものである。この分ならばこの人はやはり自殺なさらぬとも限らない。

もし親族の人にしてこの記事を御覧になったら早くどうかしておあげになるよう私は真心から願ってやまない。*但し、この人は阿波の一番から十番まで順に巡り、それから八十八番に飛んで逆に巡ってお出《いで》になったそうで、これから、この土佐を終ると阿波の十一番まででおしまいである。どうにか方法はないものか。

「では、一足お先に」

といって逃げるように宿を立たれた後姿を私は呆然《ぼんやり》見送るより外仕方がなかった。でもこれから私同《(ママ)》じ方向へいく事ではあるし、前になり後になり常に常に、かげながら御健在を祈っていくつもりである。もし親類の方にして警察の方面にでも——とは私一個の考えであるが、それがいけなかったら、御心の存するところを私まで御一報下すってもいい。必ず御本人にお伝えして差し上げるであろう。

* 一九一九年四月五日の『九州日日新聞』には、「娘巡礼記に現はれた老遍路／記事を読みて思ひ当る節々に若《も》しや／尋ぬる人ではないかと其《その》親戚から／捜査及び身許調査を願出づ」と、長い見出しの関連記事がみられる。

六十一　高知市郊外にて

八月十四日、いま長岡郡五台山《ごだいさん》村〔いまの高知市内〕の大崎屋という入江に臨んだ水亭《すいてい》に寛《くつろ》いでこれを書いている。

何時頃だろう。八時半頃(後)でもあろうか。前面は暮《くれ》きった真っ暗な海で、高知の町の花やかな灯が近く水面を染《そめ》ている。

そこの灯火の一つがふわりと離れて揺れてくる——と見たのは漁船でもあろう。

ただもう何時《いつ》までも恍乎《うつとり》して、何にも書かないで見ていたい。

今日は……ここまで書いてウトウト波の音を聞きながら静かにうち臥してしまった。

いま朝飯を了《お》えてこれを書いている。すぐ目の下を舟が行く。水は鉛白色で波が実に穏かである。

昨日は三里村の松原の宿を出てから十幾町で三十二番八葉山《はちようざん》禅師《ぜんじ》峰寺《ぶじ》の山を上った。

歌に曰く、

　静かなる我がみなもと（源）の禅師峰寺
　　浮かぶ心は法《のり》のはやぶね（早船）

本尊は十一面観世音菩薩。行基の開基、大師の再興になる。

山を越して下る事八町畦道《あぜみち》を過ぎ新道に出で芦《あし》ケ谷《たに》なる山間の平地を行く。この辺稲すでに黄ばみて穂重く垂れたるを見る。土佐はお米が三度とれる、と誰か話していたが実際である。しかしどうも質は余りよくないようである。それからこの地方では髪を結ったお爺さんをしばしば見受ける。

芦ケ谷から三十二(一)番の札所〔五台山竹林寺《ごだいさんちくりんじ》〕までは一里だと教えられた。破れた草鞋を引きずって山の頂の森々たる霊場にありて、折しも礼拝をすました一人の遍路のお婆さんが、

南無文珠《もんじゅ》(殊)三世諸仏の母ときく
　われも子心乳《ち》こそほしけれ＊

の詠歌を唱えるのを聞くと、寂みしい遠い悠《はる》かな世界へつれられて行くような感じがする。

本尊は文珠菩薩、行基の開基、十七の尊像すべて国宝、本堂は特別保護建造物である。それからこのお寺で前回にかいておいた熊本県人のお爺さんに出会った。また一足先にと下りて行かれたが、先ず安心したような心地もして思いなしか少しは淋しさのうすらいだようなお姿を見送った。

また明日にも会う事であろう。

山を下ると高知市は目の前に見える。今夜はあそこに行ってと急いで歩いていると、是非お泊んなさいと呼留《よびとめ》られてこの宿に泊る事になった。今朝はこれから町を見物かたがた歩いてみるつもりである。

＊「南無文殊三世《みよ》の仏の母ときく／我も子なれば乳《ち》こそ欲《ほ》しけれ」（『全集』）。

六十二　水亭にて

八月十六日午前四時過ぎ波の音に目覚めてこれを書く。

昨日は、あれから青柳橋《あおやぎ》という長い橋を渡って高知市を歩きまわった。四国第一の都会だそうな。京町という処で書店を発見し長い間遊んでしまった。詩集か歌集か随筆かをと探したけれど、いいものがない。遂にタゴールの『伽陀《かだ》の捧物』（『ギーターンジャリ』の題名で知られる作品の邦訳）を需《もと》めて漸《やっ》とそこを出た。避暑休暇中でもあるためか学生らしい人の影は幾《ほと》んど見ない。これは郷里を出て以来しみじみ感じた事であるが、大分県にしろ愛媛県にしろ高知県にしろ、いかにも学生が少いようで何となく淋しい感じがする。

若々しい薫りがないような、高い響《ひびき》がきかれないような。

今に及んで我が熊本は学生化された（ある意味において）都会なる事をまた森厳な沈鬱な都会なる事を痛切に感じて、一種の制《おさ》えがたい喜びに胸をうたれた。下劣な俗悪な卑猥な軽浮な文明の悪弊の毒々しい笑いよ、わが聖《とうと》き熊本を揺り動かすことなかれ。青年よ、とわに若く、とわに厳粛にお在《わ》し給え。

少女よ、とわに麗しく、とわに虔《つつ》ましく、とわに情け深く、とわに優しく、とわに清く、うつむきて物思う野べの可憐なる白百合の如かれ。詩集の一節、

「栄光の閃《きらめ》きと共に多くの行列は過ぎ行く。沈黙せる陰、凡《すべ》ての物の後《うしろ》に立ち給ふは只《ただ》汝のみにて御在《おわ》するか。待ち焦《こが》れて涙を流し空しく心を痛める者は只吾のみなるか」

これを読むと涙がこぼれる。

「今より吾は些々《ささ》たる飾《かざり》を撤去せむ……うら羞《は》づかしくなまめける態度も早や吾には要なし」

「吾のみ一葉の小舟に帆をあげて走り行かむ。而《しか》して国無く果しなき此《この》吾等が巡礼の旅を知る者は世に一人もあらじ*」

幾度も繰返し深い物思いに沈んでいる私の前を小舟は何艘ともなく通り過ぎ日は既に空高く上った。同宿者六名、申し合わせたように皆私を怪しみかつ感心だという。

「お爺さんどうぞよろしく願います。こんなおとなしい年もいかない人が、お一人で

なぞ実にふびんだ。大阪にならー人で飛び出す若い女も随分いるけれど、今時四国を巡拝するという……ああ感心だ」皆さんなぜあーも感心するだろう。私はむしろ吃驚《びつくり》してぽかんと聞いていた。それから注意してきくと、方々の国から集まっているだけに言葉が大変面白い。しかし他国の人は、熊本人に比して一概に節廻しや声色が、悠長である。殊に四国に入って初めて聞いた「喃《の》うし」だの「あいあい」だのたまらなく懐かしい響きが、こもって聞こえる。

＊『伽陀の捧物』（一九一五年三月、三浦関造訳）からの引用部分は、訳文では左のとおり。
「栄光の閃《きら》めきと共に多くの行列は過ぎ行く。沈黙せる陰、凡《すべ》ての物の後《うしろ》に立ち給ふは、只汝《ただ》のみにて居《お》はするか？　待ち焦《こが》れて涙を流し、空しく心を痛める者は只吾のみなるか？」

「只汝と吾とのみ一葉の小舟に帆をあげて走り行かむと。而《しか》して国無く、果し無き此の吾等が巡礼の旅を知る者は世に一人も非《あら》じ」

「今より吾は些々《ささ》たる飾《かざり》（ママ）を徹去せむ。（中略）うら羞《はず》かしくなまめかしき態度も早《はや》吾には要無し」

六十三　いたずら

八月十九日、お爺さんに都合が出来て仕方なく、今日もまだ高知に滞在している。私の未来は一体どう展開すべきものであるか。分らない。全く分らない。しかしながらどうせ須臾《しゆゆ》なる人生である。何を泣き何を苦しみ何を悶えん。純真一路の心もて私はどんな場合どんな要件に遭遇し《（ママ）》、静かに微笑んで行こう。ここらでは今日から盆である。目の下を夜おそくまで船が通る。買物の帰り船でもあろう。

月が明《あ》かいので何時《いつ》までも欄干に凭れて深い思いに沈んでいると、水の中に一再ならずバチャリと音がして吃驚《びつくり》させる。魚だ！　と知ったのはよほど経ってからであった。ここから釣をしてみたい。こう考えると矢も楯もたまらない。宿の小さな娘さんを欺して釣竿を持ち出させ、二人でコソコソ庭の隅に蹲《しやが》んで蚯蚓《みみず》を掘り出し、やっと目的を達して誰もいないを幸い一心に糸を垂らしているが一向かかって来ない。娘さんは私にすりよって首をのばしてのぞき込んでいる。

月はいよいよ冴えに冴え風は□《（実）》に何ともいえぬ涼気をもたらす。

「釣れないわね。アナタ下手だわ」娘さんが生意気をいいだしたので、

「釣れなくっても構やしないのよ。太公を釣ってるんだから」

我ながらうまい言葉だと思って振り返ると何の事だ。娘さんは他愛もなく眠っている。

私はさみしく月を仰ぎ海を眺め故郷を思い「死んだおばあ様は、あのお星様になって

お出《いで》になる」と思い込んで毎晩星を拝んだ小さな時の思い出や（ママ）、つい釣竿を右の手にブラ下げたまま、おばしまに頬をつけて月光に顔を晒《さら》しながらスヤスヤと眠ってしまった。吃驚目をさますと何時のまにかお爺さんや主人やお内儀さんが私たちの後《うしろ》に来て大笑いしている。

それは好いが、私の釣竿は一体どうなったろう。も早やブラ下がっちゃいなくなっているが、もしか水の中にと思うと気が気でない。娘さんにソッとそれを話すと知らないといって目を丸くする。一等いい竿を持ち出したんだから心配でならない。しかしよかった。よく見ると竿は無事主人の手に取り上げられていた。

「ああよかった」

ホッと吐息すると此度《こんど》は一同の笑い声や皮肉りがうるさくって第一恥かしくてたまらない。

「ねむったって好いわ、いいわ」

娘さんとうとうおこり出す。すると一同はますます笑う。月は二人の寝ぼけ顔を照らして、いよいよ明かるく冴えわたる。私はこの頃よくいたずらを仕出かして一同に笑われ通しである。

でも仕方がない。此方《こっち》は真面目でやってるのに人間というものはよく笑うものだ。先日は(二、三日前)茶碗のオルガンをこさえて得意で娘さんにその叩き方を教えていると、あとで大笑いをされた。それから昨日は船を漕ぎ出して大失敗をした。「いつまでヤンチャだろう」折々母にいわれる言葉が想い出される。ヤンチャでは決してない。子供らしいのでは決してない。みんな真面目である。それを笑うのは失礼である。

六十四　恐ろしき男

八月二十日、私は今極度の不快にムカムカする胸を抑えて、屹《きっ》として大空を仰ぎ無量の感にうたれた。二、三日前から三十前後のウス髯の生えた男子が、よく遊びに来る。無論私は宿のお内儀さんとも余り口を利かないほどの黙りやではあるし、一言も交えず、また見むく必要もなかった。しかし彼はよく私の隣室に来て下品な歌を歌ったりする。きく度に私はムカムカした。

それまではよかったが、今日はとうとう私の部屋に入って来た。

「毎日お退屈でしょう」

という。

「え」

私は屹として彼を見た。

不快な醜いダラシない顔である。ドロンとした目は卑しい笑を浮かべ謹《つつし》みのない口元は、汚れた歯をムキ出したまま開いている。

これほど醜い顔がどこに、と思って私は直覚的に一種の戦慄を感じ悪寒《おかん》を催した。よく見るとそうまで醜い顔ではないかも知れない。しかしながら私をしてかくまで不快に思わしめたのは、彼の下品な不謹厳な見え透いている卑しい態度である。彼れの考えは空であるばかりだ。彼は最初いろんな事を話しながらニタニタ笑って近よって来た。

私は気狂いではないかしらと思った。そのうち、彼の顔は見る見る汗ばみ彼の目は赤くなり涙か汁かわからないものを流しながら、唇と手足とに慄《ふる》えを見せてヒタと迫った。

何という恐ろしい獣類！

私は憎悪よりも恐怖に襲われて飛び退《の》いた。そして屹と唇をしめて彼を見た。無礼とも失礼とも言語に絶した獣類である。卑しい男である。彼が去った後私は端然と座したまま不快を制《おさ》えて考えた。

憐れめ！　憐れめ！　そう、私は心から憐れんでやらねばならない。こう思うと彼を驚かした私の威猛高《いたけだか》な態度が滑稽にもなってきた。また一時でも昂奮したり憤ったりした私の心が恥しくなった。

静かなれ！

野分《のわき》さびしい秋の野に下り立ちて尊く花を摘む姫のみ姿——ああそれこそ私の理想である。

友達の一人は私を「この世の人間でない」といった。

さもあらばあれ、私はあくまで私の理想(夢想かも知れない)を守って行く。きょうは盆の十四日、私も嫁菜《よめな》の花でも探して先祖のお墓を遥拝しよう。それはそれとして熊本県の彼《か》の切腹の人は何処にいられる事であろう。毎日気にかかってたまらない。早く追いつかねばならぬ。

六十五　野原に逃げて

八月二十四日、争われぬもので黄色を帯びた陽の光の底に淋しく沈んで見える野山の姿がいかにも秋らしくなって来た。

風に吹かれて荒廃した草原の径《こみち》に立っていると、何ともいえなく込み上げる感情が涙を誘って堪えがたい。

遠い彼方に沖が見える。

今日は土佐の旧藩主山内《やまのうち》家の人々が遊びに来られたので宿では大騒ぎである。お婆さんは扇を前に平身して式輿《しきよ》に畏《かしこ》まる。曰くお殿さまのお入来じゃ、恐れ多くて顔も上げられる事でない。

お蔭で私たちまで閉居仰せつけられたも同然、四面(いや、一方は海であるが)壁と襖《ふすま》とで暑苦しい事夥《おびただ》しい。

おまけに廊下は通るべからずの禁足令に接し、余り苦しいものでこの野原へ逃げて来た次第である。

一人でいる時きまって考える事は何が一番なづかしいかというのである。今も草の中の石の破片に腰を下ろして遠く地平線を望みながら考えた。

麗しく懐づかしいものは世の塵に染まない玉のような少女である。

脂ぎった肉塊に過ぎないような野卑な女は、若くっても容貌がよくってもいやだ。また女学生の生意気は鼻もちがならぬ。私は無論女子教育の高唱者である。と書いて我ながら威張りたくなった。曰く、

「近頃一般を通じて余りに唯物主義、現実主義に傾いた事は、争うべからざる事実である。なかんずく女子教育の如き卑近的に完全な小さな型をコネ上げる事にのみ汲々乎《きゅうきゅうこ》として高邁な思想、深遠な信仰というような方面にはあえて意を払わぬが怪しいと見たはヒガ目か。

例えば滔々《とうとう》たる俗悪思想にまみれても屹として冒されない悠遠な気品をわれらは欲しい。

『源氏物語』を読んで私は可憐な危《あや》うげなまた詩的な信仰的な、平安朝時代の女性の仄《ほの》かな心根を気高くもなづかしく思った事があった。それから戦国時代に現われた凜々《りり》しい貞女烈婦の物語も私をして深く烈しく感奮せしめたものであった。みんな無論弱点はある。しかし尊い気韻がある。野卑な物慾に制せられない気高さがある。世の塵に染まない屹然《きつぜん》たる意気と優にいとしい野百合の姿――ああそうありたい、そうありたい……」

更に優しくなづかしいものは母らしき母である。

母――と思えば涙がこぼれる。

ああ故里《ふるさと》の母上は――。

また慕わしくなづかしきものは老いて慈《いつくし》みに充ちた老媼《ろうおう》である。

要するに情け美わしく濃まやかにしかも高らかなる気品ある婦人こそ私の理想であり憧憬である。

無言で生涯をくらし果てても構わない。ただいつまでも尊くありたい。書いているまに日が陰って来た。夕立になりはしないかしら。

六十六　心配なさるな

八月二十八日、漸《や》っと立つ事になった。三十番〔妙色山安楽寺《みょうしきさんあんらくじ》〕＊と二十九番〔摩尼山国分《まにざんこくぶん》寺《じ》〕とは、滞在中にお爺さんが納札してお出《いで》になったので二十八番〔法界山《ほうかいざん》〕大日寺《だいにちじ》へ――。

埃と汗とに塗《まみ》れながら、ようよう山門に着いた時には、張りつめた気が弛《ゆる》んで涙がはらはらこぼれた。

札を納めてそこから三丁余行くと奥の院があって、その堂の傍には清冽玉のような水が湧き出ている。

御仏体は薬師さま、霊験《れいげん》いちじるしく御在《おわ》し給う由にて、この間も聾の人が全快なさったそうな。それについて面白い供え物を見物した。見物とは穏当でないが、私は実際目を円くして興がりながらいじったりして見て来た。

それは穴のあいた石である。始めは何て変な一つ目のような石ころばかし沢山上げてある事だろうと思ったが、後で聞くとそれは耳であるそうな。奇体な供物だ。山を下りて暫らくで県道に出る。行く事里余(香美郡《かみ》)赤岡という町に入る。幅は狭いがかなりに長い町である。そこを出てまた里余矢須《やす》(夜)とよぶ宿駅に着く。

大分足も疲れ頭も重たくなって来たので、それに日も早や暮れ近くであるし或る遍路宿に一泊する事にした。

この宿こそ如何にも虱《しらみ》が湧いていそうな不快な宿である。むしろ海辺の野宿がいいと思うんだけれどお爺さんがぐんぐん入ってお出でになるので仕方がない。何だか畳が物騒なので小さくなっているとお爺さんは頻《しきり》に心配なさるなと仰有《おつしや》る。

それから風呂が湧いたというので、同宿五名が更《か》わる更《が》わる入ることになった。私の番が来たので行ってみると便所のすぐ前で汚ない壺が露わに見えている。それは横を向いて忍ぶとしてどうにも忍ばれないのは桶の中の湯である。まるで洗い落とされた垢の濁りで真っ黒である。これではいかにも耐まらない。ゆっくりお入りなされ、と懇々いわれたお爺さんのお言葉があるので入らないでいては、悪い。つくづく困ってしまった。

途方にくれて悄然と立っていると折も折お爺さんがお出になった。手に塩を持って。

そしてこの態を見て、

「なぜ未《ま》だお入りなさらぬ。さ、心配しないでお入りなされ、誰も見てはいません」と仰言《おつしや》る。

「え、いま直ぐ」

私は真っ赤になっていった。

でもどうして入られよう。とうとう心配して泣きたくなった。

で入らないで部屋に帰った。それから御飯となったが、どうしても駄目、一箸つけたきりで咽喉を通らぬ。「また恐ろしい顔の汚ない同宿人が居るので、お食《あが》りならぬ」とお爺さんは、ソッと仰言る。

それから、お茶はダブダブで気味がわるいので、汲み立ての水があるのを幸《さいわい》頂こうとすると檜杓《ひしやく》の汚なさ。

余りの事に情なくて呆然《ぼんやり》立っているとお爺さん曰く、

「心配なさるな。檜杓のままでお飲《あが》りなされ」

お爺さんは私を、よくよくの心配屋だと思ってお出《いで》になるらしい。

＊ 現在の三十番札所は、百々山善楽寺《どどざんぜんらくじ》。次回の注参照。

六十七　一人旅を決心す

八月二十九日、きょうは非常な雨風である。朝のうちは曇っているばかりだったので宿を出て三、四里歩いたが、昨日から残っている疲労と睡眠不足とのため、烈しい眩暈《めまい》がしてどうにも耐えがたく、かつ空模様も険悪になって来た故安芸《あき》という町の少し手前で泊る事にした。

宿は磯べに建てられてある。物凄い狂波怒濤が恐ろしい轟音と共に家も人も木も草も頭から嚙伏《かみふ》せるように迫って来る。こう書いている部屋は二階の端で最も海に近い部屋であるから、沖から打ち寄せる小山のような浪の脈が磯近く狂い激して滝となり雲となり煙と化する壮観、実に言語に絶して見える。

きけば紀州の某海岸ではつい二、三日前一汽船が覆没して打上げられていたそうな。何しろ酷《ひど》い大荒れである。暫く海に気を取られていたが昨日から考えていた事をまた思い出した。それはこの親切なお爺さまとお別れして一人で旅を続けようという事である。お爺さまは実に親切にして下さった。こんな不束《ふつつか》な私を主人のように大切にして荷物も一切老の身に負い草鞋の世話やらその外何から何まで――私はいつも済まないと思うけれど、

「余り御遠慮ぶかい。何でも命令《いいつ》けて下され」

と仰言るのでそのままにお頼みした。しかしこの頃はお金が少し尠《すくな》くなって来たのでお爺さまは修業して二人分の食糧を得、その上この暑いのに大きな荷を負いまたやくざな私の世話までなさるのが実に相済まない。

そこで私は阿波の撫養《むや》（いまの鳴門市内）まで御いっしょに行き、そこで紀州へお渡になるお爺さまをお送り致し、それから別れて漂然と一人旅を続けようというのである。しかも一人旅の哀愁は私のなづかしい憧憬である。

折しも秋の瀬戸内海岸の風光やいかに。仆《たお》れてもいい、私はただ漂然と杖をたよりに歩けばいい。

一人旅——然《しか》り、私はも早固く決心した。

まだお爺さんにはお話ししないがきっとそうしよう、そうしよう……。

三十、二十九、二十八の札所の事については何にも書かなかったから左に略記しておく。

三十番百々《どど》山《ざん》(善)安楽寺、＊本尊は阿弥陀如来、天竺《てんじく》伝来の宝物で霊験《れいげん》あらたで《(ママ)》あるという。

歌に曰く、

「人多く立ち集まれる一の宮昔も今もさかえぬるかな」

二十九番摩尼《まに》山《ざん》国分寺、本尊は千手観世音菩薩、本堂は国宝で、これ土佐の国分寺(聖武帝に《(ママ)》)である。

歌に曰く、

「国をわけ宝をつみて立つ寺の末の世までの利益《りやく》残せり」

二十八番大日寺、本尊は大日如来、国分寺と等しく行基の開基。奥の院は、立木の楠《くす》の木に薬師の尊像を刻みて安置せられたるもの(弘法大師)。

歌に曰く、

「露しも《霜》と罪を照らせる大日寺などか歩みを運ばざらまし」

＊　百々山の山号も、本尊も御詠歌も、すべて善楽寺のものである。ただし維新の際の廃仏毀釈《きしやく》により廃寺となって、その本尊を迎えた安楽寺が、一八七六年以降三十番札所となっていた。伊東老人が逸枝に代わって札を納めたのは、安楽寺以外ではありえない。一九二九年の善楽寺復興後は、二カ寺が三十番札所となったが、一九九四年正月を期して、善楽寺が三十番札所に、安楽寺がその奥の院にと、正式に定められた。三十番札所に足を運ばなかった逸枝は、両寺を取り違えたものと思われる。

六十八　二人の遍路

八月三十日、二百十日だそうな。高知県の安芸という町を出外《ではず》れたら直ぐそこの長い橋が落ちていた。この辺昨夜は非常な荒れであったらしい。仕方がないので川を伝《つた》って二里も山奥へ分け入り、やっと上流の橋を渡ってまた二里引き返し、始めて向うへ進む事が出来た。一里ばかり行った時にふと岩蔭に二人の遍路を認めた。

何という懐かしい、光景——懐かしい場景——私をして、語らしめよ、息の忙《せ》わしきを尤《とが》むる事なかれ。

一人は、父と覚《おぼ》しく、疲れきった弱り果てた身体を松の木の根に横たえている。一人は少女、可憐な可憐な十二、三の少女、父の着物を洗濯して木の枝にかけつつある。のみならずその傍には小さな鍋をつるし、可愛い薪を燃やして何やらぐつぐつ煮えている。みんな少女がおとなしくまた甲斐甲斐しく立働いているのである。私は思わず立止まり、言葉なく微笑んで少女を見ると少女もまた微笑んで私を見る。なづかしい！　私は胸を躍らせて近づいた。

「あのね、そこの橋、落ちてるのよ」

「まア、橋が」

二人は、海に面した石の上にむつまじく腰かけて話し合った。その間にも少女は、まめに鍋の下の火を見にいく。

「さようなら」

立ち上ると少女は言葉なくニッコリして松の幹につかまりながら見送る。

静かに振り返ると、

「お父《と》うや、飯が出来たの」

可憐な声が聞え、父の体に両手をかけて揺り起している可憐な姿が見える。ああ少女よ――そのままなれ――、外に何ものも望み給うな。今のその尊きが如くいつまでも尊くおわせ。今のその清きが如くいつまでも清くおわせ。

巡礼の歌(土佐にて)　逸枝

声上げて泣けども月の小夜《さよ》の海乗りて行かなむ船一つなし
船あらば泣きつゝ乗りて行かなむを見れども見えず我が熊本は
泣き疲れ花を手にして睡《ね》にし入るかなしき妾《わ》れの姿なるかな
蒼茫の夕《ゆう》の磯べに島つ鳥巡《わ》礼《れ》を守《も》るとや群れ飛ぶものを
島つ鳥今宵は此《こ》所《こ》に臥さしめよ汝《な》に守られて睡《ね》にし入らなむ
旅ゆけば哀れにさみし土佐の山罩《こ》めて閑《しず》けき白雲のさま
松原の極まりつきし丘の上郷里はいづくと夕陽に向ふ
とめくれば泣きたき程の静けさやみ寺哀しく陽に染《そ》みてあり
巡礼の身は浮草の果てをなみ此れの思ひの寂《さ》ぶしきかなや

六十九　東寺へ

八月三十一日、昨夜は二十七番〔竹林山《ちくりんざん》〕神峰(峯)寺《こうのみねじ》麓の坂元屋に泊す。今早朝出発、山道を登る。三十二町にして山門に着く。

寺は高嶺《こうれい》の浄地にあり、聖武帝の御宇行《ぎょう》基によりて開基せられたるものにして諸冉二神〔伊弉諾尊《いざなぎのみこと》と伊弉冉尊《いざなみのみこと》〕及天照大神《あまてらすおおみかみ》を合祀せらる。本尊は十一面観世音菩薩。歌に曰く、

「御仏《みほとけ》の誓ひの心神の峰(峯)やいばの地獄たとひ有りとも*」

当山に食わずの貝あり。貝殻に土のつまりて堅くなりたるものの如し。優しき一老尼おわして妾にお水を呑ませ給う。懐づかしさ極みなし。

妾思いぬ、心優しきこそわが唯一の理想なれ、ただ心にあり他は欲せず。情濃《こま》やかに美わしく何人《なんびと》にも一様に優しからん事妾が心よりの望みなり。

当寺納経所の坊さんは長崎県島原の人なる由、荒木喜法氏といわるるとか。山を下り行く事数町渡船場に出《い》ず。濁流滔々《とうとう》として、渡らるべくも見えざれど、熟練せる船頭により難なく対岸に着くを得たるは幸いなりき。

それより某海浜の宿駅に至り宿を乞いしかど諾《うけが》われず。次の宿駅につきたる頃は斜陽

既に寂しく帰鴉《きあ》点々風声《ふうせい》愁々たり。よって心急《せ》わしく宿を求め歩きしも総て絶望、も早や詮なし野宿と決す。そは磯べの松原なり。前面直《ただち》に海、日既に山に没せんとして余光一映一切紅《くれない》なり。海紅《あか》し林紅しお爺さん紅し妾紅し、われら無言のまま厳粛なるこの夕ぐれに対す。

ああ何という善き美わしき宿ぞ、神の宿ぞ。妾歌う。

「静かに静かに今日の日も暮ぬ」

お爺さん傍《かた》えにあり入日に向いて合掌す。須臾《しゆゆ》にして日は没し尽し夕闇蒼然として海に落ち、われらを包む。終夜浪の音を聞きて目覚めがちなり。明け方近く北風吹き起り寒し。弦月空に上る頃杖を取りて立つ。脚絆も草鞋もそのままなれば漂然と立ち漂然と歩《ほ》するのみ。無論洗面せず。

九月一日、きょうは西寺《にしでら》に至る。山険わし。西寺とは二十六番龍頭山金剛頂寺《りゅうずざんこんごうちょうじ》の一名なり。本尊薬師如来、大師の作なる由。歌に曰く、

「往生にのぞみをかくる極楽は月の傾く西寺の空」

次の札所〔二十五番〕宝寿《(珠)》山津照寺《ほうしゅざんしんしょうじ》〔通称津寺《つでら》〕へ一里。寺は室津《むろつ》〔いまの室戸市内〕なる一小浦《しょうほ》にあり、本尊地蔵菩薩。歌に曰く、

「法《のり》の船入るか出づるか此の津寺《つでら》迷ふ我身を乗せてたまへや」

これより浜べの砂《いさご》を踏み室戸岬最南端の山をよず。疲れ甚だし漸くにして頂きに至ればそこは二十四番室戸《むろと》山最御崎寺《ざんほつみさきじ》〔通称東寺《ひがしでら》〕な□(り)。本尊虚空蔵菩薩、大□(師)御巡□(錫)中この地に草庵を結ばせ給い、

「法情の室戸ときけど我が住めば有為《うい》の波風たゝぬ日ぞなき」**

の作あり、後《のち》嵯峨帝の勅を奉じ伽藍《がらん》建立勅願所と定めらる。

この寺は土佐の国最東端の札所なり。歌に曰く、

「明星の出でぬる方の東寺《ひがしでら》くらき迷ひはなどかあらまし(じ)」

* これは昔の御詠歌であって、現在では次のとおりと、神峯寺から回答があった。「みほとけの恵の心神峯山も誓いも高き水音」。

** 『弘法大師全集』(一九一〇年、吉川弘文館)第五輯には、この歌は次のように記されている。

土左国室戸といふ所にて　弘法大師

法性のむろとゝいへとわかすめはうゐの波風よせぬ日そなき

七十　めぐりあい

山を下りあるかなきかの道を辿る。浜べの砂原なり。お爺さん疲れて堪えがたしとのたまう。妾心配す。よってここにまた野宿と定む。砂丘の芝生、石にもたれて遠く海を望むに、波浪揚《あ》がらず景渺茫《びょうぼう》たり。須臾《しゅゆ》にして日暮る。

ねむらず。夜半空模様険悪となり凄風一陣、波濤飛沫《しぶ》きて、髪も袂もしとしとに濡れぬ。と見るまに早や大粒の雨降り来る。あたかも好し、傍《かたえ》に仮小屋あり、農夫の藁《わら》を積み置く処なるが如し。即ち入る。屋根粗にして漏《も》る事甚だし。泪も出でず。かくて苦しき一夜は明けぬ。雨もやみぬ。

再び杖をとりて立たざるべからず。妾歩きながら瞑想す。

わが求むるものは愛なり。妾は今まで非常に苦悶しぬ。げにや人間は罪悪に汚れ罪悪に閉じられしかも罪悪を脱《のが》るる能《あた》わず、ああ妾それいかん。

見よ煩悩の慾念に左右されたる苦しさに此度《こたび》はと心を緊《し》むれば何時《いつ》しか道は偽善に陥《お》つ……。

妾思う、常に思う。善の道は狭き小さき歩きにくい道にして両側直《ただち》に海なり。一方は煩悩慾念の海、一方は偽善の海、われら苦しみて這い上らんとしつつ日に幾度となく辷《すべ》りては落ち落ちては溺る。

ああわれ小なるかな。今や知りぬ、いかにわがせせこましきかを。

天を見よ――、天には善なくまた悪なし。ただ空なり、然りただ空なり。

わが心よ、も早善悪の苦悩より脱《のが》れて彼《か》の天の如く真空なれ。而《しか》して更に愛を感ぜよ。

そは、わが力にて一切を愛するというよりもわれは一切に愛せらると思うの広大なるがなづかし。

要は自己なる狭き繋縄《けいじょう》より脱れ広く自由なる天空に帰するにあり。

一切は自己より発すと思いたるは既に妾にとりて過去の夢なり。妾は自由なり。妾は一切に愛せられつつ楽くここにあり。うれし、うれし。

雨寒き野べの一夜も愛する者と共にあるを思わば些《いささか》の苦しみあるべからず。然り妾常に愛する者と共にあり。ああ嬉し心ほのぼのとして嬉し。

尻水*なる村に至りたる時路傍に宿あり一泊と決定。遍路三人来る。最後に来りたるは、これは如何に、寸時も忘れざる切腹の人なり。互に再遇《さいぐう》を喜ぶ。われ高知に長くありし故、とてもと思いいしに、図らずもここにて巡りあうを得たるは嬉しきかな。

翌三日は早朝出発、疲れては貝を拾い花を摘む。甲浦《かんのうら》とよぶ漁夫町を過ぐれば早や徳島と高知の境界点に致(至)る。心何となし勇み立ちつつ路傍の材木によりて夢の如も(き)物思いに沈みいたりし時、男女の幾群はしゃぎつつ来るを見る。

「こりゃ可愛い。奇麗じゃ」

口々にはしたなくいい募りて男子らわが傍に近づき来る。気味わるし。よりてそこを立ち歩き出すに後にどっと笑声《しょうせい》起る。何気なく振り返れば一人の男曰く、

「遍路島田はホン嫌い」

それに同《どう》じて一同一斉に口を開《あ》いて哂《わら》う。何という人たちならん。

＊　最御崎寺から東へおりると、山と海とに狭められながら、国道が北上している。遍路道もそこを通るが、その道筋に尻水という地名はない。安芸郡東洋町に入れば、小字水尻が道ぞいにあるという。逸枝たちは、そこにあった遍路宿に泊ったのであろう。郷土史家原田英祐氏が、水尻の地名は江戸時代のはじめから文献に見えると、お教えくださった。尻水は誤記か誤植と思われる。ただし一九五八年版の『大日本分県地図併地名総覧』(統正出版)には、それとおぼしい地点に、尻水の名が記されている。

七十一（表題なし）

宍喰《ししくい》〔いまの徳島県海部《かいふ》郡宍喰町〕という町に至りたる時お爺さま善根宿《ぜんこんやど》を探し出し給う。建てはなしたる三畳敷の一室にて仏さまを安置しありき。足を洗いて上り為す事もなく座す。家人来り妾を見て曰く、

「おまはん飯《まま》も炊けないだろうのウ」

「いいえ炊けます」

妾赤くなりかつ屹《きっ》としていう。

失礼露骨なる人よ。

「ヘエ……」

あやしき笑いして妾を見つめ気味わるき事限りなし。再び曰く、

「爺はん、おまはんは家来かな」

ああ、さては妾を嘲《あざけ》るつもりにてはあらざりしか。

翌四日は早朝出発、別に変りたる事なし。四方原《しほうはら》という村に泊る。翌五日はお昼まで宿にて休む。お爺さん修業す。宿のお婆様いたく妾を労《いた》わり給う。出立の際には草鞋の

紐をしめて下さる。行く事十町余にして名にし負う阿波の八坂八浜《やさかやはま》にかかる。山を越え浜を行き、また山を越え浜を辿る。

波打ちぎわを歩きまわりては草鞋も脚絆もビショ濡れになして貝を拾い、疲れを忘れて牟岐《むぎ》という村に出《い》ず。途中ある谷間にて工夫の如き一群の人に会い嘲らる。曰く、

「芸者かも知れないぞ」

疲れ果てて牟岐の先きの或るムサ苦しき宿に泊る。子供ら妾をとり巻きてうるさし。果ては大人まで子を負ったりして見に来たる。

六日は早朝出発、日和佐《ひわさ》町に着く。ここに札所あり、二十三番医王山薬王寺《いおうざんやくおうじ》、本尊は薬師如来にして大師四十二歳の時衆生のため誓願をこめ尊像を作り安置せられしもの。往時土御門《つちみかど》院この寺を行宮《あんぐう》となし給える事もありし由。

歌に曰く、

「皆人のや(病)みぬる年の薬王寺瑠璃《るり》のくすりを与へましませ(す)」

この夜は、某旅館に一泊、翌早朝那賀《なか》郡へ向け出発す。

日没前前(ママ)記木元氏方に着き宿を乞い得しなり。この家旅館にあらず農家なり。

七十二　一人取残さる

今朝一つの事件が突発した。というのは、——私は、一人知らない人々に取り巻かれてこう書きつつある。

といっただけでは分らないであろう。全く夢のようだ、夢のような出来事だ、私はお爺さんに取残された。お爺さんは行ってしまった。ここは阿波の国那賀郡新野《あらたの》町豊田〔いまの阿南《あなん》市内〕、木元徳三という人の宅である。

私の運命は、どうなるのだろう。全く数奇な運命だ。

何故とり残された？　それが分らぬ。しかしながらお爺さんが立腹して行ったという事だけは判っている。

何故立腹した？　これが判らない。私は昨夜お爺さんを慰めるつもりで一人旅の事をちょっとだけ話した。お爺さんは七十三だというけれど随分壮健で、それに最早や四国にも馴れて来られたし、修業も積んだので、一人でやって行かれるとすれば別に苦しみもなくすらすらと行ける。

私がいる事は大変な重荷である。

私はいつもそれを心配した。それに何処に行っても爺やさんですかだの家来ですかだのいう。その都度私はハラハラした。しかしそんな事はどうでもいいが、善良なお爺さんが立腹したという事は奇蹟だ。何故だろう。私は呆然《ぼんやり》して、なんにもいう事が出来なかった。そしてとうとうお爺さんは出て行っておしまいになった。

私は吃驚《びっくり》して後姿を長い間見送りそして涙がハラハラこぼれた。それは一人取り残されたという心細さの涙よりかも誤解して立腹していく老翁《ろうおう》のいたましさ、また済まぬという感じが犇々《ひしひし》と胸に迫ったからである。私は撫養《むや》で美わしく哀しく別れてそれから一人愁《うれ》い多い漂然の旅途に上るつもりであった。

しかし私は深く考えてみねばならない。私のお爺さんに対する真実は誠実はどうであるか。そうだ。私はあくまで美しく深く永久に感謝する。

私は今全く呆然している。しかし私は常に天と倶《とも》にある事を忘れない。行こう！　勇ましく楽く。ああ秋が来た。空気も既に明徹になった。風が響いて繞《めぐ》る。虫が鳴く。

胸が躍る！　胸が躍る！　おおこの息もつまるような狂おしい烈しい自然の抱愛《ほうあい》!!

私は、唯一の愛児である。行こう！　漂然と。一杖一笠《いちじょういちりゅう》これこそ私の最初からの友であった。

九月八日

七十三　親切な人々

一夜は明けた。今日は九月九日である。私はいま心から親切にして下さるこの家の人々に取り巻かれて幸福な安らかな生活をつづけている。それにつけてもお爺さまはどうなさったろう、つくづく気にかかる。何故立腹なさったろう、ああ惨《いた》ましい事である。しかし、思うまい、みんな運命である。ただ懐かしき我がお爺さまよ幸いに健在におわせ。

昨日から村の人々が見にきて色々訊ねるには困る。でもこの家の人たちが引き取って話して下さるから非常にいい。この家のお爺さんは、ニコニコした善良な人である。人が来る度ごと大威張で私を紹介なさる。そのきまり悪さといったらない。

熊本まで送って行きたい、どうじゃ好いかの、夫《そ》したら装束の覚悟もせねばならん、と昨夜は真剣にたずねられた。またこの家には笑顔の美しい娘さんがいられる。いじけたダンマリ坊の私に心から打解けて色々と世話して下さる。昨夜はこの方と御いっしょに寝《やす》んだ。

私は感謝する、一切に感謝する。私を脅迫苦しめんとする者にも、私を愛敬しいとおしむ者にも――。

ああ立ち去ったお爺さまよ、私はあなたにも深く切なる感謝を忘れない。私は一切から愛せられている。なかんずく自然の愛は私において特に烈しい。酒のような木の香に満ちた山々の懐に夕陽《せきよう》に濡れた砂丘の胸に、ああ私の心は躍る。私は一本の草花一片の土塊《つちくれ》にも美しい微笑を忘れない。

嬉しい、楽い、こんな喜ばしさが何処にある。感極まって私は泣く。この熱いまた白い泪を足の赤い可愛い鳥よ飛来って呑みつくしみよ。

七十四　お爺さん来る

九月十一日、何よりも先ずお爺さんが来た事を書かねばならぬ。全く滑稽劇のようだ。しかし事実だから変である。立去ってから今日で四日、その間私は静かに読書と冥想と逍遥とを続けてきた。きょうも裏の竹山に登ってぼんやり考えていると宿の娘さんが「お爺さん来ましたよ」と目を丸くして告げに来た。

「そう」

私は不思議に静かな心で、歩いて行った。「どうも済みません。あれから良心に責められて眠れませなんだので、二十番の札所の少し前まで行きましたがどうしても先きへ進まれないで引き返してまいりました。どうか許して下さい。罰が恐ろしゅう御座います。全く思い違いで」という。

私はホロリとした。二十番から引き返すなぞさぞお疲れの事であろう。許すも許さぬもそんな事まで考えてもいない。私は無言のまま微笑《ほほえみ》ながらお爺さんの言葉を聞いていた。あくまでお供をさして下さいという。荷物を負うなぞ当然の事だ、それを気の毒だと仰言《おっしゃ》るから余りな事だと考えた、しかし去る気はなかったけれど黙って見てお出《いで》になるので仕方がなかった、全く考え違いで済まなかったと繰返していう。

私は昵《じっ》と考えた。お爺さんは正直だ。私にこそ陰険なところがありはしないか。なるほど私はお爺さんをしみじみ気の毒に思いまた心から感謝している。しかしそればかりとはいわれない。私には確かに憬《あこが》れがある。一人旅の哀愁に対する漠としたしかし熱烈な憬れがある。未来は元より不明だ。不安だ。しかしながら私は確にその不明不安の恐ろしさ哀しさを或《ある》茫漠たるしかし熾烈《しれつ》な想像の原野の上で詩化し劇化し、それらから発散する芳醇《ほうじゅん》な夢の香に恍乎《こうこ》として酔っているのだ。

そこで私はお爺さんという者を排斥してはいないけれどとにかくわれ以外の人間を排斥している。それを私はお爺さんと別れる理由としていう時一言もいわなかった。実に手前勝手だ、利己主義だ、何という恥ずべき事だ。よし、行こう。私はも早や一人旅は思いきる。野越え山越え引返して来た、この老翁に済まない。しかしながら私は暫く考えよう。いや考える必要はない。身は雲水《うんすい》である。風のまにまに流れればいい。そこで、もう二、三日ここに滞在ときめてそれから立つ事にしよう。

奇《く》すしき運命よ、まだまだ汝は微温湯《ぬるまゆ》だ。熾熱《しねつ》して来れ、狂奔して来れ、私は思うまま汝の両手に身を投げたい。私の涙が大雨となり洪水となる時、私の心が血となり焔《ほのお》となる時そこに私の最上のよろこびはある。

七十五　惨ましい姿

九月十四日、私の現在は非常に安泰である。一同寄《よ》って集《たか》って私の徒然《つれづれ》を慰めようと好意の限りを尽して下さる。

ただここのお爺さま時々冗談を仰言るのが苦しい。何とかお答えしない事には悪いだろうと思うので一生懸命考えるけれど——ついうつ向いて赤くなっていると皆さま気の毒そうにお笑いになる。

それから農家の生活はいかにも楽《たの》しそうである。でも小さな子供たちがお父さまやお母さま方へ酷《ひど》い冗談をいって平気でいるのには驚いた。

朝は起きると直ぐお茶というものを食べる。焼米《やきごめ》だの御飯だの——。

それからお昼飯の次ぎにも御飯を食《たべ》る。お夕飯は毎《いつ》も晩《おそ》くなる。

今朝は便所へ行こうとするとその道に藁を変な形に束ねた物が積んであったのでこれを踏んだら悪いだろうと困っていると、娘さんがこの始末を見て吹き出しそうにしている。

「何でしょうこれ」

きまりを悪くしながら振り返って訊くとなかなか答が要領を得ない。笑う事にばかり夢中になっていられるのだもの。とうとう部屋に帰ってしまうと後ろではドッと一斉に笑っている。後で子供に訊くと便所の紙の代用だそうな。実に驚いた。

原稿を書いているところに一人のお遍路さんが修業に来た。

顔も手足も紫色に腫上《はれあが》って居る。人々はクスクス笑った。何というこの惨《いた》ましい光景、顔をそむけずにはいられない。

業病悪疾というのはあんな人たちの事であろう。ああ一言《ひとこと》何とか言ってあげたい。

「おまはんお国は何処ぞい」

「業病も因果だろかいのう」

人々はよく話しかける事が出来る。羨ましい事だ。私には何故優しい一言を掛ける勇気すら出ないのだろう。悶々しているまに機会は過ぎた。とぼとぼと去り行く人の悲しき姿よ。

私は一人庭に下りた。そこには、小さな箱庭が作ってあったり漫珠沙華《まんじゅしゃげ》(曼)が咲いていたり、秋は一切に充ち満ちている。吐息して深く考えた。

世に哀しき人寂しき人の優しい聖《きよ》い伴侶となる事が私の生涯の使命ではないか――。

七十六　幸か不幸か

幸か不幸か私は何処でも好遇されて来た。好遇を通り越して畏敬。こう書くと我ながら恐ろしい。

一体農家の人々は余りに人を祭り上げる。高く見上げる。私の何処にそんな価値があるというのだろう。

「十年のうちには彼《あ》の方の名が世間に知れ渡る時が来るに違いない。そしたら泊って頂いた事がどんなに名誉だか知れない。今まで遍路さんも大分泊めたがこんな方はかってなかった」なぞお爺さんに話したそうな。

オデキの神様――いつもあれを思い出すと耐まらなくなって来る。しかし真剣に考えねばならない。人々は一体私の何処を見てそう思うのか。私の言葉に奇を衒《てら》う生意気がありはしなかったか。何だか苦しくなって来た。人々のそうした畏敬(?)は私にとって、重っくるしい負債のようにさえ考えられる。

「あなたは人の心をお見抜きなさる事が出来るやろ、また運気《うんき》も見てつかわるやろ」

お隣りのお婆様大変な事をいう。これでは易者にもなれそうだ。

欺《だま》しよい人々だ、と私はちょっとの間凄いことを考えて戦慄した。

さもあらばあれ。私は知らない。私は私の正しい道を行けばいいのだ。

きょうはふとこんな事を考えた。

「宗教は人を善に導くを以て終極の目的とするものではない。空に帰せしむるを以て目的とするものだ」

九月十七日、社〔九州日日新聞社〕からお手紙を戴く。一人旅の事でもあるし何分危険にも思われるからすぐ帰るなり、それとも巡拝を続けるなりよく考えよとの仰せ身に沁みて忝《かたじけ》なく感じた。

お爺さんが立去ったと書いたのできっと心配して下さったに違いない。そのお爺さんが四日目に帰って来るなぞまるで喜劇だ。運命というものは不可思議なものである。私は何だか人生だの自然だのの外に立って色々な運命に巻かれていく自分の姿を昵《じっ》と客観しているような感じがする。それは小さい時分からの傾向であった。ある時には非常な昂奮した感情の狂熱を感じるけれども、すぐにそれを偉大なる宇宙間の一つの出来事として客観し微笑する事が出来るのだ。例えばいま餓死するという運命に逢着したと仮定しても私は何だかそうした自分の□《はか》ない姿を微笑と共に客観する事が出来そうだ。

近頃は近所の子供がよくなづいて来出した。私はこれらの可憐な人たちといっしょに附近の丘へ漫（曼）珠沙華を摘みにいく。いつのまにか子供らの女王になされてしまった。

雨が降る――この間の暴風では九州が大変いたんだそうだが気にかかる。

七十七　川止め

九月十九日、一天かき曇り空模様険悪なれど出発、須臾《しゅゆ》にして二十二番札所白水山《はくすいざん》平等寺《びょうどうじ》に着す。本尊は薬師如来、境内に白水の井戸と称するものがある。これは大師が当山を御開きなされた際、加持水《かじすい》を得んがために井戸をお掘になったら、こんな白い水が湧き出たというので山号を白水山とよぶようになったという事である。

歌に曰く、

「平等にへだてのなきと聞く時はあらたのもしき仏とぞ見る」

ここを下りて山の裾を行き嶮《けわ》しき坂を登り峡間《きょうかん》の淋しい宿駅を過ぎて再び山道にかかり折柄降り出した雨を衝《つ》いて喘《あえ》ぎつつ登るほどに二十一番（舎心山《しゃしんざん》）大（太）龍寺《たいりゅうじ》奥の院龍《りゅう》の岩屋に着く。ここは四国で名高い霊場である。大師御修業の遺跡だと伝えられ霊泉湧き出で御利益《ごりやく》顕著なるを以て、来詣《らいけい》の人今に絶えないという。

伝説に曰《い》う。「往時大師この地を巡錫《じゅんしゃく》の砌《みぎり》毒龍ありて人畜を害する甚だし。よって天より降り来れる五尺の宝剣を以てこの岩窟内に封じ給う云々」岩窟は長さ五十五間と称せられ中に地蔵の岩屋、羽がえの石、はこの石はら、貝石《かいいし》不動明王、砂つきの石、龍王権現、龍の見返り、護摩《ごま》焚《た》き石、御作《おつくり》地蔵、けさ掛け石、経文《きようもん》棚等二十三ケ所の名所があるそうな。今日は残念ながら雨が酷くて堀内の出水《でみず》が案ぜられるから中に入る事は見合せた。

ただちょっとだけ外からのぞき込んでみたが真っ暗で分らない。これが水のない日だと案内の僧が松明《たいまつ》を持って委《くわ》しく説明しながらつれて行くそうであるが残念である。雨が烈しく降るので暫く休むつもりでその庵《いおり》(奥の院)に腰を下していると坊さんだの女の人だの出て来て、

「これからお登りになっても那賀《なか》川の渡船場までは宿がない。早いけれどもお泊りなさい」

と頼りにいう。それに那賀川はこの水ではとても船が出まい、この間の暴風雨では川沿いの一部落は全部河原となってしまい人畜の死傷百を越えたといわれる位出水の烈しい川だから、というのである。

四国は川がうるさくて困る。少し荒い雨が降っても川止めだ。

まるで昔の旅行同然である。しかしながら夕暮れなぞ疲れ果てて夕陽と埃に塗《まみ》れなが

らとぼとぼと歩いて行く時遥《はるか》の山のかげに寂しい明い灯を点《つ》けた宿駅が見え初めるときなぞ泣きたいような哀しい美しい懐かしい愁いを感じる事がある。旅の哀愁——これこそ私の多年の憬《あこ》がれでもあった。

峠の茶屋だの追分けだのどんなに胸を轟《とどろ》かして夢想していた事であろう。それが此度《こんど》こそ実際に経験する事が出来た。

小さい胸の鼓動は高まり、烈しい紅の血潮は湧き言うべき言葉もなく涙に濡れて恋いしき山懐かしき川に、おののぎつつ驚異の瞳を見張り慄《ふる》えつつ讃嘆の吐息をもらした事が幾度であったろう。しかも身は笠を戴き草鞋脚絆を着けている。昔の旅——こう思うて会心の微笑を浮べずにはいられなかった。

ただ川止めは困った事だ。ちょっとだけならいいがこの雨が烈しくて二、三日もここにいなければならなかったら実に困った事だ。

七十八　(太)大龍寺より鶴林寺へ

九月二十日、早朝出発。険悪なる急坂をよじ崩壊せる峡路《きょうろ》を辿り行く事里余にして舎心山大《(太)》龍寺に着す。当寺は四国屈指の名刹《めいさつ》にして延暦十七年弘法大師桓武《かんむ》帝の勅を奉じて建立し給えるものなり。本尊は虚空蔵菩薩。歌に曰く、

「大《(太)》龍の常にすむぞやげに岩屋舎心文珠《(聞持)》は守護の為めなり」

境内清楚にして閑寂、時に微風動いて読経の声を伝う。

本堂の裡《うち》一奉納額あり。老翁老媼《ろうおうろうおう》端座合掌の辺《ほとり》、二飢狼《きろう》口を開いてまさに飛び掛らんとするの光景を描く。かつ註して曰く(原文のまま)、

「大正二年八月二十七日夜四国阿波国二十一番札所大龍寺大師様御山にて日がくれまして得止《やむをえ》ず野宿いたしましたら夜二時頃おゝかめ(狼の事)集まり我両人に向ひ泣《なき》だし已《すで》に飛附く勢ひ故一心に念仏を唱へましたら光明の光りましておゝかめ何処へか行きました此《この》御礼に此の額奉納致します京都伏見今町施主中村弁之助七十六歳妹まき六十六才画工京都西浦弥三郎」画も文字も共に幼稚極まれるものなれどともかく面白き事なるかな。

微笑みて画中の二老を熟視し居れる時突然声あり。振返れば半面腐りたる一婦の涙と共に叫ぶ祈禱の声なりき。曰く、

「どうぞ八十八ケ所の御本尊様ふびんな心をお察し下されませ。親には都合がありまして、かえって背くが好いだろうと浅墓《あさはか》な心から取り返しのつかぬ不孝を致しましてあ

あ思い出すも恐ろしゅう御座ります。ああ申しわけありません、私は……」祈りつつ彼女は滂沱《ぼうだ》たる流涕《りゅうてい》を禁ずる能《あた》わざりき。妾傍視に耐えず、自ら溢るる涙を人知れず袂《たもと》に秘めてそこを去る。

山を下り行く事三十町、那賀川の渡船場に着く。水やや多けれどさして烈しからず、無事対岸に上る事を得《う》。心欣然《きんぜん》として杖をとり歩を移さんとするに船頭お爺さんを呼び止めて曰く、

「そのお方は熊本の人ではありませんか」

お爺さん曰く、

「爾《しか》り」

船頭重ねて曰く、

「それでは話に聞いて居りました。もしやと思ってためらっても居りましたが今日《(ママ)》から引き返して私宅へ御入来《ごじゅらい》を願う事は出来ますまいか」

妾ら唖然たり。体《てい》よく辞して去る。

道は再び急坂となる。喘《あえ》ぎ喘ぎ山頂に至ればそこに札所あり、二十番霊鷲山鶴林寺《りょうじゅさんかくりんじ》となす。本尊は地蔵菩薩。大師霊夢《れいむ》の示しにより当山に登り修業し給うに、雌雄の鶴老杉《ろうさん》

の梢にありて一寸八分の黄金仏を守護し居れるを見欽仰《きんごう》措《お》く能わずこれを受けて御手ずから三尺の尊像を刻み、以て小仏をその御胸に納めまいらせ本尊となし給えるものなる由、よって鶴林寺の称号あり。歌に曰く、

「しげりつる鶴の林をしるべにて大師ぞゐます地蔵帝釈《たいしやく》」

巡礼の歌　　　高群逸枝

山峡《やまかい》にともる灯見つゝ雲白き旅の夕べも夢心地かな
幼な子の一人をつれて荒磯《ありそ》べに石を拾へば夕陽背に燃ゆ
かほばせの夢とも見えて美しき秋の朝げの化粧《けわい》たぬしも
うつゝなの旅の山路の昼の鐘断えしか知らで物思ひそむ
ね乱れの髪の香りのたぬしさに笛など吹けるよき朝げかな
夢のごと子供等寒く駈けめぐる知らぬ旅路の夕ぐれの村
灯火《ともしび》をひそかに消して月の閨《ねや》立ちいでにつゝ禱《いの》り久しも
淋しさのやるすべをなみ黄楊《つげ》の櫛《くし》けふもかざしつ髪梳《す》きてあり
悪夢よりふとしも醒めしわびしさよ黎明の扉《と》に歌も歌はず

何の為《ため》飾る衣ぞ何の為はしやぐ歌ぞ大あめつちに
かなしみて夕陽の野べの空跳《おど》り跳り果つれば消えぬべきものか
陽にそみてあれあれ跳る人の群笑止《しょうし》なれども嗤《わら》ふ可《べか》らず
ばら色の浪に巻かれてうつゝなく荒磯べ人を思ひかなしむ
西の方白雲聖《きよ》き故里《ふるさと》の睡《ね》むたかりにし閑林を思ふ

七十九　納屋の一夜

鶴林寺の山を下りた時には日もどうやら晩《おそ》いようでもあるし、大分疲れたので村の人たちに宿を聞くとすぐそこに善根宿《ぜんこんやど》があると教えられ漫（曼）珠沙華に埋もった草径を踏みわけて或農家を訪れた。そこには親切そうなお爺さんがいて声を低くしながら、

「この頃警察がやかましくなりまして善根にでもお泊めすると拘留だの科料だのと責められますからお気の毒だが納屋でよろしいか」

とこう言うので、

「え、よろしいとも」

とお爺さんが答えると直ぐにそこへ案内されて驚いた。部屋はかなりに広いが厩《うまや》と隣り合せで、一種の臭気が強烈に鼻をつく。

しかも粗い板敷の上に荒莚《あらむしろ》をひろげたのが畳の代用でちょっと坐っても足が痛くて耐えがたい。それだけならまだしもだが一方の隅っこには新藁古藁がまるでゴッチャにしたまま積まれてありその他埃だらけの雑具が処狭きまで投げこまれてある。困った処だとさすがのお爺さんも逡巡したが仕方がない。

足を洗って上るとお爺さんは横になり私は小さく坐って取りとめもない事など考えた。附近の子供たちが時々のぞきに来たが、私は早や心の静平をなくする事はなかった。東面の戸をあけて静かに空を仰ぎ鳴く虫□(を)聞き楽く虔《つつ》ましく微笑する事も出来た。

それでも夜はさすがに淋しかった。お爺さんはよく眠られるし、誰一人起きている者もない。ただ目覚めているのは私と馬とだけである。

馬は時々鼻を鳴らしながら淋しそうに足音を立てたりしている。

私は戸をあけて昼のように明かるい月光を満身に浴びながら、痛い莚の上に端座している。なぜ眠れないだろう。苦しくてたまらないけれど仕方がない。馬が起きている……という事をせめてもの心頼りに歌を書いてはやっと淋しさを忘れたりした。

更けし夜に目覚め哀しき馬と吾れ馬な泣きそね吾此所《ここ》にあり
泣くな馬吾れも目覚めて有るものをいとしき馬よ吾を主と思へ

など書きながら実はこの私が泣かんばかりになっている。

なぜ眠らないいだろうと考えているまに、大事のわが伴侶も楽い夢に落ちたらしい。何の物音もしなくなった。ああ天下目覚め居れるはわれ一人なるか――。

眠りゐるすべては憎し揺り起こしすねて泣きてむ切なきものを
ごとごとと音するものは鼠《ねずみ》かや但しは風か吾に迫り来《く》

馬も眠り月も傾いた。妾もおとなしく眠りましょうと「どうぞ眠らせて下さいませ」と観音様を念じたりしたけれど駄目。

遂に一夜を明かしてしまった。

八十　四国の関所

九月二十一日、未明に出発、十九番摩尼山立江寺《たつえじ》〔橋池山《きょうちざん》立江寺、院号摩尼院《まにいん》〕に向う。

名高い九つ《ここの》橋を渡るとほどもなく広大な寺院が見える。この寺は四国霊場中の関所と称せられ古来霊験《れいげん》に富む霊場である。

『立江寺の霊験』と題する一冊子により左に少しく紹介してみよう。

当寺は人皇四十五代聖武天皇の御勅願所にして天平年間行基菩薩の開基に係り御本尊たる一寸八分の地蔵尊は帝妃光明皇后御安産の御念持仏として勅命により行基菩薩の作り給う閻浮檀金《えんぶだごん》の尊像にして世に子安の地蔵尊と称し奉る。後《のち》弘法大師四国御開創の砌《みぎり》立江寺に暫し御留錫《ごりゅうしゃく》の上御自ら六尺の大像を刻み玉い閻浮檀金の尊像をその胸元に秘収《ひしゅう》し奉りて四国第十九番の札所となし玉えり。寺は元来現在の敷地より西へ約三丁なる清水奥谷《しみずおうこく》山麓の勝形《しょうけい》にありて七堂伽藍の巨刹《きょさつ》なりしも天正年間長曾我部《ちょうそかべ》氏の兵火に罹《かか》り全焼せるを旧藩主蜂須賀《はちすか》侯初代蓬庵《ほうあん》公の御信仰厚く現今の地に移転建立せられたるものにして未だ旧態の全部を再興するに至らざるも境内広く仁王門、廻廊、本堂、大師堂、鐘楼、客殿、方丈、庫裡《くり》等宏大なる建物を有し特に本堂の内陣は近時修補せられたるものにして頗る壮麗なり。顕著なる霊験中特に人口に膾炙《かいしゃ》するものは九つ橋白鷺《しらさぎ》の由来と彼《か》の鉦《かね》の緒《お》に纏《まと》いつきたる肉付きの髪の毛との二とす。

○九つ橋白鷺の由来

九つ橋は立江《たつえ》町役場前土佐街道に架せる橋梁にして立江寺の縁記(起)に深き関係を有せり。

今その由来を尋ぬるに弘法大師御巡錫《ごじゅんしゃく》の際白鷺一羽いずくよりともなく飛び来り聖武帝の勅命により行基菩薩の作り給える地蔵尊の小像を羽翼に挟みて去る。大師直《ただち》にその跡を逐《お》い給えば白鷺この地に来り九つ橋の辺りに尊像を置きて飛び去る。大師はこの奇瑞《きずい》により立江寺の伽藍を建立し新たに一刀三礼六尺の地像(蔵)尊を刻みて小像をその胸元に秘収し玉いたるものにてこの九つ橋は九界《くかい》の地位を表す大師の御深意なれば積悪邪見の輩は目眩《くら》み足すくみて一歩も渡る事を得ず。その時は必ず白鷺一羽閑然として橋上に立てるを見る。これ障碍《しょうがい》の相なりと。妾ら幸いにその難を免かれ得たるは以て善人たるの証となすに足るべきか。

○肉髪《にくはつ》付鉦の緒の由来

享和三年石州浜田城下通り町二丁目に桜屋銀兵衛という者ありて三人の娘を持てるが中の娘お京は十一歳の時芸州広島へ芸妓《げいぎ》に売られ十六歳の時大阪(坂)新町へ仕替えられて勤むるうち要助という者の妻となる事になり暫くはいっしょに暮しいたるが長蔵なる者と密私(ママ)したるため要助の激怒を買い一日両人とも散々打擲《ちょうちゃく》されたる事あり。よって遺憾(恨)に思い相図りて要助を殺し夜に紛れて讃州丸亀へ渡り共に自殺せんとしたるも果さずここに四国巡拝の事を思い立ち立江寺へ来りけるに不義の天罰恐るべくお京の黒髪忽《たちま》ち逆立ちて鉦の緒に巻上られたれば長蔵の狼狽《ろうばい》大方ならず急ぎ院主に救いを請いたれば院主は罪の次第を詰問し有体《ありてい》に懺悔《さんげ》せしむるや不思議にもお京の髪諸共《もろとも》に肉剝《は》げて鉦の緒に残り辛うじて命を助かりしという。その後お京は大罪を懺悔して真人間となり長蔵と共に立江町田の中山といえる土地に永住し一心に地蔵尊を念じて余生を終りその肉髪の付きたる鉦の緒は今なお立江寺の本堂に秘収せらるる由。

○

その他様々数々の伝説あれどいずれ折を見て発表する事としここには略しおく。

瀬戸内のみち

八十一　始めて瀬戸内海に

九月二十八日、と書いて私は吃驚《びっくり》した。今まで何を行《や》って来たか。まるで夢のようだ、とも思うがまた夢のようでもない。朝から晩まで歩き続けに続けて十八番〔母《ぼ》養山《ようざん》恩山《おんざん》寺《じ》〕から一番〔竺和《じくわ》山霊山寺《ざんりようぜんじ》〕へ一瀉《いっしゃ》千里、その間に有名な焼山寺《しょうさんじ》〔十二番摩盧《まろ》山《ざん》焼山寺〕の山道も極めて無事に抜けてしまった。

いまはも早や讃岐の国に這入《はい》っている。何から書けばいいのか書く事が胸いっぱいなようでそれでいて一寸も書けない。何だか重たい負債のようで苦しくてならないがどうにも仕方がない。毎日宿に着くときまってペンはとり上げるが、余りに濃《こ》ゆい烈しいこうした感情で、動きもとれなく圧迫されて苦しんでいるうちに、疲労と困憊《こんぱい》とが夕べの雲のように身を巻いて重病患者のようにグッタリと倒れるのが常であった。毎日平均七、八里は必ず歩いた。一体こちらは五十町一里で数えられているからなかなか道が延ばない。でも歩いているうちは色んな事を考えたり、孔雀の尾のような空想に瞳を輝かしたりして行くからそう大した疲れも感じないが殊にこの四、五日は、寸時もゆるまない強い烈しい苦しい感情に身を呑まれて過ごしたので、まるで一瞬間の思いしかしなかった。何を見ても何を聞いても何の反響も与え得ないまでに爾《しか》く私の心は緊張し狂おしい感情の酒は胸の泉に溢れていた。

何に原因するか無論わからない。ただ無性に郷里《くに》が恋しい、郷里に住む人が恋しい、恋いしい恋いしい一図(途)であったが、それが様々な複雑な波紋をなして巻返し寄せ返しくまなく身を襲う。私はほとほと痩せ細った。それでいて魅せられたように、涙も息もつまるほどの思いに悩む――何という狂気じみたこの頃の心であろう。否《いな》、私はむしろこの心を祝福する。この狂烈な感情をよろこぶ。これは天来の福音のようだ。見よ私の現在は詩の豊饒《ほうじょう》な甘汁の滴《したた》りに濡れしずれている事を。この頂点に立って図らずも今日多年の思慕の焦点瀬戸内海の一部に接した。淡路島が見え初めた頃から私の瞳は明瞭に澄み私の心は薄絹のベールから抜け出たような不思議な落ちつきを感じかけた。

嬉しい！　とよぶにこの感情は適しない。昵《じっ》と冷静にあくまで明徹にこの風光の一寸一分一厘最少極細の組織分子形成要素から観徹《かんてつ》したいと打ち構える心を何といって形容しよう。しかも松は青い砂は白い、海は紺青天《そら》は瑠璃、雲飛んで日漸く斜に、鳥鳴いて林影疎々《そそ》たりの外に名句も浮ばない。ああ、私はこの絶景の前ただ頭《こう》べをたれて真摯《しんし》□(に)瞑目し黙禱しよう。

風が少し吹いて来た。

八十二　屋島見ゆ

九月三十日、昨日は引田《ひけた》という処を朝早く出発して細雨濛々《もうもう》の幾山坂を突破し八十八番医王山大窪寺《いおうざんおおくぼじ》に着いたのが午後五時頃でもあったろう。瘡蓋《かさぶた》のような灰色の雲が少し破れかけると共に雨も熄《や》んだ。山門をくぐると如何にも寂しい。耳をすましても幾《ほと》んど何ものの響きもしない。

山を下りて磴下《とうか》の一宿に投ず。同宿五人、京都と福岡、大分と熊本の集合で話が機《はず》み、はては詠歌和讃が吟じ出される。一日に七軒以上修業せねばお大師の道にもとるというのが衆議の一致点でお爺さんも酷《ひど》く感激していられる。それに今日はお札の袋が荷の中に入れ忘れたのに無事背《せな》のどこかへ附着《くっつ》いて来たというので頻りと感涙に咽《むせ》んでいられる矢先きなので大変だ。

こうして一夜は明けた。早朝出発、雨は依然たり。谷道だの坂道だの歩きつづける事例の如く四里半余りにして八十七番補陀落山長尾寺《ふだらくさんながおじ》に達す。納札後暫く休みまた歩く。須臾《しゅゆ》にして北方近く二奇形山を見る。一は尖端急にとがりて高く雲外に峭立《しょうりつ》し、一は低く平たくテーブル形をなして横たわる。遂に路傍の家に入りて聞くに、高いのは八栗山《やくりさん》で低いのは屋島山だという。屋島はあれか——私はさすがに胸をおどらせて昵《じっ》と見た。ああ屋島——あすはあの山の頂きに登る事であろう。

八十三　八栗屋島

十月一日、雨は依然として降る。でも今日は行手に見える二奇形山に登るのだと思うと嬉しくてならない。

その中《うち》にやや小降になって来たので、羽織っていた雨具を脱いで杖と共に右手に持ちその他荷物といっては左肩から右脇下にかけた小さな雑嚢《ざつのう》一つの軽装で、いつになくはしゃぎながら歩いて行った。

「わたしゃ水草風吹くままに

流れ流れて涯《はて》しらず
昼は旅して夜《よ》は夜で跳《おど》り
末はいずくで果《はて》るやら」

歌っていると泪《なみだ》が落ちそうになった。しかしそれは悲しい泪じゃない。ふと目を上げると何時《いつ》のまにか高く峭立した〔八十五番〕五剣山八栗寺《ごけんざんやくりじ》の山の麓についている。草鞋を締直《しめなお》して登る。道は広いが雨降りであるため、泥濘《ぬかるみ》の歩きにくさといったらない。それに上り坂なので一歩踏んでは辷《すべ》り二歩あるいては落っこちそうだ。やっと辛抱して頂《いただき》近くまで漕ぎつけるとそこからは大丈夫である。暫く休んで瞰下《かんか》の山河平野村落森林を望む。

快かな！　壮かな！　一望微雨に霞《かす》んでその間自《おのず》ら濃淡あり。濃ゆきは山淡きは海か、あたかもこれ夢の浮島。白雲時に湧いて処々峡谷に充ち、溶けては霧となり雨となり煙となりて消散す。

一切は静かなれども渦巻く雲ほとばしる雨、流れ狂う川あり活動の個々相集まりて静《せい》謐《ひつ》の全をなす。

大観すれば寂しく小観すればめまぐるし、奇《く》しきかな。

呆然唖然恍《こう》たり惚《こつ》たる事数十分、促されてまた歩く。やっとお寺に着く。実に壮大な建築である。八栗というのはお大師さまが八つの焼栗をお埋めになったのが芽をふいたという故事から取られた寺号だそうな。

下りは上りに比して非常に楽な代りに、眺望の点においては遥《はるか》に劣っているようだ。でも足が面白く辷って愉快なこと、一瞬のうちに麓に辷りついた。そこから屋島のいわゆるテーブル山は手に取るように間近である。

人家を縫い塩田を過ぎ須臾《しゅゆ》にして山にかかる。途中古蹟あり。曰く菊王丸の墓、曰く佐藤次《つぐ》(継)信《のぶ》の墓、曰く安徳天皇の行在所《あんざいしょ》――険《け》わしき坂をよじ登りながらも私の胸には絵巻物のような源平の戦いが、うっとりと映っては消え消えては現われた。那須ノ与市の扇の的だの何という美術的な場景であったろう。

桜の花葩《はなびら》がこぼれ落ちるように折しも紅い夕陽の海に沈んで消えた数々の人の命も哀れに美しく思いやられていたましい。それから幾時代月日は無限から無限に流れ人は生れて死んでいく……。

いつのまにかお寺〔八十四番南面山《なんめんざん》屋島寺《やしまじ》〕に着いていた。八栗に劣らぬ名刹《めいさつ》である。礼《らい》拝黙禱《はいもくとう》数刻にして下る。麓の茶店で源平餅をすすめられ暫く休んでいるうちに雨はすっかり熄《や》んだ。きょうは何処までいく事ぞ(茶店にて認《したた》む)。

八十四　木賃宿

屋島を後に行く事里余、高松を問えば行人西を指《さし》て曰く「一里」また行《ゆ》いて問う。また曰く「一里」ほとほと疲れてしまった。きょうも大分晩《おそ》い。来《こ》し方行く手、一路漫々として山河ただこれ落暉《らつき》のみ。

故山いずくぞ、凄々《せいせい》たる遊子漂蓬《ひょうほう》に苦しむ。ここに月あり……。鐘が鳴る……絶え入るような、消え入るような。入日は既に油のように流れて、一本の草一塊の土くれまで、一面は血の如く赤く一面は夜の墓場のように青い。

ふと路傍に「木賃宿」がある。

「お泊りなさい」と招ぜられて蘇生しながら部屋に、は入《い》ると、煤けたカンテラが私たちを待っていた。

ちょっとは気が付かなかったが、よく見ると光の及ばぬ暗い隅っこから天井裏へ通ずる狭い階段があってそこには確に人の気勢《けはい》がする。

寂びしいような心細いような……暫らくうつむいて坐っていると御飯が来た。二枚のお膳と、汚ない木製の古火鉢とでお膳には平皿にどうやらゴタゴタした煮物が盛られて載せてあり、火鉢には焚き落しの消えかかった火の上に、かなりに大きい土瓶がかけられてお湯が沸々《ふつふつ》わいている。

低い天井だのノロノロと燃えるカンテラだの濛々と立ち騰《のぼ》る湯気だのその中に物を食《は》んでいる惨《いた》ましい老人の影だの、まるでロシヤの小説にでもありそうな沈鬱な陰惨な光景である。

これにムラムラする強烈な火酒《かしゅ》の香りと燻肉《くんにく》の臭気とが添《そ》っていて横太りの鼻尖きの曲ったお婆さんでも侍《はべ》らしたらと様々に空想をえがいていると例の階段がギシギシ音を立てる。誰だろう、そっと見ていると白茶色のネル地単衣《ひとえ》に黒ッぽい羽織を重ねた四十余りのお内儀《かみ》さんが下りて来た。顔は黒いが髪は結立《ゆいた》ての丸まげに派手な手絡《てがら》を含ましている。

ちょっと私たちに目礼して土間に下《お》りて下駄を探してから戸外に出て行った。

やがて宿の人が夜具を運んでくれたので(それは意外にサッパリしていた)私はすぐに横になったが目が冴えて眠れない。

一、二時間も経過したかと思われる夜更けに入口がガタガタと開いた。何だろう、目を円くして見ていると先刻のお内儀さんと、もう一人五十位の白装束の男の方が帰って来たのであった。不思議な姿だ。頭には白布の鉢巻をしてよく見ると腰には袴をつけている。

疲れたらしい青ざめた顔をしながら私の方に力ない一瞥《いちべつ》を与えて階段を上って行った。様々な世渡りがあるものだと考えるうちに例《いっ》もの「死」に思い及ぶと病的な戦慄を感じてどうしても眠れない。みんな死んで行った。

色んな物を書き残した少年も青年も佳人も……時逝《ゆ》いて人在《あ》らず、ただ見る古来歌舞の地、黄昏鳥雀《こうこんちょうじゃく》の悲しむあるのみ……。

夜も更けた。ねむられないので起き上って書いていたが目も少し疲れたからペンを擱《お》くことにする。

八十五　一人で宿に

十月六日、きょうは七十一番の剣五《けんご》山弥谷寺《ざんいやだにじ》に詣でた。それは午後三時半か四時頃でもあったろう。

礼拝を済ましてお爺さまは納経所へ私は再び本堂へ……そしてそこの岩一面に刻まれた仏像の数々を寂しい哀しい一種敬虔な気分に巻かれながら拝しているうちに、大分時間が経過したので驚いてお爺さまを見にいくと既に立ち去られた後である。

たぶん私が一足先きに出た事だとお思いになったのだろう。

急いで門前まで下りるとそこに一軒宿屋があったが戸は固く閉められて誰もおいでにならないらしい。すると直ぐ隣に小さな暗い小屋があって、入口の前には物干竿をつるして洗濯物を二、三枚下げてあるので、内の様子は見えないがどうやら人の気勢《けはい》がする。暫くはためらったが思いきって御免下さいとよんでみたが返事がない。おずおずのぞいてみるとよほど老衰したらしいお婆あさんが一人で一心に何かの布を扱っていられる。そこで「ここをお爺さんが通りましたでしょう。それは何時頃《いつ》でしょうか」と聞いたが耳が遠いか分らないらしい。でも私の姿はやっと目には入ったらしく、涙ぐんだらしい朧気《おぼろげ》な光のない瞳をして昵《じっ》と見てから繰返し聞く私の声にうなずいて、

「ええお爺さんは死《し》にました。私は一人ものです。こうして仏さまと暮して居ります」と注意せねばとても分らない、病的な慄《ふる》え声でやっといわれる。それからこの方が八十

六になりである事、息子はいるが僧侶であること、年老いては何の楽みもなく味気ない月日を消《しょう》している事など聞かされて、哀《あわれ》深い悲しみを覚えずにはいられなかった。それからお婆さんは、頻《しきり》に鋏でもって布を裁《た》とうとなさっている。けれど見ているうちにも一寸も切れやしない。よく見ると単衣の袖である。余り長いから袖下の所を裁ち捨てようとなさるのらしい。

「あんた、どうぞ済みまへんが針に糸を通しておいておくれやす」

と仰言《おつしや》られるので、糸を通してあげたが、お目も悪いので縫うのにまた大変であろう、と思ったので私にお貸し下さいといって鋏と針とを借りて我ながらお粗末に縫って差上げた。

お婆さんは泪をこぼしながら手探りで袖下の丸みの処を撫でてみて、どうも御結構に有り難う存じます、目が悪いとここがなかなか出来ませんで……お有り難う存じます——何度も繰り返して仰言るので私の方が赤くなってしまった。それにこのお婆さんと話す時には大きい声を立てなければならないのできまりが悪くて耐《たま》らない。

こんな事をしているうちにまた晩《おそ》くなった。慌てて立上ろうとするとお婆アさんは何やら探し出して来て私の手を戴きながらそれを乗せて下さる。見るとお金である。「いえこんな事」私はいよいよ固くなって逃げ出そうとすると「これお聞き遣《つか》われ、これはな婆《ばば》が大師さまへの寸志故どうかお受け遣われ。どうか」と一生懸命に仰言るので仕方なしにお受けした。一厘銭と五厘銭を打ちまぜて六、七文——何といういとしい老女の心遣いであろう。私はいいしれぬ哀愁に胸うたれながら山を下った。お爺さんの事もまるで忘れてただ、人間の寂しさを、しみじみと心から哀しみつつ吐息と涙に濡れながら悄然と歩いていた。

八十六　一人で宿に

暫らくは、年老い給える人の哀れさ可憐《いとし》さに、我知らず泪に濡れながら、悄然と歩いていたが、ふとお爺さんはと考えて愕然と四辺《あたり》を見廻わした。

誰もいない。雨のみ蕭々《しょうしょう》と降り頻っている。急に心細くなって、麓まで走下《はせくだ》り、つい道路ぎわの人家に立ち寄って聞いてみると、四、五十分も前にお通りでしたという。ではは御無事でと思うと漸《やっ》と心が安まった。

それから道々何度も訊ねながら、一時間も前にだの、つい今だの様々な答えを得て僅《わずか》にそれを頼りつつ破れてぼろぼろになった草鞋をそのままに長い長い間歩いて行った。

すると向うから三人連れの人が来て、

「お遍路はん。お伴《つ》れにはぐれはしませんぞな」

と訊かれるので、

「え、はぐれて参りました」

というと、

「では、そのお伴れはんが、もしアンタが後からやって来たらこの先き五町ばかしの駅場《えきば》の宿に泊ってるからとそう伝えてくれいと頼まれましたがナ」

と聞かれて《(ママ)》私はいそいそと其方《そっち》へ辿って行った。

やがてそこについた時はも早やうす暗くて家ごとには明るい灯がともされ人々は楽げに夕食の膳に向っているらしい中を雨にぬれながら悄々《しおしお》と歩く私の姿は――。

宿は二、三軒あったが一番先きの家で訊ねると「そのお爺さんでしょう。貴女はきっと先きに行ったに違いないと懸命に急いで行きましたよ。えー宿をくれいといったけれど、都合があって上げませんでしたが、お前はんのお伴れと知ってたら上げるのであったのに――。どうしてこの次の駅場まではまだ一里からあります。とても行ったとて駄目やおますさかい、悪いこたいわない。今夜は此家《ここ》い泊って去《い》んなはれ」

お爺さまはこの雨に何処までいらした事だろう、気にかかる。でも私のこの弱い足ではとても既《も》う歩けやしない。では泊る事にしようか。でもお爺さまは——。

何度か考え何度か吐息しとうとう泊る事に決心した。

足を洗って上ると、

「雨に濡れていとしやなあ。さ、これをお召しなはれ」

「空腹《ひも》じゅう御座んしょう。早く暖かいものお上んなはれ」

皆さま心の限りもてなして下さる。私は感謝する事さえ忘れてただただ吃驚《びっくり》して坐っていた。

食事を済ますと二階の広い部屋に案内してすぐに臥床《ねどこ》をとって下さる。でも私がペンを取出したので洋灯《ランプ》を低くつるして机を持出して下すった。どうやら安心すると同時に耐えがたい疲れを感じつつ押して書いたのが前回の原稿である。それから直ぐに寝《やす》んで、昏々《こんこん》と深い眠りに落ちていったまま暁方《あけがた》まで一寸も覚めなかった。

起きると、下ではお内儀さんたちが既に働いていて、私のために洗面の水を汲んだりお茶を運んだりして下さる。

御飯を食べると直《すぐ》に出発、お爺さまは、とまた耐まらなく考え出して道を急いでいると、ある家から、「順礼さん。お爺さんが待ってますよ」という。その声が終らないうちにお爺さんは驚き喜んで飛び出して来て「さぞ心配なされたろう、爺も一夜ねむれませなんだ。まあよく来て下すった。お寒かったでしょう。おおこの草鞋は」と大変である。

私も何だか泪が目に溢れてそして何ともいい得なかった。

八十七　浅ましい光景

十月十四日、今朝は今治《いまばり》という町の近所から早暁出発、三ケ所の札所に詣でて松山街道にかかった。いよいよ四、五日のうちには八十八ケ所打ち納めだと思うと嬉しくてならない。

菊間という海岸の町を抜けて崖下の海沿いを長い間歩き続けた。お爺さまは家ごと戸ごとに立寄って善根宿《ぜんこんやど》をとお需《もと》めになる。

私は血のように赤く染《にじ》んだ夕陽の街道を埃に塗《まみ》れながら歩いている。何という旅人らしいこの光景ぞ。

日はややに傾いた。お爺さまの交渉は何十戸と訪ねて歩いてもみんな駄目らしい。

「仕方がない。宿に行きましょう」

絶望して真っ蒼な顔をしたお爺さまは、ズカズカと行手の小駅に入って行かれる。

「駄目だ！　借（貸）してくれない」

あるいはそうだろう、どうも今日はそうした結果に逢着するらしい気持がした。

そこで私たちは此所《ここ》の村彼所《かしこ》の里と宿を乞い歩いた結果やっと或家に落ち付く事となったが部屋といっては一室ぎりで驚く事には畳も何もない。荒莚《あらむしろ》の上で御飯を食べたり寝《やす》んだりせねばならぬ。

それはいいが、皆の声の高い事、また親子同士や夫婦同士がガミガミ喚《わめ》き合う事、その噪《さわ》ぎの間に御飯を炊こう□（と）して色々交渉したり果《はて》は短気を起して立腹したりなさるお爺さま——見てみて（い）どれほど胸もつぶれる思いがした事であろう。悄然と座して私はおどおど気を揉《も》みながら、胸いっぱいの驚きと悲しさと不安とを押し耐《こら》えていた。

カンテラの下でお釜の御飯を桶みたいな物にあけているお爺さまの周囲には、汚ない顔をした哀れな子供たちが取り巻いていて「遍路さん。飯《まま》おくれ」という。すると髪を摑《つか》み乱したお内儀さんが口汚なく叱り飛ばす。

もっと酷《ひど》い事は、夫に対する妻の暴慢なこと、そしてその態度の無智と無教養と無節制と放縦とで蔽《おお》われている事――。

此度《こんど》という此度こそ私は女性の醜悪面を遺憾なく見せつけられた心地がして戦慄した。私はかつてストリンドベルヒの数種の作物《さくぶつ》に接してその激烈な女性憎悪に或る反感を抱いた事もあったが、此度の旅行(が)こうした醜悪面を見せつけるに及んで吐息し嘆息し驚愕せずにはいられなくなった。

浅ましい者よ汝の名は女である。

八十八* 楽書堂

あの浅ましい家を脱れ出て、萩花や紫苑《しおん》やその外色々な可愛い、秋草の花を分けながら、心ゆくまで郊野《こうや》の径《こみち》を歩き、道後温泉町に着いたのは午後五時頃であったろう。或る旅人宿を訪ねたら、

「お遍路さんはお断りして居りますから」という。

仕方がないのでまたまた汚ない宿に追い込まれてしまった。

翌朝着物を更えていると後《うしろ》でコソコソ話す声がする。何気なく振りかえると驚いた。一人は十四、五位な禿上《はげあ》がった髪を桃割れに結《ゆ》って、色の褪《さめ》た造花を滑稽に載《の》っけた、それればかりなら好いが今起き上がったばかりのところらしく、肌も露わに、破れた襦袢《じゆばん》一枚の姿した少女と、も一人は髪の毛を挟み切った尼さんのお化《ばけ》みたいな五十位のお婆さんとで一心に私の一挙一動をたじろぎもせず見つめているところである。何となく眩《まぶ》しいような思いがして背を向けながら荷物の始末をつけているうちにお婆さんは何処かへ行ってしまった。でも娘はいつまでも去らない。ちょうど洗面をすまして帰っていらしたお爺さまが「お前は何処の者だ」とお聞きになると「広島県じゃ」という。「誰と来た？」「誰とも来ない」「お父《と》うは？」「みんな死んだ」「今はどんな仕事をしてる？」「何もしない。彼《あ》のお婆あといる」

再び振り返ってよく見るといかにも低能児らしい。しかし白痴ではなさそうだ。それに非常に驚いた事は顔は子供であるのに身体は異常な発育をなしている。例えば露骨であるが乳房などの大きい事……何となく惨《いた》ましい感じに充たされて最早や振返る勇気もなくなった。急いで仕度をしてそこを出ると茫としたその子の瞳を眤《(が)じっ》と見送っている。

「さよなら」私は微《かす》かにこういって別れて来た。町を外れると須臾《しゆゆ》にして五十一番〔熊野山《くまのざん》〕石手寺《いしてじ》に着く。

礼拝を済まして何気なく一つの堂宇の裏手に廻ってみると壁一面楽書《らくがき》で埋もっている。これは何処のお寺でもよく見る事で別に珍らしくも思わなかったが、ふと気をとめて見たらこんな文句が目に入った。

「楽書堂見廻りぬ日永散策に」

「蜩《ひぐらし》や楽書堂に横陽《よこひ》して」

面白いと思って読んでいくと此度《こんど》は少し幼稚な筆蹟で、

「水草新聞記者足下《そつか》よ。貴重なる新聞紙に落書堂などと題して此寺の落書を書きならべるとはさても笑止や」これで分った。松山か何処かの新聞に書かれた事があったのらしい。

好奇心に駆られて読みつづけて行くうちに若い女の筆蹟らしいものや色々様々に書き散らした文句が随所に見られる。

「水草さんの落書堂を読んでわざ〲見に来ました。野分《のわき》後の水鳴りはすが〲しいですよ」

「水草君足下。幸いに健在なれ。近く水草小品の出版を切望してやまず」

「ポカ〳〵と春日が照つて梅の花が音も無《の》う散つてゐます。病の母の為め一つの杖をたよりにあの寺此の寺を経巡《へめぐ》つて行く若者を思つて下さい」

まだ色々あるが外《ほか》のは極《ごく》普通な何某参詣すだの何年何月だの幾《ほと》んどそうしたものばかりで埋まっている。

＊『九州日日新聞』連載では「八十七」と誤記されている。

八十九　新磯節

石手寺で興味を覚えてから、私は五十番〔東山繁多寺《ひがしやまはんたじ》〕四十九番〔西林山浄土寺《さいりんざんじょうどじ》〕と寺から寺へ落書を見て歩いたが、中には次のような文句も見られた。

「一九一八年の初秋、それは昨夜からの暴風雨にて其余風の凪《な》がぬ朝まだき遣《や》る瀬ない思ひに悩む胸を抱いて此所《ここ》まで来ました」

「私は一人でお遍路に出なければならなくなつた。春だけれど野は淋しい。秋には君と二人で来《こ》ん事を願つて置く」

まだ色々あったがやめにしよう。

そこで今日は六ケ所のお寺を巡って名にし負う伊予《いよ》の三坂峠を越す事となった。札所もこれで八十四(六)ケ所は打ち納めた。あと二ケ所であると思うと何となく嬉しい。

雨は降るがさまで酷くはない。でも坂道の泥濘《ぬかるみ》には困《こう》じ果てた。しかもその坂の長い事長い事、左に上り右に上り漸《やっ》と峠に達した時分は汗ビショになっていた。ここは松山一帯の平野を瞰下《かんか》に見晴らして非常に景色が好いと聞いていたけれど、何分雨天であるため前後左右一面の雲霧《うんむ》でただわが身と赤土の山径とがあるのみでその他はなんにも見えなかった。

峠の茶屋で暫らく休んで下りかけると此度は非常に楽で、しかも何町と行かないうちに広い街道が目前を緩やかに通っているには吃驚《びっくり》した。

日も晩《おそ》くなったので宿をと求めるけれどなかなか見つからぬ。偶《たまたま》あってもかしてくれぬ。そのうちにとうとう真っ暗くなってしまった。ちょうどその時通りかかった人があって、それはお気の毒な——では私の家にお出《いで》なさいといって下さったので助《たすか》った。

乞食のような姿ではないかなぞ考えながら、悄然とその人のお家まで連れて行って頂き色々とお世話にあずかった。

戸外に出ると月が明かるく冴え渡っている。空はいつの間にか晴れて一片の雲影もない。

「おや霧が降ってる」

きれいな若い声が突然背後に起ってスラリとした少女の影が私の方へ近づいて来る。

「あなたでしょう、そこに泊ったお遍路さんは」快活な人だ。

「ええ」

「月を見ていらっしゃる？　そこまで歩きましょう」

二人はいつか仲好しになってしまってある林の蔭まで歩いて来た。

「あなた、どんな歌知ってるの。私沢山知ってるわ。教えてあげましょうか」

というので無理やりに新磯節というものを教えられる事になった。

この人非常に声が好い。それに何処やら淋しげなシンミリした様子もある。「妾《わたし》親無し子よ、歌って歌って歌い死ぬるばかしよ」

こういってホホと笑う。なづかしい人だとわけもなく思いながらそっと見返ると、若い美しい顔が莞爾《にっこり》と笑っている。

「お遍路さん。あなた歌が作れて？」

何を思ったか突然こういい出した。そして、昵《じつ》と私の顔を見つめている。「ねえ、歌を作って頂戴な、記念に。ねえ」

村の娘にしては、稀に見る、シンミリした人だ。

「ではさいなら」

新磯節というものに当《あて》はめた唄を一つ二つ月光の中で書きなぐってあげてから別れて来た。よく記《おぼ》えてないが、

「醒めて羞《は》づかし入日は赤しどうせ此身は巡礼娘泣いて仆《たお》れて草にうもれて睡《ね》むろとまゝよ」

「旅にやつれて山坂越えて鉦《かね》も鳴らさず泪も拭かず独りとぼ〳〵歩くわが身がいとしゆてならぬ」

「花の散るよな夢見てさめて此処《ここ》はいづこか浮世の涯《はて》か月の小窓に袂《たもと》重ねたうつゝ・・・な心」

九十　本願成就

十月十八日、いまガランとした雑木林の奥の柔かな芝生の上に坐ってこれを書いている。何という美日だろう。涯《はて》しもなく澄みきった高い天《そら》から穏かな緑酒のような密《こま》かな光が降り灑《そそ》いで、頭の上の山も木並を透いて微《かす》かに見えている流れもあたり一面の雑草も、すべてがうらうらと照り満ちている。大きい閑寂だ。大声でわっ！　と叫んでもそれが消えるか消えないかのうちに、心は逸早《いちはや》く魂《たまげ》消きって吸い取られてしまうような大きい閑寂だ。小鳥の影がチラと過ぎた。風が吹く。何かの音が響く。

昨日は岩屋山（四十五番海岸山岩屋寺《かいがんざんいわやじ》）という札所の寺に詣でて畑《はた》（野）の川とよぶ宿駅に一泊した。岩屋山には有名な穴禅定《あなぜんじょう》という奥の院があるがとうとうそこまでは行かないで下山してしまった。

今朝は早く宿を出て、四十四番菅生《すごう》山大宝寺《さんだいほうじ》に詣でいよいよ本願成就という事になった。

全く夢のようである。これで八十八ケ所全部をすっくり打ち納めたのだ。

郷里を出たのが六月四日であったから時日は大分費《ついや》したが、それでもやっぱり昨日のようにしか思えない。

最初に野宿をした滑稽な思い出がふいと胸に泛《うか》ぶ。新月の光の中で夜露に濡れながら葉書を書いた事や翌朝は鍋に水を入れて洗面した事。あれから既《も》う随分長くはなる。水々しく繁み合っていた木立が何時《いつ》のまにか疎《まば》らになって紅葉した林が野末《のずえ》や峡間《はざま》なぞに大分見られる頃となった。厳正な時の推移である。泣きもされない自然の変転である。大きく目を見張って驚くより外仕方がない。

あ、と叫んで危く飛び上ろうとした。それは、帰られると考えたからである。帰られる、帰られる、恋しい熊本に――。

そこで熊本は、どんな姿をして私を待《まつ》てるかを考えてみねばならない。

夢のような長旅もいよいよおしまいだ。やがて来る世界は、より厳粛な、より切実なより悲痛な世界であるはずである。でも私は、どんな場面に望《(臨)》んでもどんな脅迫に接してもどんな嘲笑に出逢っても断じてこの静かな、真摯な、虔《つつ》ましい聖《きよ》い感情と操持とを無くしない事について改めて天に誓言しよう。

また私は依然として一切をなづかしく抱愛する。

行こう！　行こう！　行かねばならぬ、私の厳《おごそ》かな戦場に。

血に塗《まみ》れても染まっても私は、正道を歩かねばならない。浮薄でない純真な敬虔な正道を――。

九十一　残金一銭五厘

十月二十日、きょうも爽《さわや》かに晴れ渡った小春日和である。昨夜は内子《うちこ》という町の近所で善根宿を貰って破れた障子から絶えず吹き込む風と霧との身に沁みる冷気に凍《こご》えながら一夜を明かした。今朝は早暁出発いよいよ八幡浜《やわたはま》に向う。これで四国も全く一周した事になる。

何だか嬉しい、訳もなく嬉しい。

「夢のようにしか思えません」

何度も何度もこんな言葉を繰り返しながら瞳を輝かして歩いて行った。

春のような長閑《のどか》な暖かい日和だ。道路《みち》ぎわに一軒二軒と建て並べられた家々は、大てい、コスモスだの菊だの桔梗《ききょう》だのスッキリした草花に埋もっている。向うから乞食のような遍路さんが来た。女の方だ。立ち止まって昵《じっ》と私を見る。まだ若い、容貌もかなりに好い、が身装《みなり》の汚ないこと。

でも、瞳は若い女特有の情深い輝きがある。颯《さつ》と赤くなったと思うと聞きとれないような小さな声で、

「あの、お銭《あし》を少しお貸し下さいませんか」という。

私も顔を赤くした。実は、財布には既《も》う何程《いくら》も入ってないようだもの。そっと出してみると十銭銀貨一粒が手に触れた。まア嬉しい。

「ではこれを」

こういって別れて来た。別れぎわに財布を見ると一銭五厘が残っている。残金一銭五厘――響きの好い言葉だ。

何となく詩化されたような現実だ。草鞋も、も早や破れてしまっている。でも買う事さえ出来ない。出来ないというのは確な現実だ。

旅に疲れて、旅費に尽きて破れ草鞋を引きずって行く――という事は、まるで小説かお芝居かのようだ。自分は今ある戯曲中の女主人公である。未来は分らない。どうせ人生である、限りある人の生涯である、人の命の或る場面である。

日は照っている。両側の山脈は長《とこし》えに寂しく尊く波打っている。八幡浜に着いたらど

うかなるのだ、純な魂を忘れちゃいけない！
心はいつもこう叫ぶ。

九十二　世間を渡る人々

此度《こんど》の旅行は色んな人々を私に見せてくれた。易者だの僧侶だの浮《うか》れ節《ぶし》屋だの煙管《キセル》の棹《さお》がえだの鋳掛《いかけ》屋だの——様々雑多な人々が住んでいるものだ。土佐では大黒さんとかいう人と同宿した。雑炊をガブガブ食って時々変な笑い方をする、何だか無気味な人であった。また阿波の一の宮という札所の前の宿に泊った際には、京都の人で伊藤祐善という方にお会いした。その人からは色々な世間物語りも聞かされたし、般若心経《はんにゃしんぎょう》だの十一面観世音陀羅尼《だらに》経だの頂いた。六十位の人で発句《ほっく》に趣味を有《も》たれていなさるそうな。その外数々のお寺を巡るうちには色々な若い僧侶の人にお会いしたり、かなりに複雑な詩のような事件が私を追っかけたりしたが、振り返る事なく流るるように——それが旅人の常である。可憐な少女や慕わしい老尼や懐かしい婦人や、そうした人々とも残るところなく、すっぱりと別れてしまった。讃岐では、崇徳《すとく》帝の御遺跡地及《および》御陵にも参拝し、

〔七十五番五岳山《ごがくざん》〕善通寺《ぜんつうじ》から金比羅《こんぴら》さまにもお詣りしたが、その帰りの汽車の中では芸者の方とも近づきになった。世間には実に色んな人々が住んで居る。そしてその人々は各自に色んな思想界なり道徳界なりを形造っては生きているのだ。気狂いだと見えてもそうでなかったり、白痴かと思えてもその世界では普通な人があったり、とにかく面白い世の中である。

しかし大別したらやっぱり物質的な人と精神的な人との二つに分れるようだ。でも精神的な人といっては先ず非常に少い。此度出会った人々の中でも幾《ほと》んどないといってもいい位なものだ。それに比して物質的な人はそこら一面に充満している。無論淡《うす》かったり濃いかったりの度合の差は区々《まちまち》であるが、しかも低級であればあるほど旗色が鮮明で、行う事の幾んど一切は本能に基いた極端な利己主義である。ちょうど高等な動植物の組織が複雑であるのに比して原始的な物は非常に単純であるのと同じだ。

今日は十月二十一日、昨日はあれからこの八幡浜まで歩き通しで三津山という木賃宿に滞在する事となった。

同宿人の多いのにも吃驚《びっくり》したが、その職業の様々なのにも驚いた。

先ず盲目で耳の遠い女の遍路さんが居り、次には髪を分けた色の真っ黒な浮れ節屋がいる。浮れ節屋は滑稽な調子で講談本を読んでは一同を喜ばせているが、中にも十五、六の遍路少年なぞ夢中になって聞いている。

どうもここではこの浮れ節屋が中心人物らしい。八方に活動してその勢力は、誰も相手にしない耳の遠い女遍路にまで及んでいる。「考えは附いたかな、そうしなさい。俺《わし》も追い付いて直《すぐ》いっしょに行く」と喚《わめ》くを聞けば何かの相談が出来ているらしい。お人好《ひとよし》そうな女遍路は、時々打《ぶ》つ真似をしたりして燥《はし》ゃぎながら、喜んでいる。

外《ほか》には老人の遍路と家族を率いた易者といつも隅っこにくっ着いている機嫌の悪いお婆さんとがいる。どれもこれも、口が喧《やかま》しい。自分に都合の好い事だけ仕《し》てしまうと此度は無遠慮に他人に干渉する。

実際こんな人々の無遠慮な、不謙譲な和らぎのない、言語なり挙動なりには初めが間は、側《そば》から見ていてさえ怯《おび》えてしまう位であった。

九十三　狂女の姿

十月二十二日、きょうもまだ、滞在。浮かれ節屋も盲女遍路も老爺《ろうや》遍路も易者一族も同じく。

みんなお金を儲ける事ばかし話している。お金を以て一切の行《おこない》の唯一標準となしているのだ。

娘の子は三味線を仕込むに限る、学問なんぞ何になるんだ、芸者が好い芸者が好い、さもなきゃ娼妓でも結構だ、第一遊んでいて、好い着物は着られてさ、うまい食物は望みのままだ、これに越す仕事があるかい。易者は妻や娘にこう話てきかせる。妻や娘も、いかにも道理だと思い込んでいるらしい。浮かれ節屋は大坂の出生だそうな。

「家に帰っても継母《ままはは》だから気まずい、どうせブラブラ者よ」

こういって呵《か》ら呵《か》らと笑うが、どうかすると吐息をしている時もある。

遍路のお爺さんは、少し気分が変なようだ。よく独言《ひとりごと》をいう人である。

部屋は天井裏の昼でも暗い、そこが二室に分れている。仄《ほの》かな光の中で蠢《うごめ》いている人々の影は別世界の幽霊のようにも見える。私は鬱々した困憊《こんぱい》を感じながら、ポーの最後だの、オスカー・ワイルドの最後だのを思い並べた。

今朝はよほど早く起きて月光の中を逍遥した。みんなの物(者)がちょうど蚕《かいこ》が頭を並べて眠っているようにひっそりしている。

ふと根香山〔八十二番青峰山《あおみねざん》根香寺《ねごろじ》〕というお寺の近所の一軒屋に泊った時の事を思い出した。同宿人が五、六人もあったろう。中に夫婦連れの一行があったがお内儀《かみ》さんは四十一、二で気が触《ふれ》ているという。ちょっと見ては別に異常もないが断えずまに何か話し続けている。

「皆さん。お気の毒だが朝方少し変になるかも知れませんから」

と夜寝《やす》む時夫《おっと》の人がそう断られた。果して午前一、二時頃——その頃も月明であった——になると突然起き上って戸外に飛び出す。外《ほか》の人々はぐっすり寝込んで知らないらしいが、私はちょうど目覚めていたのでどうなるだろうとハラハラしていた。

気になるのでソッと戸を開けてみると、一心に合掌して何かを拝んでいる。それが済むと幽霊のような青い顔をして月光の木立の中をあちらこちらと逍遥している。その姿がいつまで立《(経)》っても私の胸を去らない。こうして月明の中を歩き廻るとどうも自分がその女になってしまったような気持さえする。

九十四　ホテテン華経

宿の近所にお寺があって終日太鼓を叩きお題目を唱えている。

「南無妙ホテテン華経とやっているよ、よくお聞きな」

浮れ節屋がこういうと皆はドッと笑う。「一体ホテテン宗なざ感心仕《つか》まつらないね。それから一向の穢多宗はなお厭だし、お金をくれる宗旨なら二言といわぬ。今からでも信仰仕まつるがね」易者が混ぜ返す。

「それじゃ耶蘇《ヤソ》教にお入りな。病気といえば薬、学問といえば学資、有難いもんや」

これは浮れ節屋だ。

「耶蘇は現在を説くが外の宗旨は未来じゃよ」

段々話が面白くなったと思っていると「有難や有難や……」と遍路のお爺さんが唱え出す。

「我昔所造諸悪業《がしやくしよぞうしよあくごう》、皆由無始貪瞋癡《かいゆうむしとんじんち》、従身語意之所生《じゆうしんごいししよしよう》、一切我今皆懺悔《いっさいがこんかいさんげ》」「のうまくさんまんだ。ばざらだんせんだ。まかろしゃだ。そわたや。うんたらた。かんまん」

一生懸命読経し初めると、

「南無屁の弘法大師、臭い臭いは南無屁の……」

と滑《おど》ける者がある。やかましったらない。

長く寝そべって小学読本を見ていた易者はやがて起き上って、

「どうも政府の教育に対する方針が間違っている。ここを見な、花咲爺の作り話なぞ引っ張り出して書いてあるじゃないか。こんな事があるもんか、小さい頭に迷信を施すのと同じやり口だ、危険な事だ」と一大発見のつもりでいっている。一同は一も二もなく賛同する。

これは易者ばかりではない。まだこんな事思ってる人が世の中には沢山あるだろう。現実、現実、目前の実証でなくっちゃ承知が出来ない人々だ。

戦争はある、内閣は壊れちゃ出来出来ちゃ壊《こ》われる、お米は高くなる、世の中は戦々兢々だ。人は物質へ物質へと囚われていく。神経は尖り官能は鈍れる。全く余裕がない。時々はあくどい快楽でも恣《ほしいまま》にしなくちゃ遣《や》りきれぬ――こうした状態の結果はどうなるであろう。肉から霊へ、霊から肉へ――どうせ、クルクル廻転する世の中ではあるが、その間に払われる幾多の犠牲については一考すべき必要があるであろう。僭越ではあるが私はかつて色んな憤満(懣)を感じた事もあった。

それは主として女子教育についてであったが、どうも余りに姑息だ。逡巡だ。ドングリの背比べだ。も少し潑剌《はつらつ》とした、生きた教育でありたい。お蔭で出来上る女子という女子はカジカンだ色の青い目のない芋虫みたいになりはしないか。余りに狭量である。余りに勿体ぶっている。倫理学を一字一字教えられる女よりかも、詩を解する女でありたい。

九十五＊　虱狩り遍路狩り

十月二十三日、いよいよ明日から帰ると思うと何ともいえず嬉しい。まだ暁《あ》けきれぬうちから蒲団の中で目を開けて子供のように早く明日になれ明日になれと喜んでいると、お爺さまが次の蒲団から突然喚《わめ》き出して飛び起きた。「何かを捕えた。どうも怪しい、虱《しらみ》のようだぞ」

わざわざ電灯の下まで行ってよく検《あらた》めると案の如くである。白いような明瞭《はっきり》しない色をしている。そして何という平ったい虫だろう。

「こいつ大変だ」部屋中は大さわぎとなる。「や、ここにもいたぞ」「ちょっと見ておくんなさい」

夜が明けて御飯も食《たべ》て仕度も済んで思い思いに出かけて行くまでその話で持ちきりで

あった。

どうもこの蒲団が怪しいとお爺さま頻りに仰言《おつしや》る。蒲団も怪しいに違いないが、実は二、三日前から「どうも身体中がかゆくてならぬ。これはお大師さまの御利益《ごりやく》で全身の熱が脱け出ていくため、こうあるに間違いはない。有難い事だ」といっていられたのを、もしかしたら虱じゃないかと私は独りでそう思っていたが……。

暫らく噪《さわ》いでいるうちに階下で警官の声がする。

「老人と娘？　そうか。ちょっと来いといってくれ」

とうとう下へよび出されてみると二人の巡査さんである。一人は上り口に腰掛け一人は土間に立っていられる。

「ナニこの娘？　こりゃお前の孫か。原籍氏名を述べろ」

まるで罪人扱いだ。かつ曰く、

「実はこう米が高くちゃ遍路が可哀想だというのでその筋から幾分かずつ給与金を出される事になったがお前は何か修業してやって来たというのか。それであったら遠慮なく申し出るが好い。どうだ」

「イエ、私はもう帰り途で御座いましてその必要は御座いませんが、それはマア結構な思召しで……」

「では、受けるかどうか」

「イヤ私は要りません。電報為替が来るはずですから」

「そうか、全くそうか」

「え、全くそうです」

「それじゃ、遣《や》る必要もないかな。一人前よほど沢山ずつやる事になってるがな。要らないならその必要もなし……」

見え透いた事をいう人たちだと私は傍から面白く思って眺めていた。

「娘、お前は何のため出て来た」

大喝《だいかつ》が私の方にまわって来た。

「心願が御座いまして」

「名は？　も一度いってみろ」

「逸枝と申します」

二人はジロジロ私を見ていたが暫くすると、

「コラ、遍路。お前たちは何か。やっぱり遍路姿か」此度《こんど》はお爺さんに切尖《きっさき》が向く。

「ええ、お大師さまに詣るのだから遍路姿でなくちゃ仕方ありません」

「馬鹿、遍路といったがどうした。貴様腹を立てたんか。いくら身分はあっても遍路じゃ」

「オイ詰まらない。行こう」

二人はサッサと出て行ってしまった。私もそのまま二階に引返した。

何だか滑稽なような。でもあれが警官の職責かなぞ思って、微笑んでいると、お爺さんはプンプン憤《おこ》って上って来られる。

「人を罪人だと思ってやがるが何だあの横柄な態度は」

威猛高《いたけだか》になられる人、それに応じてムキに腹を立てる人、世は様々である。私は、ふと『ラ《（レ）》ミゼラブル』の中のあの警官を思い出した。あれなぞ極端に徹底した器械であるが……。

「きょうは遍路狩だっせ。何人も警察へひかれたやいいまっせ」

浮かれ節屋さんが帰って来て、一同に告げ知らせる。その晩は、道理で盲女の遍路さんとうとう捕《つかま》って留置場へひかれたという事が分った。捕ったが最後国境まで護送されて追っ払いとなるのだと皆が話している。

＊『九州日日新聞』連載では「九十四」と誤記されている。以下、順送りとなる。

九十六　大分へ

十月二十四日、朝来空模様甚だ険悪、この分では暴雨《しけ》るかも知れないぞと皆がいう。港の茶店で暫らく休んでいると沖の方で汽笛が鳴る。

いよいよ来た。いよいよ四国と別れねばならぬ、夢のような流浪の旅と別れねばならぬ。来るべき運命は何ぞ、来るべき世界は何ぞ。何となく何となく或る微かな焦燥を感じる。私はちょっとの間『海の夫人』〔イプセンの戯曲、島村抱月訳〕の中のイギリス船を考えた。

これは長い間の癖でもあるが、この頃では特に自分及び自分の周囲を詩化し小説化し劇化して空想する事に興味をもち出した。恍乎《こうこ》として蜜のような楽い思いに打たれて居る時、船はいつの間にか目前に近よって来る。

人々は噪《さわ》ぐ。午前十一時何分、御荘《みしょう》丸と呼ぶ小形な汽船の三等室に這い込んで四辺《あたり》を見まわすまでもなお夢心地を失わなかった。

私とお爺さまとは左舷の船壁に附《く》っ着《つ》くようにして座を占めていたが、向う側の右舷壁には、よくも不器用に肥った四人の女が凭《もた》れかかっていて無遠慮に物を食ったり高笑いをしたりしている。それでも見るからに楽そうに見るからに睦まじそうに手と手を取り合って話している光景は真《まこと》に羨ましいほど美しい。ああして質朴に真率に物語り微笑み合う友達を有する人はどんなに幸福な事であろう。私は他の一切を失っても構わない、ただ心からの美しい情《なさけ》に生きたい。何人《なんぴと》に対しても些《いささか》の隔てもない硬《こだ》わりもない穏かな聖《きよ》らかなただもう美しい情に生きたい。

虚礼だの虚飾だの余りに煩わしく纏《まと》わった狭っ苦しい私の心を顧みると思わず深い吐息をもらさずにはいられなかった。

風は漸次烈しくなる。波は物凄い音を立てる。甲板に出ていた人も「まるで吹っ飛ばされそうだ」といいながら逃げ込んで来た。

おはなという処では、それこそ堪まらないほど大揺れに揺れる。

棚の枕が落ちて来るやら、バケツが転がるやら、それればかりなら好いが向う側で食ていた握り御飯が梅干を食《は》み出したまま私の膝に乗っかるという騒ぎに吃驚《びっくり》していると明り窓から潮の飛沫がサッと、とび込む。

嘔《は》いている人、突《つ》っ伏《ぶし》ている人、ボーイを呼ぶ声、風のうなり、凄《すさま》じい光景だ。どうしたら好いだろうと思いながら私は、(真)直横の処で先刻から苦しんでいる若い女の方をおどおど眺めていた。髪は乱れ手足は萎《な》え顔色はこの世の人でないように蒼い。

「ね、これにお嘔きなさいね」漸《やっ》とこれだけいって、お爺さんの袋から水呑みを取り出して上げると無言のままお吐きになる。ああ何という気の毒な切ない事だろう。私とお爺さんとは不思議に酔わないで済んだが外の人たちは幾《ほと》んど突っ伏してしまっていた。波がやや穏かになったと思うと船は既に佐賀の関港に着している。

身を切るような寒風に吹きまくられながら上陸、宿についてほッと安心したのが午後八時頃でもあったろう。ここは九州だ、佐賀関だ、肥後領だ。ああ――とうとう帰って来た。

九十七　三度のお助け

既《も》う帰りついたか、夢のようだ――何度もこうした言葉を繰り返しながら海岸の道を大分へと歩く。

十月二十五日、空は名残りなく晴れ渡って国東《くにさき》半島が鮮かに白銀色の海を劃《かぎ》っている。

ね、お爺さま、……。

何度こういいさして恍平《うつとり》と来《こ》し方の色んな思い出に酔ったか知れない。有難い、どう考えても有難い……お爺さまは何日《いつ》も千篇一律である。しかし此度の有難いには少し深長な意味もある。それはこうだ。

残金一銭五厘也の少し以前から私たちは既に宿代にも差し閊《つか》えるほど困□《(つ)》ていた。すると道後で同宿した石川県の人から思いがけなく若干金の寄与に預《(与)》かった。この人も修業しながら道中する人で、無論此方《こちら》から内情を打ち明けるという事もないのに、失礼だが餞別にというので、実は案外な思いをしたのであった。お大師様のお助けだと□《(ば)》かし、お爺さまは涙を流しながら喜ばれる。そのうちにまたお金が足りなくなった。すると此度は街道の真ン中でかたまり合って落ちている銀貨数個が私の目に入った。きっと今すれ合った人がお落しなすったのだと思ったので慌《あわ》てて追っかけたが駄目であった。するとお爺さまは「イヤこれも御助けに違いない。有難い有難い」と拾いなさる。それから八幡浜について大分からの返電を待つ内に二、三日は過ぎた。実は郵便局の無責任なために早くから着いていたものを何度たずねてもまだ来てないというので、此方からはお金を借て電報を打つ。大分からはモウオクツタヨクシラベテミヨとの返電が来る。漸《やっ》と汽船賃が手に入ったけれど切符を買った残りは五十銭也で始末に了《お》えない。何故なら佐賀の関まで船でいくとしてその先きが大分まで七里からあるのだもの。よし！　深夜でも構わない歩き通そう——と相談していると無論誰一人そうした事は知らないけれども乗客の一人からこれまた案外な寄与を受けた。曰くお大師さまに上げるのですというのだ。

お蔭で宿代も出来て助かった。随分意地の汚ない事ばかり書いたようだが、実際酷《ひど》く寒い晩で歩き通したらそれこそ凍えそうな思いもしたであろうのに、これでまた助かる事になったのである。一度ならず二度三度こうした事が続いたので老人の一すじ心にお助けと思うのも無理はない。

「それに貴女様はどう考えても観音様のモウシゴだ。勿体ない、貴女のお蔭でこの年になって四国まいりが出来ました」と早や泪がハラハラこぼれる。世の中に奇蹟というものがあるとすれば、私の身の上は実際おもしろく出来ている。観音さまと私という事をちょっとだけ書いてみよう。

九十八　観音様と私

いつかちょっと書いた事があったかも知れないが、私の家では、観音様を特に信仰し、わけて母なぞは非常な信心で毎月十八日の縁日にはきっと何かをこさえたりしては御供養を欠がした事が一度だってない。そこで私たちも幼い時からの習慣で毎朝夕礼拝《らいはい》を怠らず熊本に在学中次弟と二人で自炊している際にも十八日には必ず何か買ってお供えしたものである。無論それには野心があって縁日を口実に沢山おいしいものを買っては机の上に一分間ばかしお供えして喜んで食ったりしたのであったが、とにかくこうした事の原因が私という者に非常な深い関係があることは常々母から聞かされて知っている。それはこうである。

一体私の上には、何人もの男の児たちが続いて生れたそうであるが皆すぐに死んでしまう。一番永く生きたのが義人《よしと》とよぶ子でこれが二歳まで長らえて死んでしまった。当時まだ若かった母のなげきは非常なもので、

「われ一人死して義人と思ふなよ同じき道に母も導け」なぞの歌も出来たという。すると某日すすめる者があって筑後矢部川の観音様に願をかけたところ、ちょうど縁日の

正月十八日に生れたのが私であるというのだ。

それかあらぬか、丈夫な事、まるで男の子のように、元気にみちて無事成長するし、それから後の子はみんな育つというのでここに初めて、非常な信心が醸《かも》された。しかも「お前は小さい中《うち》から何度お加護を受けているか知れない」といっては、母はよく色々の事実を話してきかせる。私は幼い肌身に綺麗なお守袋をつけさせられていた事をよく覚えている。それから少し大きくなるにつれ、私の心は妙に厭世《えんせい》的になって来た。また独りで空想しては楽む事も覚えて来た。

まだ極《ごく》小さい時分であったが「死ぬ」という事を幾晩もつづけて考えなやみ幼な心にも絶望のドン底に懊悩《おうのう》した事もあった。それから小学校に通い始めると今度は家庭談話会だの少し長じてからは弟たちと「友愛の友」なんという雑誌みたいな物をこさえてみたりお伽噺《とぎばなし》を作ったり歌集だの何だのと生意気をしたりするうちに観音様にも礼拝が欠げ出した。母につれられて矢部川に詣でた記憶はいつまでも懐かしく胸を去らなかったが……。お前にはきっと罰《ばち》があたると母はいつもいいいいした。

それを聴くとやっぱり恐かった。或時なぞはそんなこともあった。

それは守富《もりどみ》（いまの下益城《しもましき》郡富合《とみあい》町）という村にいた時のことでその頃父の許には漢学の

講義を聴きに来る若い人たちがいた。そのうちで田尻《たのしり》という村の鷲山寅喜という人なぞよく熱心に通って来たものだがちょうど私が十二であったと思う。その人は『十八史略』をやっていたので素読《そどく》だけはコマシャクレの私が父に代って教えていた。でもそれがいやでいやで堪まらない。或日のことであった。

その日も鷲山さんがやって来た。するとその姿を見るなり無性にいやになって逃げ出した。後では散々母から叱られる。務めという事をお考えなさい、また親切という事が分らないか。鷲山さんはとうとうすぐに帰られた。

とこういうのである。なぜ逃げたろうと思うと悔いられて悔いられて前の畦道《あぜみち》に行っては、いつまでも泣いていた。それから誓□(言)という変な物を書いて観音様の扉の奥にソッと入れて一心に合掌した。「どうぞ私をお許し下さい」というのである。こんな事も仕出かしたりして大きくなって来たのであるが此度の旅行についてもお爺さまのお家が観音堂を建て直したものであったりその夜お爺さまにお姿が現われたり、とにかく偶然ではあるにしても観音様と私とは深い縁《えにし》があるようにも思われるのである。

九十九　流行感冒

久しく流行感冒《はやりかぜ》に悩まされて困ったが、この頃やっと快《よ》くなりかけた。今日は十一月十二日、目今《いま》大分県大野郡のお爺さんのお宅に滞在中である。あれから随分色々な事があった。

大分市で暫く遊んで（実はその大部日数は病臥で過した）いる間に二、三知名の方の御訪問を受け、有益なお話を承わったり、某氏宅に招待されて、某夫人と懇談しそれとなく大分婦人界の活動を聞知し得たり、病気半《なかば》に当地へ帰ると、早々幾人かの人々にお目にかかり興味ある事情に打《ぶ》っ突《つ》かったり――でも何だかそうした方面に敏感でなくなっている目下の私としては、一々細かに書くのが苦痛である。

或人の好意で、いま毎日九日紙（『九州日日新聞』）に接する事が出来ているが、やっぱり感冒が大変だそうで驚いている。当地も一時は烈しかったが今ではやや沈静に向って来たらしい。最初私は、余りに、身体の倦怠と各関節の疼痛を感じたので、きっと四国を歩きまわった結果に違いないと思っていたが、医師の診察を受けて始めてこの頃流行のインフルエンザに冒された事が判った。

今ではよほどいい。このお天気が続いたら二、三日中には是非出立したいと思っている。阿蘇の宮地駅まで強《た》っても見送ると仰言《おつしや》るお爺さまの御好意は忝《かたじ》けないが、無理にお断りして再び熊本まで一笠一杖《いちりゆういちじよう》の孤影を飛ぶ風と共にし流るる雲と共にするの覚悟である。

夢のようだ……郷里を出てから六(五)ケ月になる。道理で何時《いつ》しらず寒くなってしまった。それに私は夏衣のままである。

木枯らしと夏衣——矛盾だが矛盾でない。そこに悲痛な私のライフがある。咳をしながらも毎日こんな事を考えた。注意しないと肺炎を併発しそうですよと何度か医師に言われながら夕方と夜との二度ずつはきまって戸外に出たりしてみる。

入日と月光とは、いつも私を狂わしめ緊張せしめ平穏ならしめる。

ふと「月愛三昧の定《じよう》」に入るのだといっては、お爺さんを困らせた四国での夜道が苦笑と共に胸に浮かぶ。

夢のようだ——何度思っても夢のようだ——土佐湾——淡路島——金比羅《こんぴら》さま、——まるで幻灯みたいだ。

「鉦《かね》をたゝきて訪れし

旅のひと日の夢の村
豊後とよべる国にして
奇《く》しくも君と相見しか」

昨日はこんな気まぐれ歌をある人に差し上げたが、これもまた夢の思い出となるに違いない。

早く帰ろう、もう全快を待っていたくない。

百　風邪の神様

十一月十五日の正午過ぎ、明日こそ出立しようと思って笠の紐を取り更《か》えたり荷物を始末したりしているところへ、五十位のお婆さんが平身低頭してやって来た。どうも様子が不思議であるので驚いていると、一頻《ひとしき》り私を拝んでから、やっと口を切って曰く、

「私はここから少し離れた大野郡三重《みえ》在《ざい》の者で古着商を致している者で御座いますが、貴女様のお名は音にも聞いて居りましたし是非一度はと存じて居りましたが、近所の人

たちもいつもそれを口癖のようにして居りましたところへ、ちょうどただ今御滞在というお噂さを承わりまして甚だ失礼では御座いますが少しお願いに参りまして御座います」

お願いとは何だろう、私はただ驚いて聞いていた。

「あなた様が竹田在御通過の際、一人の老婆をお救い下さいましたお噂は、早くから承わって居ります」

いよいよ出《い》でていよいよ奇である。

「何で御座いましょうそれ、私少しも存じませんの」

私はとうと《(ママ)》赤くなってしまった。

「いえ、誰でも存じています。そのお婆あがいうには、長い間の病気で弱っていたところにあのお方様お泊り下され、お杖をいただかして下すったばかりで病気もすっかり快《よ》くなり、翌朝は御飯を炊いて差上げる事も出来たほどお蔭を頂いたとさよう申されましたという噂が専《もっぱ》らで御座います」

ハテお泊り下すったというからには、竹田郊外の(名をちょっと忘れた、日誌には書いてるけれど既《も》う小包にして送ってしまったので)彼《か》の家のお婆さんに違いない。私はその時杖をどうかしたかしら、すっかり記《おぼ》えないがとにかく奇態な事だ。

「そこで三重のお庄屋様のお宅やその外方々で、風邪病人がありまして甚だあい済みませんが助けると思し召しの上貴女様のお出向《でむき》をお願いが叶いましたら……」

よくよく丁寧にいうお婆さんだ。

うっかり、その言葉の節廻しに魅せられていたが何とか返事をせねばいけない事になった。

「どうぞお許し下さい。私そんなこと……」

お婆さんなかなかきかない。再拝九拝いつまで経っても同様だ。

どうしよう、全く困ってしまった。

でも数十分後やっと難を免がれて一安心し、「お目にかかっただけでもお有難う存じます」といいいい出て行く人を暫くは呆気《あっけ》に取られて眺めて居た。

変な世の中だ。杖で撫でてもらいに来る人がこの間から大分あるので面白い事をなさる人たちだと思っていたら、此度は風邪の神となって出張を命ぜられそうになったのか。

早く帰ろう、もう私の風邪も全快しなくたって構わない。

お爺さまだのお医者さまだのおとめ下さるけれど、どうしても帰らねばならない。ああ、なづかしき熊本よ。

裏の山からは阿蘇山が見える。早く早く――早く帰ろう。

百一　なぐり書き

十一月十五日、奇態なお婆さんを帰してホッと安心しているところへ、引続いて売薬商の人が乗り込んで来られた。この人はここから数町東北の船木〔いまの宇佐郡院内町〕という村の人で姓を広末氏とよばれるそうである。

明日は立つと聞いて、非常に慌ててやって来たという言葉もそこそこに半紙を出される。

また何か起るに違いないとハラハラしていると、

「どうか相済みませんが何でもいいから一筆お残し下さいませ」という。

「実は早くから思って居りましたがやたらに申し上げても失礼と存じましたので……」

「書きましょう」

我ながら威猛高《いたけだか》な様子だとちょっと思って滑稽でたまらなくなった。

そこで半紙を取り上げると、何を書いたものかと暫く困ったが曰く、

「広末氏急突(卒)一書をと迫り給ふ。妾甚だ窮す、即ち戯筆一番戯作を弄して命これ順《したご》ふて云爾《しかいう》。

泣こと笑をと浮世は浮世
花の散るよな夢かいな」

気障《きざ》な生意気な――。

書いてしまうと急に不快になったので失礼して独り戸外に出る。

ちょうど夕方で入日の赤い哀しい光が前面一帯の疎林を透いて流れてる。土橋を渡って草丘へ――こうした逍遥の隙にも時は、ぐんぐん過ぎていく。今年もいつか落葉の頃となってしまった。泣きたいにも泣けぬ悲痛な感じが胸一杯を罩《こ》める。

流れ行く時と私の生活――。

ああ何という安価な私であろう。考えていると頭が痛くなって来た。とにかく早く帰らねばならぬ。

＊

目が覚めるといよいよ十六日だ。今日は立つと思うと嬉しい。いよいよお別れだ、さ

ぞ淋しくなる事だろうとお爺さま昨夜からいい続けていらっしゃる。

　仕度を済まして家を出たのが午後二時過ぎ。それに色々面倒な事があったが略しておく。きょうは二里ほど先きの田中という町で御厄介になるはずである。そこの宮崎琴次という人から再々招待を受けてそのままにしているので。

　暫く歩かなかったので、一里も行かないうちから妙に疲れを感じ出した。お爺様は七十三だけれどなかなか強い。元気のいい事といったら……。長い間親身も及ばぬように慈《いっ》くしんで下すったお爺さまとも今夜限りとなってしまった、と思って私の前を歩いて行かれるお姿を見ていると涙がひとりでに込み上げて来るようだ。

百二　オドン

　十一月十八日、私は今阿蘇に来ている。そして「オドンに*借《(貸)》しなはり」だの「オドンが教ゆるたい」だの、久方ぶりに耳にして、どんなに胸をおどらせたろう。ああ私もオドンといってみたい。私も肥後人だ、熊本県人だ、同じ仲間だ。

　何となく嬉しく何となく楽く瞳を輝かせながら、こうした言葉をきいていると、みんな視線はいつかしら私に集まっていた。

「お父さんやお母さんがさぞ心配してお出《いで》だろう。こんなお娘《こ》を一人出して」

お内儀《かみ》さんたちが後では頻《しき》りといっている。

「この人だろう。新聞に出ていたのは」

「まアそうかいな。お姿が普通《なみ》の人でないと思った」

またここでも始まった。田中でも竹田でも随分きかされた同類語だ。

田中を立ったのが昨十七日、町はずれの橋の上まで人々に送られてなづかしいお爺さまともお別れするしいよいよ一人でとぼとぼと歩いて来た。振返り振返り、久しく見馴た山々を仰いでは遉《さすが》に名残が惜まれる。それに彼《か》の山の麓の町に私を見送る人々が残って立っていられるのだと思うとなおの事泪ぐましい哀感が胸一杯を罩《こ》める。

さらば豊後の人々よ。我《わが》懐かしきお爺さまよ。

ふと、田中で行《や》った事の一つ一つが胸に返って後悔に消《に》た心苦しさを感じずにはいられなかった。

みなさん、色んな紙だの扇だのを持って来ては是非にもと仰言るのだもの、全く困ってしまった。第一書くべき文句がちょっとでは浮かんで来ない。

「忠愛」「完終」「秋水」「信仰一途」「雲水流転」……こんな平凡極まる文句ばかり書きなぐるより外仕方がなかった。中に滑稽なのは「帰去来」という語を幾枚も書いた事だ。ずい分手前勝手であるが、それでも人は喜んでいるから非常に好い。また掛軸にするからといって広いのを何枚も書かされたがこれは愉快であった。大きい筆に墨をタップリ含ませて昵《じつ》と紙面に瞳を据え下腹部に力をこめて、全身これ胆の気持で書き流す痛快さといったらない。

実に愉快だ。人もわが身も何物もない、ただ天があり空がある。

竹田では、いつぞや泊った古谷芳次郎氏のお宅に御厄介になった。お婆あさま、孫が帰って来たように喜びなさる。私もしみじみうれしかった。そこで大威張で四国の話をお聞かせした。

「まア貴女、貴女が大分の方へ御出になった後で、どれだけ色々な人たちがわざわざ此家《ここ》に尋ねに見えたか分りません。えらい評判で貴女」

色々滑稽な尾には尾を附け羽根には羽根を附けた評判もきかされる。今朝は頻りに止められたけれど出発、お婆さん名残を惜しんで涙を流して見送って下さる。

＊ 熊本県などの方言で、自称。おれ、おれら。

百三　帰《き》熊《ゆう》

十一月二十日、いま帰り着いてこれを書いている。ここは熊本だ。私はもう帰りついているのか、何という夢のような事だろう。何を何から書いて好いのか全く幾《ほと》んど分らない。汽車で来た、俥で来たみんながまるで仄《ほの》かな幽《かす》かな絵巻物だ。

立野《たての》の駅の花様の灯火《ともしび》——納戸《なんど》色《いろ》絞りの元禄袖に負衣《おいずる》を着、マントを重ねた私の姿——みんな現実とはかけ離れた遠い遠い幻想の国をフワリと浮いて行くようだ。未来は全く分らない、全く分らない。私は時々昂奮して唄を歌ったり詩集をめくったりした。頰が燃える眼が輝く、涙がこぼれる、ああ涙がこぼれる。悲しいのか嬉しいのか分らない。

既《も》うここにいる、と思うと、胸は一杯だ。ああ熊本に帰ったのだ、私の厳粛な戦場に、悲痛な戦場に、凄惨な戦場に。よし！　私は最も正しい最も尊い最も強い道をとって闘おう。

宿には故郷から二通の書面□《（が）》届いて私を待っていた。待ちかねている、心配している、早く帰れと両親の厚いみ情、どうして泣かずにいられよう。

　どうぞ待ってて下さいませ、帰ります、帰ります、飛んで帰って参ります。私は両親のため弟妹のため、あらゆる苦難を排して戦わねばならぬ。道は一すじだ。

　然《しか》り、道は一すじだ。虚栄、虚偽その他一切の悪徳と力の限り根《こん》限り角力《すもう》して、私は必ず、これらを征服し、真率な厳格な「己れ」をして樹立せしめずにはおかないつも(り)□である。ここまで書いて疲れたので就床した。

　十一月二十一日、どうやら少しは落ちついて来た。測候所が見える。新坂《しんざか》が見える。かつて悲痛な思いを抱いて、泪と共に眺めた街道や並樹や竜田山《たつだやま》——現実はいつも悲痛だ、寂寥《せきりょう》だ。戦わねばならぬ。屹《きっ》と唇をしめて考えると、自《おのずか》ら勇ましい輝かしい凛とした微笑が頬に上る。陽はうららと照っている。勉強しよう——何というこの楽い心持であろう。

*

　帰郷したのはその翌日である。ちょうど灯ともし頃であった。買ったばかりの空気草履を滅茶にして暫らく門口に佇《たたず》んだ彼《か》の時の姿は——。心は——。

「帰り来て先づ嬉しさに悲しさに入りもかねしか此所《ここ》ぞ我が家」

その晩の事はまるで無我無中(夢)だ。母を見て泣き弟を、妹を、――洪水のような嬉し泪の中から頭も胸も痛むほどな烈しい強い幾種かの感情が縺《もつ》れながら絡《から》まりながら溶《と》けながら流れながら生れ出る。

薫酒《くんしゅ》のような幸福が身一杯に足《た》らい溢れてかえって切ない悩みをして色濃く憂鬱ならしめる。

全く何といって好いか、こんな時には人一倍狂気じみた熱情家である私は、ただ泣いて恋いしかった懐づかしかった世にまたとない私の二親、私の弟妹の前にうつむいているより外仕方を知らなかった。

百四　向後《こうご》の私は(上)

漂々模糊《もこ》たる巡礼の夢も、最早ラインを引かれてしまった。考えると嘘のようだ。

「なぜそんな思いきった事を」

「いや嘘だ。熊本にいなさるそうだ」

郷里の方でも色んな取沙汰が喧伝《けんでん》されたそうだ。中にはすっかり尼さんにでもなったかのように吃驚《びっくり》している人たちもあったらしい。尼さんに？　そうだ。尼さんにだって私はかなり強い憧憬を有している。両親の悲しみさえ考えなかったらあるいは、とうになっていたかも知れない。知れないどころではない。現に十二の春、ひそかに家をぬけ出してお寺にと志《こころざし》た経験さえも確に有《も》っているのだもの。

私の恐れは「死」である。常に「死」である。永久の無――久遠《くおん》の空《くう》――何という虚しい、測り知れない、大きい、再び脱けがたい、恐ろしい穴であるか。

死の被宣告者だ！　私はいつもそう思う。切迫した生命だ！　私はいつもそう思う。両親の死――ふいとこんな悲痛なことを考えると私は耐まらなく恐ろしくなる。

むしろ私が先きに死んでしまいたいほど恐ろしくなる。「死」は恐ろしい。無性に恐ろしい。

私の笑い私の歎き私の迷い私の不安は常にこの一点から出発する。従って私は大きい絶望の中に小さい夢を刻んでいく事によってのみ毎日を生活しているに過ぎないのである。

そこで人間普通の悲喜哀楽は私にとって小さい夢である。私は常に天空を思う。死を思う。ああ……。

然り。ああ私は人一倍の感情家である。私の胸□《（に）》は高潮の血があり興奮の涙がある。酔って狂って歌って燃えて逆上し奔騰する意馬《いば》心猿《しんえん》がある。そうだ意馬心猿だ。むしろ私はこうも考えた。この怪しい感情にくるまり息も吐けないような血と涙とを総身に浴びてコロリと死んだらかえって幸福ではないかしら……。

ペンがいま動かなくなった。一時に濃ゆい感情が群《むらが》り起ってまるですっかり五里霧中だ。で、飛び越して「向後の私は」という問題を考えよう。実をいうと私はまだずっと熊本にいるつもりでいた。汗にまみれた真珠を探し出すつもりでいた。でも両親が賛成しない。尤《もっと》もな事である。そこで一も二もなく私の考えは翻えされた。それは矛盾でも意志薄弱でもないと思う。私は真率な生活を行えば好い。厳粛な生活を行えば好い。

一切の誘惑に打ち勝って、温淑な優佳な、尊い虔《つつまし》い聖い虔ましい婦人になれたらそれで結構である。父母をよろこばせる事――それが無上唯一の楽みでもある。

洗濯もしよう、炊事もしよう、読書もしよう、詩作もしよう。

雲は私の頭の上を閑散に流れていく、水は私の目の前を緩慢に流れていく、時は私の心の底をえぐり抜けて流れていく。

流れる！　流れる！　一切は流れる！

百五＊（表題なし）

きょうも夕方になった。林の上の空がほんのり紅い。夕焼けであろう。これから例《いっ》ものように渚に下りて、丘を越えて田圃《たんぼ》をぬけて歩きまわろうかと思っている。

昨日は妹と二人で小鳥のように楽く美わしく山間を歩きめぐった。かつての私はよく熱血を胸に溢らせて、かの少女ジャンヌを思ったものだ、あこがれたものだ。

今でもそれを思うと血が躍る。幸福な若さを祝福したい、謳歌したい、泣きたい、笑いたい、私もやっぱり人間だ。

わけもなく微笑んでいると村のお婆あさんがやって来られた。

独《ひとり》ではえらそうに考え込む私もお婆さんだのお爺さんだの実社会の人々と交渉する時には非常にヘマを言ったり仕《し》たりするのだからいけないと思う。四国でもこんな事があった。それは土佐を歩いている時であったが、例によって一心不乱に考えていた……自由の権威という事について……。

愛せねばならぬ、愛せねばならぬ。一切は私の愛人だ……ここまで緊張して来た時そこに一軒の茶店があって一人のお婆さんが腰かけていた。

「まあ、おかけないや、可愛いい人やのうし。年はいくつ?」

色んな事をきかれると、自由も愛もあったものでない。私は身をかたくして、真っ赤になってもじもじして……あの時の事を思うと笑わずにはいられない。

しかし私はまじめである。まじめである。

つまらなく力んでいるうちに暗くなってしまった。何か書かねばならぬ大きい物があるようで胸苦しくてならない。

でもこれで打ちどめにしてしまおう。何も言わなくて好い、書かなくて好い、大きい小さい巡礼記の夢よさらば。

飛ぶものは飛べ、去るものは去れ。流れんと欲さば流れよ、消えんと欲さば消えよ。

何事もただそのままに――。


――十一月二十八日娘巡礼記完稿――

＊『九州日日新聞』連載では「百三」となっている。つまり前回の「向後の私は(上)」と、この無題の最終回と、「百三」が二回ある。

〈娘巡礼〉の足跡

内海
小豆島
高松
香川県
吉野川
徳島
徳島県
吉野川
高知
那賀川
日和佐
安芸
室戸岬
太平洋
N
① 霊山寺
② 極楽寺
③ 金泉寺
④ 大日寺
⑤ 地蔵寺
⑥ 安楽寺
⑦ 十楽寺
⑧ 熊谷寺
⑨ 法輪寺
⑩ 切幡寺
⑪ 藤井寺
⑫ 焼山寺
⑬ 大日寺
⑭ 常楽寺
⑮ 国分寺
⑯ 観音寺
⑰ 井戸寺
⑱ 恩山寺
⑲ 立江寺
⑳ 鶴林寺
㉑ 太龍寺
㉒ 平等寺
㉓ 薬王寺
㉔ 最御崎寺
㉕ 津照寺
㉖ 金剛頂寺
㉗ 神峯寺
㉘ 大日寺
㉙ 国分寺
㉚ 安楽寺
㉛ 竹林寺
㉜ 禅師峰寺

㊻雲辺寺
㊼大興寺
㊽神恵院
㊾観音寺
㊿本山寺
71 弥谷寺
72 曼荼羅寺
73 出釈迦寺
74 甲山寺
75 善通寺
76 金倉寺
77 道隆寺
78 郷照寺
79 高照院
80 国分寺
81 白峯寺
82 根香寺
83 一宮寺
84 屋島寺
85 八栗寺
86 志度寺
87 長尾寺
88 大窪寺
㊵観自在寺
㊶龍光寺
㊷仏木寺
㊸明石寺
㊹大宝寺
㊺岩屋寺
㊻浄瑠璃寺
㊼八坂寺
㊽西林寺
㊾浄土寺
㊿繁多寺
51 石手寺
52 太山寺
53 円明寺
54 延命寺
55 南光坊
56 泰山寺
57 栄福寺
58 仙遊寺
59 国分寺
60 横峰寺
61 香園寺
62 宝寿寺
63 吉祥寺
64 前神寺
65 三角寺
㉝雪蹊寺
㉞種間寺
㉟清瀧寺
㊱青龍寺
㊲岩本寺
㊳金剛福
㊴延光寺
松山
新居
八幡浜
愛 媛 県
高 知
宇和島
須崎
窪川
四万十川
中村
宿毛
土佐清水
足摺岬
土

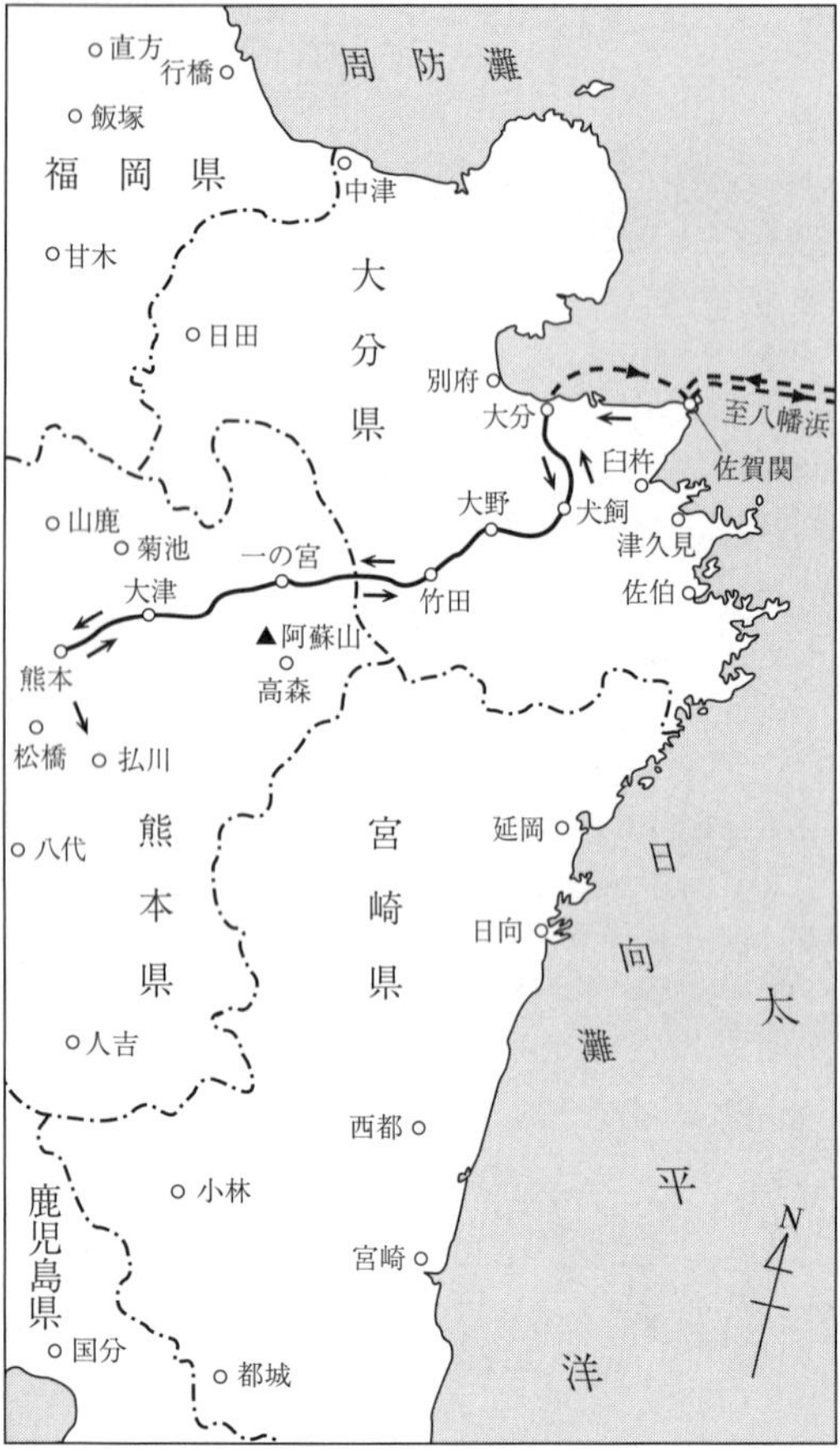

周防灘
直方
行橋
飯塚
福岡県
中津
甘木
大分県
日田
別府
大分
至八幡浜
臼杵
佐賀関
大野
犬飼
山鹿
菊池
一の宮
津久見
大津
竹田
佐伯
阿蘇山
熊本
高森
松橋
払川
八代
熊本県
宮崎県
延岡
日向灘
日向
太平洋
人吉
西都
小林
鹿児島県
宮崎
N
国分
都城

解　説

堀場清子

女性史の開拓者として知られる高群逸枝《たかむれいつえ》は、満二十四歳の時、熊本市京町の専念寺を出発点として、約半年間の四国遍路*の旅に出た。九州日日新聞社の社会部長宮崎大太郎に、巡礼記を送ると約して十円を与えられ、それを豊予海峡を渡る船賃にあてるつもりであったほかは、無銭旅行の、生死さえも運命の手にゆだねる出発であった。一九一八(大正七)年六月四日、全国をゆるがすに至る米騒動のはじまりを二カ月たらずの後に控え、米価の暴騰によって、庶民の生活が極度に圧迫されつつあった時期である。彼女は九州日日新聞社に入って新聞記者になろうとした企てに失敗し、「一週間も二週間も食べない」と自伝『火の国の女の日記』(一九六五年六月、理論社)にいうほどの、窮乏の底にあった。

＊ 西国三十三カ所をめぐるものを「巡礼」、四国八十八カ所をめぐるものを「遍路」というが、「娘巡

礼記」では、題名をはじめとして混用されているので、この解説でもあえて統一しなかった。

この熊本での窮乏時代に、日に三度血書を届けたというH青年から、彼女は求愛されていた。もともと拒絶のできない性格であり、他者に対しては無抵抗を旨とする愛の人であった彼女は、同情心にひきずられてH青年を振りきることが出来ず、窮地におちていた。後に夫となった橋本憲三とは、すでに恋愛関係にあって、彼女の側からは永遠の愛を誓いもし、憲三に会う機会ほしさが強力な動機となって、故郷払川《はらいがわ》(いまの熊本県下益城《しもましき》郡中央町)での教職——それも父の高群勝太郎(号嵒泉《がんせん》)が校長をしている払川尋常小学校のそれを強引になげうち、前年秋に熊本へ出てきたのでもあった。H青年の登場と、彼女がとった態度のあいまいさとは、当然のことに憲三との関係をこじれさせた。憲三からは冷やかにあしらわれ、H青年からは逃げきれず、職なく、飢え、人生と生活とのいっさいに追いつめられた極北からの、捨身の脱出が、この巡礼行にほかならなかった。

その旅の途々から彼女が送った原稿は、「娘巡礼記」と題して、一九一八年六月六日から十二月十六日まで、『九州日日新聞』紙上で百五回の連載となり、おそらく関係者の誰もが予想しなかったであろうほどにヒットして、読者の間にセンセーションをさえ巻きおこした。その理由は、いくつも数えあげることができるだろう。現在とは違い、当時の日本社会では、若い娘の一人旅というだけで、瞠目に値した。また情報量の少なかった時代に、社会のどん底にある遍路らのなまなましい生態描写や、各地の珍しい風物の報告が、読者の好奇心を代行した、等々。

だがそのいずれにもまして、「娘巡礼記」の成功の理由は、高群逸枝という人にそなわる〝訴える力〟にあると、私は思う。それこそが、彼女のもっとも優れた才分であろう。今また、一世紀ちかくをへた社会へ送りだされて、この年若い巡礼娘が、あらたな力をもって人々に訴えるであろうことを、私は疑わない。その間に私たちの社会は激変した。しかし「娘巡礼記」の中にいる彼女の、若々しい探求心、若いがゆえの勇気、不安、夢……それらはいつの時代にも、若さとともにあるのだから。「そのころ、私はまだ原稿紙のます目をうずめる技術を知らなかったし、また自己の感情や思想を整理することなくそのままを文字にした」と、自伝の中で逸枝は「娘巡礼記」を回想している。それに新聞の表記法も、現在とは大幅な違いがあって、「娘巡礼記」原文には、不統一や整理不足が目につき、作品として未完成であることは否定しえない。句読点が極度に少なく、ずるずる続く息の長い文体も、今日的ではない。が、それらはすべて、思い惑いながら歩いていったその時点での彼女の心情と、緊密に結びついている。そこにきこえる彼女のみずみずしい息づかいを読者に手渡したいと、私は切に希った。

そのため最初の出版であった朝日選書版(一九七九年)では、作品を変質させる改変は最小限に止め、原文をなるべくそのまま残すことを基本方針とした。今回の岩波文庫版では、新かな・新字体とするなど、より読みやすくなった。朝日選書版は、現在オンデマンド版として入手することができる。

「娘巡礼記」は県下一円に、高群逸枝の名を喧伝した最初の作品であった。通例、彼女のデビュー作としては、自伝的長編詩「日月の上に」か、詩集『放浪者の詩』のどちらかが挙げられる。一九二〇年の夏の終りに、彼女は書きあげたばかりの『放浪者の詩』の原稿をたずさえて単身出京し、守屋東《あずま》の仲介によって新潮社からの出版がきまる。また当時文芸評論家として名声の高かった生田長江《ちょうこう》に認められ、「天才者」の讃辞を与えられて、出京後に書いた「日月の上に」が雑誌『新小説』(一九二一年四月号)に一挙掲載となった。まもなくの六月十五日、叢文社から詩集『日月の上に』として出版され、わずか二日おくれて、新潮社からは『放浪者の詩』が刊行となった。とはいえ、「娘巡礼記」はこれに三年を先行する。二詩集に対して、これは散文であり、中央の出版社に対し、これはローカルな舞台だという違いはあるにしても。

『九州日日新聞』は、現在の『熊本日日新聞』の前身で、当時の新聞の多くがそうであったように、熊本の政党の機関紙(憲政会系)だったから、読者が主として熊本県人であるのは、いうをまたない。だが熊本県内でのみ読まれたとするのは、当らないようでもある。逸枝が巡礼から帰った後、彼女と憲三の婚約をきいて投身自殺をはかるT青年が登場する。橋本憲三氏の証言によれば、この人は神戸あたりの会社員で、「娘巡礼記」を読んでファンになったものだという。また彼女は、思いがけず四国遍路の同行者となった伊東宮治老人の、大分県大野郡東大野村中井田《なかいだ》(いまの大野郡大野町)の家に、往きも帰りも滞在する。その帰路での滞在の折、「或人の好意で、いま毎日九日紙に接する事が出来ている」(第九十九回「流行感冒」)と書いている。中井田のあたりにも『九州日日新聞』の読者がいたのであり、そこに連載された彼女の文章と、往路の滞在で「仏の再生」と遇された彼女の評判とは、相乗作用をおこしたことだろう。しかもその時、彼女は『大分新聞』に投書して、県下の「問題の女」となり、賑々しい論議を巻きおこしてさえもいる。

これらのエピソードは、「娘巡礼記」の評判がローカルなものではあっても、熊本県下のみには限定されず、それを越えて、ある拡がりを持っていた事実を暗示してはいまいか。『九州日日新聞』が政党の機関紙であったことは、その実用的効果によって、県外の人に「娘巡礼記」が読まれる機会を提供したとも考えられる。逸枝についての取材のために、私が熊本を歩いていた一九七五年前後、半世紀余の時をへだてていながら、熊本に有縁の人、高群に関心をもつほどの人の誰もが、「娘巡礼記」の名を口にのぼせた。それでいて、読むことが不可能にちかい、〝幻の評判作〟だった。その理由は単純で、新聞に連載されたきり、本にならなかったせいである。「「娘巡礼記」を読んで下さつた方々から、時々その出版の問合せを受けたり、また一二の書肆《しょし》からのぞまれたこともあるが、未熟をはぢて出す気がしなかつた」と、彼女は後に『お遍路』のはしがきに書いているから、これには著者自身の意志も作用したのかもしれない。

読めなかったのは、読者ばかりではない。逸枝自身も同様だった。彼女が巡礼をしていた期間、憲三は彼女を冷たくあしらいながらも、当時の彼の勤務校であった球磨《くま》の城内小学校の宿直室で、「娘巡礼記」を切り抜きした。そのファイルしか高群夫妻はもたなかった。ところが二人が結婚して後の一九二五年秋、逸枝は主婦としての生活の矛盾に苦しんで家出する。憲三は夫としての自分のあり方を悔悟し、逸枝と共に回国しようと志して、心の証しをたてるため、一日にして家を畳み無一物となった。

この時、他の所持品とともに「娘巡礼記」の切り抜きも失われてしまい、今日のようなコピー時代とは違って、それは取り返しのつかない喪失だった。左に記すように、逸枝は巡礼の体験にもとづいて、生涯にじつに多くの文章を書いている。家出から後、それらは「娘巡礼記」を見ることが出来ないままに書かれ、彼女は終生、この若い日の作品に再会しなかった。逸枝の没後、橋本憲三によって編集された『高群逸枝全集』全十巻(一九六六年二月—六七年二月、理論社)にも、「娘巡礼記」は入っていない。

なお、「娘巡礼記」以後の、巡礼に関する著作は次のとおりである。
①「巡礼行」『私の生活と芸術』(一九二二年十月、京文社)所収。一九二一年六月末から約八カ月間の弥次時代(後述)に書かれた、文語体の名文。
②「漂泊の旅より」『私の生活と芸術』所収。執筆時期も同前と推定。
③『お遍路』(一九三八年九月、厚生閣)。高島米峰《べいほう》の序、平塚雷鳥の跋文を付した四国遍路の手引書。装幀は雷鳥の夫奥村博史。中公文庫に『お遍路』(一九八七年十二月、中央公論社)として収録されている。
④『遍路と人生』(一九三九年五月、厚生閣)。丹生屋《にゅうのや》東岳《とうがく》の序、前書への読者の手紙、

遍路の文献をそえる。装幀奥村博史。

⑤『今昔の歌』(一九五九年七月、講談社。同年一月から四月にかけて、『熊本日日新聞』に百回連載した随想の刊行)や、『火の国の女の日記』の部分。そのほか断片的随想も多数ある。

高群逸枝(本名イツエ、後に橋本イツエ)は、一八九四(明治二十七)年一月十八日、熊本市の南方にひろがる豊かな農村地帯の一隅に生まれた。* 父、高群勝太郎は小学校長で、その後、白石野《しらいしの》、久具《くぐ》、守富《もりどみ》、佐俣《さまた》、払川と、父の転任につれて下益城郡の農山村を転々しながら、彼女は幼年期から青春期までを育つことになる。母、登代は結婚してから夫に学問の手ほどきを受け、塾生に教えるまでになったほどの素養の持主だった。また幼い逸枝を「かぐや姫」とよび、昔話や物語を語りきかせて、その精神を培った。逸枝は文筆活動の初期、詩人として世に紹介され、生涯自分を詩人とした。どこまでも〝夢みる人〟だった。その資質は、この母に負うところが多かったと思われる。

* 高群逸枝の生涯については、朝日評伝選『高群逸枝』(一九七七年、鹿野政直・堀場清子共著)および、『わが高群逸枝』上・下(一九八一年、朝日新聞社、橋本憲三・堀場清子共著)に詳述した。

勝太郎は生徒の遠足や修学旅行にいたるまで、あらゆる場所に妻を伴い、新聞や雑誌も一人では読まず、音読して妻にきかせた。逸枝は、幼時から見聞きしたこの夫婦のあり方を理想とし、憲三を相手どってその理想主義を貫きとおし、愛の闘争の後に「一体化」の境域に達した。そうした立場から、女性のあるべき姿を模索しつつ、ついに女性史上の大業をなすに至ったのである。

逸枝の誕生は、「娘巡礼記」本文の中でも何度もいうように、観音説話に彩られている。勝太郎夫妻の間には、逸枝より先に三人の男の子が生まれたが、いずれも育たず、筑後山門《やまと》郡清水《きよみず》観音に女児出生の願をかけたところ、観音の縁日の十八日にイツエの誕生をみた。その時登代が、「この子を丈夫に成長さして下さいましたらきっと一人で巡礼いたさせますから」と誓ったことが、本文第四回「大津より(承前)」に語られている。誕生の時から、彼女は運命の糸を巡礼につながれていたともいえよう。彼女は父母から「観音の子」として遇され、後には弟の清人と元男、妹の栞が続いて、彼女は四人きょうだいの長女《このかみ》となった。「観音の子」の才分は、幼時からきわだっていたらしく、七歳の暮には和歌二首を詠み、父母は喜んで紫式部の話をしてきかせたという。十二歳の彼女がすでに父の代講をして、大人のお弟子に『十八史略』の素読を教えていた事実は、本文第九十八回「観音様と私」で知られる。

この漢文の学力は、後年の女性史研究の際、資料の解読に決定的な強みを発揮した。そんな後年のことを言わずとも、「娘巡礼記」の読者は痛感されるだろう。彼女がいかに漢文に親しみ、漢文を好み、漢文によって表現力を養われたかを。その心理にややゆとりのあるとき、彼女はじきに文語調となり、漢文調となる。漢文調そのものではない場合も、漢文の対句的技法にそった表現・発想の、なんと多いことであろう。大正末年から昭和初年にかけてのアナキスト時代、彼女は痛烈な口調で数々の論争をたたかわせる。あの時期の文章の鮮やかなメリハリ、畳みかけよう、それらをも彼女は漢文から学んだのだと、この「娘巡礼記」によって、私はしみじみ悟らされた。ここでの彼女は、二言目には「須臾《しゅゆ》にして」と繰返す類の、ほほえましい稚拙さを、いまだとどめてはいるものの。

逸枝という人は実際に会ってみると、大胆な文章からは想像もつかないほどに、おとなしやかで、人見知りをし、口もろくにきけない風だったという。それでいて強烈な意志力と情熱と、カリスマ性をさえ、その内側に秘めていた。個性を押しつめられることへの反撥力や自由への渇望の烈しさも、生得のものだったと思わせられる。学校を選ぶにしても、堅苦しい師範を彼女が望まなかったのは、当然すぎることだろう。だが父の希望に従って、彼女は一九〇九年四月、県立熊本師範学校女子部に入学する。まもなく脚気にかかって長欠となった上、その強烈な個性はどうしようもなく師範の校風からはみだしてしまった形跡で、翌年暮には退学の通知が家に届く。勝太郎の失意と怒りは甚だしく、彼が残した四十一年間にわたる「岿泉日記」のその日の条には、烈しい言葉がたたきつけられている。

生まれて以来の、父母の「自慢の子」の座から、この時逸枝は失墜する。彼女の人生の悩みは、深刻の度を加えたことであろう。とはいえ彼女の心象風景が、それまで明るさと幸福のみに満たされていたと考えるなら、それは違う。本文第九十八回「観音様と私」でふれているように、六歳の暮、祖母高群ツイの死に遇ってからというもの、彼女は死の恐怖にとりつかれ、死について思い悩む。思いつめて御飯も咽を通らないような時期さえあったと、令弟清人氏は晩年に、橋本氏への書簡に書いている。死への恐怖と絶望感は、彼女の作品の中からつねに聞えてくる基調音であって、本文第百四回「向後の私は(上)」でも、彼女はいう。「「死」は恐ろしい。無性に恐ろしい。／私の笑い私の歎き私の迷い私の不安は常にこの一点から出発する。従って私は大きい絶望の中に小さい夢を刻んでいく事によってのみ毎日を生活しているに過ぎないのである」。

生死さえ運命の手に投げかけるようにして、巡礼に出た行動そのもの、「生も死も天命だ」「信あるところ何ものが(ママ)恐れん」(第十二回「竹田から中井田へ(上)」)といった基本的な姿勢そのものも、生を想うことの淡白さに由来するのでなく、死を意識する鋭さに発していると見るべきだろう。〝出家〟ということも、幼時から彼女の心を去来する想念だった。十二歳の時、彼女は尼寺に入ろうと家出するが、父母の心配を思って引返す。目ざしたのは、本文第一回「巡礼前記」で、巡礼のことを教わりに行く、熊本市内観音坂の「観音堂」(正式の寺号不詳、後藤是山編『肥後国誌』には観音寺＝補陀巌とある)である。彼女の従姉の不幸な境遇や身体障害、父親の酒乱などについて悩み、自分が尼になることで自他を救おうと思いつめたのだった。このように、人間が内にかかえる不幸についての、むしろ異常といいたいほどの鋭敏な感受性も、彼女を巡礼行へと押しやってゆく要因にほかならない。

師範退学後の逸枝は、不屈の意志力を発揮して独学に努める。熊本女学校長福田令寿に手紙を送って試験をうけ、四年生への編入を許される。しかし四年を終了すると、家計を助けるため小学校教師になろうとして、自分から学校を退く。だがその年は就職に失敗し、四カ月あまり鐘淵紡績の女工として働く。この貴重な体験については、自伝

『火の国の女の日記』に詳しい。女工になったり遍路になったりの、思いきった行動の中に、彼女の内なる下降志向がよみとれる。それはまた、底辺にある者、不幸な者、差別されている者、虐げられた者への共感につながる。「娘巡礼記」の中で、悲惨な姿の遍路とも心の交流を求めている彼女の想いは、後の文筆活動を通じて、しだいに広くおおらかに、共感の翼をのべてゆく。朝鮮人へ、娼婦へ、貧民へ、遊女へ、毒婦へ、そして全人類へ、と。

熊本女学校を退いて一年後、逸枝は故郷下益城郡で、小学校教師のスタートをきる。以後三年半の女教師の体験をもとにして、彼女は後に多くの教育論、女教員論を書く。本文第二十二回「未亡人か鳩山式」の中で、井田校の武内千足女先生を相手にしての議論は、その最初のものといえよう。「曰く裁縫、曰く家事――いわゆる長所発揮という点にのみ眼をつけてこれが唯一の女教員不振問題解決法だと思われているらしい。私の地方ではかつてある校長が女先生は学理よりも実際が必要だといった事があるときいた。しかもこれについては誰一人不快にも思わないし女教員御自身もなるほどそうだと、合点する。何という間違いだ」云々。ただしこの時期の彼女には、女の立場を主張する反面、既存の秩序と折合いをつけようとする姿勢も目立ち、それが教育論にも端的に出ている。「謙譲を失った生学問《なま》の女ほど、不快な者ってありはしない」(第二十回「十五か四十か」)、「女学生の生意気は鼻もちがならぬ」(第六十五回「野原に逃げて」)等々。

橋本憲三との文通、そして恋がはじまるのは、逸枝が満二十三歳になろうとする、払川校勤務の時代だった。そして巡礼のころ、二人の間柄がこじれていたことは、最初にのべた。混迷に陥った逸枝にとって、愛とはいかにあるべきか、の問いこそが、もっとも切実な苦悩だったと思われる。七月十四日、宮治老とともに、彼女はいよいよ八幡浜に上陸、はじめて四国の土を踏む。一番から八十八番までのお寺の、番数の多い方へと辿るのが「順打ち」、その反対が「逆打ち」だが、二人は登り道の険しい「逆打ち」をとって南下する。七月二十三日、宿毛《すくも》に着いて土佐(高知県)へ入り、阿波(徳島県)をぬけて九月二十八日、はじめて瀬戸内海をみるあたりまでが、巡礼行の主要部分であり、彼女の内心の悩みがピークへと昇りつめて、一種の解脱へと達する期間でもある。

H青年を拒絶しえなかったため、逸枝は憲三から冷たくあしらわれた。しかし、彼女がH青年に男としての魅力を感じていたとは考えにくい。いかなる形にもせよ〝人間を捨てる〟ことの無慚《むざん》に、彼女は耐え得なかったのではあるまいか。憲三への慕情は変らず、それだけいっそう、いかに愛すべきかの解決困難な自問自答が、一足ごとに心をよぎり、彼女を苦しめたことだろう。八月三十一日、二十七番神峯寺《こうのみねじ》で、優しい老尼から水をのませてもらった彼女は考える。「心優しきこそわが唯一の理想なれ、ただ心にあり他は欲せず。情濃《こま》やかに美わしく何人《なんぴと》にも一様に優しからん事妾が心よりの望みなり」(第六十九回「東寺へ」)。九月十四日、逸枝はいまの阿南市の農家に滞在していて、顔も手足も紫色に腫れあがった「業病」の遍路の姿に胸を打たれ、考える。「世に哀しき人寂しき人の優しい聖《きよ》い伴侶となる事が私の生涯の使命ではないか――」(第七十五回「惨ましい姿」)。

ハンセン病が不治の病でなくなった現在では、かつて遍路が社会に対してもった機能は、すでに変質してしまっている。巡拝にタクシーや団体バスが使われ、観光化さえもいわれる。往時の遍路は、「お大師さま」と同行二人《どうぎょうににん》で三百六十二里を歩きぬく、苦しい信仰の旅であり、人に忌まれる「業病」にかかったり、失敗によって家郷にいられなくなった悲運の人々の、おのれ自身を捨てにゆく場所でもあった。行き倒れて命の果てるまで、歩き続けるほかなかった人々にとって、遍路は文字どおりの死出の旅である。そして遍路の着る白衣は、もともと死装束にほかならない。

四国遍路は弘法大師への信仰に結びつき、大師の聖地を巡るものだが、その起源は大師以前とする説もあり、庶民の間で活潑となったのは江戸時代の宝暦・明和のころだと、前田卓著『巡礼の社会学』(一九七一年二月、ミネルヴァ書房)に語られている。江戸期から四国遍路には病人が多く、十一月の末ころから二月までは、暖かい土佐の海岸で過し、春になると伊予(愛媛県)に向い、七、八月ころ今治のあたりに達し、十月には阿波(徳島県)に渡っていって、十一月末にはまた大挙して土佐に入る。バタバタと行き倒れる「乞食遍路」の始末に手をやいた土佐藩の布告が残っており、明治・大正の時代になっても、冬の土佐の海岸には、こうした「乞食遍路」が千人ちかくもいたという。四国からはるかに離れた奥羽地方でも、「遍路に出る」といえば、やはり「業病」だったかととられ、北陸地方で「お四国へ行く」とは、「夜逃げをする」の同義語だったと記されている。

そうした通念があればこそ、病者でもなく失敗者でもなさそうな逸枝は、人々に不審がられた。またそれでこそ、その中の一人に身を落しての旅が、人間存在の根源へと遡る手段ともなりえた。だが実際に、「業病」の人を目のあたりにし、「盲鬼か幽霊かお化《ばけ》かの寄り合いみたい」(第四十一回「遍路衆物語」)な人々に混じって、木賃宿に枕を並べ、垢で真黒な湯舟に立ちすくみ、膿を流す少女と心を通わせようと努力するとき、彼女の内なる「一切愛」への希求は、たえまない試煉を味わったことだろう。こうした、いわば宗教者の姿勢は、観音信仰に包まれた幼時以来、生涯にわたって彼女のもち続けたものだった。四国八十八カ所を打ち納めて、十一月二十日、彼女は無事に熊本市内の専念寺に着き、翌々日払川の父母の家に帰る。払川で書いた「娘巡礼記」最終回には、「愛せねばならぬ、愛せねばならぬ。一切は私の愛人だ……」と考えつめながら歩いた土佐の旅が、回想されている。

その理念を、逸枝がはっきりと打ち出すのは、払川への帰家から二月ほど後に書いた書簡形式のエッセイ、「愛の黎明」（一九一九年一月二十二日から二十六日まで、『九州新聞』に五回連載）においてである。彼女はそこで、自分はすべての人の「隠れ家」でありたいと言い、「世の中のすべてを、一切平等に愛しようと願ふ「愛」」の黎明に臨んでいるとして、「聖愛のわれ、聖愛のわれ」と声高く叫んでいる。それは苦しい遍路の旅を通して考えぬいた「一切愛」の宣言にほかならない。憲三に対する恋は、彼女にとって絶対であったにもかかわらず、H青年を無慚にふりきることで憲三の歓心を買う方向へ、彼女は動かなかった。あくまでH青年の「心」をも受容しうる「愛」を模索して、おぼろげな姿で自己の内にあった「一切愛」を、検証し、確認し、信条とするに至った。この事実は、高群逸枝という人の理解のために、記憶する価値があろう。宮崎忍勝氏の「四国遍路と大師信仰」(『大法論』一九七八年十月号)によれば、死装束を着て遍路のゆく四国霊場は、死霊の集まる他界であり、遍路はその他界で修行し、八十八カ所の巡拝を成就することによって罪障消滅し、「新しく即身成仏して生まれかわる」のだという。逸枝の「一切愛」宣言も、まさにこうした宗教的過程をへての、〝再生〟ともみなされよう。

橋本憲三もまた「愛の黎明」を読んで、彼女の愛の精神を理解し、感動し、その旨を彼女に書き送った。それがきっかけで、急転直下に二人の婚約がまとまる。一九一九年の春であった。一九六四年六月七日に、逸枝が癌性腹膜炎で世を去るまで、四十五年の愛の生活がそのあとに続く。一九二五年の、逸枝の家出事件を折返し地点として、その前は愛の闘争の時期、その後は「一体化」へのひたすらな融合の時期といえる。憲三は一時、平凡社の編集者として腕を振ったが、職を退いた後は家事一切を引き受け、彼女の研究の基礎作業を共同で進めた。彼女の没後は熊本県水俣市に隠棲して、独力で『高群逸枝雑誌』(一九六八年十月—七六年四月、通算三十一号)を発行し、逸枝の仕事の顕彰に努めて、一九七六年五月二十三日、満七十八歳で亡くなった。

その最晩年に、橋本氏は「娘巡礼記」を読むことができた。熊本日日新聞社保存の新聞が、コピー機にかけられないため、熊本在住の有志の方々が筆写して、氏に贈られたのだった。「出版を断念しました」と、ある日私に氏はいわれた。「あれは未熟で、評判倒れのものでした」と。「娘巡礼記」が氏の好みでなかったのが、私には興味ぶかい。この作品では、他ではうかがうことのできない彼女の素顔が、躍如として生動しているのだから。自伝『火の国の女の日記』で、憲三との愛の閲歴を語るに先だって、逸枝は「曲従」ということをいっている。「曲従」とは、女への教えを説いた中国古典『女誡《じょかい》』に出てくる婦徳で、舅姑《きゅうこ》の言うことが非であっても、曲直を問わず従うことを意味している。彼女がその生涯に最大限の「曲従」を発揮した相手が、橋本憲三であったことは、いうまでもない。

橋本氏は逸枝のおとなしやかさ、謙譲さ、他人への思いやりの深さなどの、いわゆる女性的属性を、つねに称揚された。事実、文字の上では勇敢な闘士にみえる彼女が、終生中国古典風の婦徳によって、日常を律したらしいのに、意外の思いを抱かせられる。しかしそのおだやかな外貌の中に潜在していた「火の国の女」的性格——憲三その人をも、じつはそれによって魅了した強烈な要素が、夫妻ともに認めているように彼女の本質であり、一言でいうなら、私はそれを彼女のカリスマ性と考える。一九二一年に、彼女が二冊の詩集で華々しいデビューを果したとき、憲三は突然上京してきて彼女を連れ去り、いまは八代市に入っている不知火《しらぬい》海ぞいの弥次海岸で八カ月を過す。これが〝弥次時代〟である。憲三が、逸枝の書くすべての原稿の第一読者であり、最初の批評家となる習慣は、この時二人の間に培われた。憲三のもつ価値基準、憲三の好みが、そこに反映するのは当然であって、そうした憲三の〝規範〟の外にあるまとまった作品は、『日月の上に』『放浪者の詩』の二詩集と、この「娘巡礼記」の三作だけということになる。

「娘巡礼記」と二詩集との間で、逸枝は憲三と婚約し、球磨の城内校へ彼を訪ねて三カ月の新婚生活をおくっている。憲三と決定的に結びつく以前に、ありのままなカリスマ性を、しかも散文によって具体的に叙述した唯一の作品が「娘巡礼記」にほかならない。だからこの出版は、露わにはみえなかった彼女の側面を、ありありと顕現してみせることにもなるだろう。第十六回と第十七回の「小なる女王」その他、往路での中井田滞在期間の描写に、それは特に鮮やかである。たとえば第二十三回「生意気なシロモン」にみられる才気煥発さ——橋本氏が長年にわたって世間の目から隠そうとしてこられた、驕慢なまでの才気の、なんと魅力的なことだろう。アナキスト評論家としての活動期、彼女は一気に相手の本質を衝く大胆な論理をもって闘い、あまたの男性名士を舌鋒鋭く刺し貫いた。あの胸のすくような活動は、ここに示された「生意気」ぶりの、延長線上にあったのだと思い当る。

その面からいって、「娘巡礼記」の対極に位置する作品は、小説集『黒い女』(一九三〇年一月、解放社)ではあるまいか。「朝はぱつと目がさめるのであつた。さうして、／「ねえ、あなた」／としつきりなしにいふのであつた」にはじまるこの作品は、逸枝の演じた〝かわいい妻〟の、典型であるように思われる。——演じた、というのは不当だろうか。橋本氏の令妹橋本静子氏は、実際の逸枝がこのとおりだったと話された。つねに橋本氏の顔を見上げて、「ねえ、あなた」と言い続けていたと。その行為そのものに、演技的要素はないだろうか。「娘巡礼記」の中にも、私は多分に演技的要素をみる。彼女を指して、「ちょうどおつるのようだ」(第四回「大津より(承前)」)と人がいう。巡礼の旅の途々、故郷恋し、父母恋しと、彼女は毎回のように泣きぬれる。それが嘘なのではない。が、巡礼おつるに涙を絞る情緒が人々の中で生きていた時代に、彼女自身、その情緒に身を托し、その情緒をなぞり、それによって自分もまた陶酔する要素が、ほんとうに無かっただろうか。

中井田滞在中に、逸枝は大分県下の「問題の女」になる。もとはといえば、彼女が

『大分新聞』に投書し、それが掲載されて評判になったせいである。四国への途中、大分市に数日とどまった折にも、自分から大分新聞社を訪ねている。それでいて、インタビューされ記事が載ると、「仰々しい」という。彼女の言動は矛盾している。超然として、平静でいたい風ではあるが、その平静には、周りが騒いでくれるからこそ意味があり、騒ぎは自分から作ってゆくのだ。ましてや「仏の再生」といった評価をかちうるほどの、意識的・無意識的な自己演出力こそ、卓抜なカリスマ性でなくてなんであろう。

その七十年の生涯に、逸枝の果した膨大な仕事を望みみると、まるで断ち切ったように、二つの時期にわかれているのが印象ぶかい。詩人として、またアナキズムの立場に立つ評論家として、華々しく活動し、論争し、雑誌『婦人戦線』(一九三〇年三月から翌三一年六月まで、通算十六号を、解放社から発行)の主宰者となったのが、前半期。憲三が彼女のためにと、世田谷の林の中に建てた研究所(通称「森の家」)にこもって、三十年間門外不出、一日平均十時間の勉強に努め、『母系制の研究』(一九三八年六月、厚生閣)、『招婿《しょうせい》婚《こん》の研究』(一九五三年一月、講談社)の二大著書をはじめとする業績によって、女性史学をうちたてたのが、後半期である。外面からは対照的にみえるこの二つの時期も、彼女の内面の必然に即してみるならば、一本の太い幹に貫かれている。

女性解放の旗手としての、前半期の活動を通じて、彼女は解放を主張する際の、歴史的根拠が欠けている弱味を痛感した。当時、女性の生活は、家族制度の重圧のもとに押しつめられており、その家族制度を日本固有の「醇風美俗」とするイデオロギーが、つねに女性解放の行く手へ立ちはだかった。家族制度——家系が男の子によってひきつがれ、多くの家族が一人の家父長によって支配される制度にあっては、女性は家父長および男の家族に隷属する存在以外ではありえない。そしてこの制度は、女が単身男の家へ入るヨメイリの習俗を前提としている。だから、ヨメイリの結婚形態が、開闢《かいびやく》以来の、永久不変のものであるならば、女には永遠に解放の希望はないことになる。それが果して、ほんとうに日本古来の〝美俗〟か、否か。

当時の学者や思想家たちの、誰一人として疑わず、社会そのものが、なりたちの基礎をそこへおいていた婚姻制の検討へと、逸枝はひとり挑戦を開始したのである。今日、私たちの会話の中にも、「母系制」の語が通用し、結婚形態は時代によって変りうるとの考えが、社会全体に浸透しつつある。こうした変化も、いかに多くを彼女の業績に負うていることだろう。それは、「多少とも、日本婦人の有史以来の鬱屈を晴らし」(書簡断片)と決意して、女性史研究に踏み入った彼女から全女性への、無上の贈物だった。

「娘巡礼記」を生むことになった逸枝の遍路行を、人生と生活に追いつめられての捨身の脱出……と、私はこの稿のはじめに書いた。それを事実だと、私は思う。しかし事実だということは、さらに別の要因が重なっている可能性までを、否定はしない。朝日評伝選『高群逸枝』のための基礎作業として、私は橋本憲三氏との間に、七百五問の「おたずね通信」を交した。その中で氏は、彼女の巡礼の動機を、次のように語っている。「彼女の巡礼の思いつきには、H問題もかかわりがあるように常識的には思われるでしょう。私もすぐそう思いがちです。けれど、幼時以来の観音的生活の定着と、当時（熊本時代）のことをいろいろ（手紙の類からも）反芻してみると、おっしゃるとおりの混迷状態はわかりますけれども、私はどうしても単純志向のように思われてくるのです。ただ、これは私の見解ですし、彼女がいきていたらお説にうなずくかも知れません。（下略）」

この回答の中にある橋本氏の意見は、長い間、私の心にひっかかって消えなかった。橋本氏の若い日の著書、『恋するものゝ道』*（一九二三年四月、耕文堂）は、大部分が逸枝から氏への恋愛時代の書簡集から成っており、この書簡は原文のままで、順序も変っていないとの、氏の証言がある。その中で、「巡礼になつてしまはうかしら」と逸枝がはじめて語るのは、二人が八代で最初の出会い(一九一七年八月末)をした後、熊本に出るより前である。そして彼女は、憲三の手紙を待ちわびて辛いとき、憲三に会いたい気持の昂まりに耐えがたいとき、書く。「妾はもう旅に出ます」「すぐに出ます」「では出て行きませう」など。

＊　この本は、朝日評伝選『高群逸枝』の刊行までには、みつけ出すことができなかった。その後、山崎朋子氏の御好意で読ませていただいた。

「出る」……。その言葉は、長い楽章の進行につれて浮き沈みするメロディーのように、繰返し、繰返し、手紙の文面にたちあらわれて、私をひきつけた。橋本氏の回答が思い合わされた。憲三にむかって、最初に「巡礼」の語を言い送るとき、彼女は続ける。「一寸でも早く出たい。いざよふ月ともろともに――月かげの中をとぼとぼと出て了《しま》ひたい。そしたらやつぱり妾の生涯は詩であり夢である、妾は運命のままになりませう」。これらは、「娘巡礼記」の主題に、そのままではあるまいか。

「出る」……という呟きは、幼いころから、つねに彼女の心に内在し、内から彼女を衝き動かしていたのではなかろうか。しかもそれは、早くから巡礼の姿でイメージされていたのではあるまいか。十二歳の時の未遂の家出も、それにさほどの距離はない。一九二五年の家出でも、彼女は遍路になるつもりでいた。大著『母系制の研究』を書きあげた後の過労からも、彼女は遍路に出ることで立ちなおろうと願い、事情が許さないままに、『お遍路』一巻を書くことによって切りぬけたのだった。自分を押しつめるもの、縛るもの、制約するものの一切から、また人間性を低めるあらゆる要因から、解き放たれようとして、彼女は絶えず「出」ようと意志し、自由の境に放たれて旅ゆく己れの姿としての〝巡礼〟を、夢みたのではあるまいか。

「出る」ことの恐怖をのりこえて、捨身の敢行をなしうる点、彼女は非凡の人だった。一切を捨てる……と、誰もが言葉にはしても実行はなしえないその行為を、彼女は生涯に何度も決行している。それは一種の自己放下だろうか。悟りだろうか。観音信仰の中に生まれ育った彼女は、〝死〟をくぐった彼方にのみ〝再生〟が得られるという宗教的境地を、その感性の内にたくわえていたのかもしれない。世俗的な愛の概念から、家庭の矛盾から、女性を隷属の鎖につなぎとめる婚姻制の通念から、ひとり彼女はダイビング・ボードに身を托して、未知の虚空へと飛翔し、そこに伐り拓いた独自の世界観と学問とをもって、女性のための未来を啓示した。

彼女独得のこうした解放システムを、逸枝は自伝その他に「出発哲学」として語っている。その生涯での、もっとも目立つ「出発」が、満二十四歳での巡礼行と、満三十一歳での家出である。その意味で、「娘巡礼記」は、高群逸枝の人生の出発点に立っての、記念すべき第一作であると同時に、彼女の全生涯を照らしだす作品といえる。

あとがき

堀場清子

あとがきの場をかりて、少し「解説」への補足をしておきたい。三〇七―三〇八頁に挙げたとおり、高群逸枝はその生涯に、数多くの巡礼・遍路にかかわる文章を書いた。それらのなかで、私には、文語体の「巡礼行」(『私の生活と芸術』一九二二年)の美しさが忘れがたい。その何行かを、ここに引いてみる。

火の国の火の山に来て見わたせば
　わが古里は花模様かな

杳《よう》として人は住みてむ。わが身独りは、森羅万象を踏み破りて、夕日照る豊後の国に向ふ。長き谷に添ひ、陰多き丘と凹地とを見渡す処に、中井田と云ふ村あり。信心ふかき老翁《ろうおう》ありて妾に従ふ。(中略)

道の千里を尽し、漂泊の野に息《いこ》はばや。遠山は日に滅し、水の源は曲りて定かならず。すべての地行き空行くものに、其の各々の古里を問はゞ、いづれか忘却の彼方なりと答へざるべき。(中略)

七月二十三日、細雨蕭々《しようしよう》たり。名にし負ふ柏坂をけふは越えんとて、足を痛めつゝ、なほ行く。山の森を過ぎ、一つ二つの峯を越え行くほどに銀雨崩れ来たりて天地花の如く哄笑す。請ふらくは妾に、駿馬《しゆんめ》と鞭とを与へよ。火の如く飛んで日辺に至らん。

逸枝は幼い頃から、父母によって漢文や古典の英才教育をうけ、書くことにも熟達していた。「彼女は、とかく文語調がでる」と、橋本憲三氏が言われたことがある。近代主義者だった橋本氏の目から見れば、それは矯正すべき〝欠点〟だったのかも知れないが、表現力において、口語体よりも文語体の方が優れているように感じるときがある。

なかでも冒頭の短歌に、私は心をひかれる。「娘巡礼記」自体には載せられていないこの歌の種子が、彼女の内に宿った場所は、おそらく巡礼中の立野《たての》であったろう。阿蘇外輪山の火口瀬に位置する立野は、よほど魅力的な風光の地とみえて、往路にも、復路にも、その名を記されている。その復路での「立野の駅の花様の灯火《ともしび》」(第百三回「帰熊」)は、歌の「花模様かな」と、すでに紙一重の域に達している。

それでいてこの歌の初出は、それから三年後の『九州日日新聞』一九二一(大正十)年八月二十六日まで下る。同紙のその日の六面には「八代非歌人社　夏季短歌会」の記事があり、この時期、八代に近い弥次海岸にいた逸枝・憲三夫妻も出席したことがわかる。

その席での彼女の歌が、この「花模様かな」だった。その三年間には、憲三との婚約と三カ月の新婚生活の後、出京→華々しいデビュー→弥次への〝都落ち〟という、人生上の激しい転変があった。この歌の、阿蘇から故郷の雄大な眺めを抱きとったような気息には、それらの体験が重なっている気がする。

いま一つ、巡礼への出発を語った忘れがたい文章がある。

はにかみやの私が直接交渉して、巡礼記を書くといふ約束で金十円を貰ひ、そのまゝ一笠一杖《いちりゆういちじよう》の旅に出た。

一切を投げすてた気持であつた。何もかも自分ひとり——孤独に立ちかへつた気持であつた。恋もすて、観念的にはたしかに「無」に立つたのである。

雑誌『婦人朝日』に、「わが青春の記」と題する連載があり、一九四〇(昭和十五)年八月号に高群逸枝が登場して、青春を回顧した中の一節である。「娘巡礼記」の最初に語られる出発とは、なんと大きく違うことだろう。二十四歳の時、連載のおよそ三回分を費やして語った出発を、四十六歳の彼女は右の言葉で総括したのだった。その文中では、「いちばん頼りない旅の空で、いちばん深いいろいろの経験をしたのであらう」ともいっている。

文字どおり野に伏し、海岸に寝て、まともな食事もとらず、峰々を攀《よ》じた遍路の旅。時として乞食扱いもされる遍路の群に溶けこんで、とぼとぼと遍路道を辿った半年の旅は、彼女にとって深刻な体験だった。そこから「何ものをも求めず、来る運命に身をうちまかせる生活を知った」(『遍路と人生』一九三九年)と、四十五歳の彼女は語っている。同書からは、つぎの言葉も引いておきたい。

私は、生活に行きづまりを感じ、物ごとに確信を失ふごとに、きまつて遍路を思ふ。遍路は私の心の故里である。

そのように遍路への想いは、逸枝がくりかえし立ち返り、そこで気力を回復して、あらたな探求へと旅立つための原点であった。

❖　❖

本書の最初の校訂作業は、新聞の連載を初めて刊本に移した朝日選書での刊行の折におこなった。その過程で、「百四回」といわれてきた連載回数が、実は「百五回」だったことが確認された。反面、予期に反して疑問百出し、多くの方々にご助力を仰いだ。文庫化にあたり、お名前を掲げて、あらためてお礼を申しあげたい。

渡辺照敬氏、山崎朋子氏、長岡秀善氏、上村希美雄氏、錦井徳之氏、荒木博道氏、橋本静子氏、佐藤千里氏、坂崎カオル氏、淵田昭典氏、尾方京一郎氏、有光孝信氏、改正範氏、鈴木喬氏、高橋智子氏、小谷野矩子氏、上田甚市郎氏、笠坊乙彦氏。

明治新聞雑誌文庫、熊本日日新聞社、熊本城顕彰会にも、ご協力いただいた。

お寺の山号、寺号、院号や、その読み方、御詠歌の違い等については、それぞれのお寺から、質問状への親切なご回答をえた。

このたび、岩波文庫編集部の清水愛理氏から、『娘巡礼記』を文庫に入れたいと、思いがけないご連絡があった。二度目の校訂作業に入ると、またしても疑問百出となり、清水氏に非常なご苦労をおかけした。また阿蘇の札所や四国の地名について、嘉悦渉氏、原田英祐氏、高知県安芸郡東洋町役場の生松克祐氏にお教えをいただいたほか、繁多寺、安楽寺、善楽寺、高知県室戸市役所、愛媛県宇和島市役所、熊本県阿蘇郡一の宮町役場、熊本市役所、大分市役所、高松市役所からもご協力をえた。心からお礼を申しあげる。

御詠歌や和讃は書物によって、漢字と仮名の用い方などに多少の異同がある。逸枝もまた、それぞれのお寺の表記に忠実であったとは言いきれないが、これらはオーラルな文化の圏内にあるものと考えて、意味が解せるかぎり小異は問わなかった。

巡礼行から一世紀ちかい時をへだてても、この一冊の中にいる逸枝は、二十四歳の若さである。全国の読者の心の扉を、巡礼娘が叩くとき、そこに愛と理想の共感がうまれることを願ってやまない。

娘巡礼記《むすめじゅんれいき》

2004年5月18日　第1刷発行
2024年7月26日　第6刷発行

著　者　高群逸枝《たかむれいつえ》

校注者　堀場清子《ほりばきよこ》

発行者　坂本政謙

発行所　株式会社　岩波書店
〒101-8002　東京都千代田区一ツ橋2-5-5

案内 03-5210-4000　営業部 03-5210-4111
文庫編集部 03-5210-4051
https://www.iwanami.co.jp/

印刷・理想社　カバー・精興社　製本・松岳社

ISBN 978-4-00-381061-3　　Printed in Japan

読書子に寄す

——岩波文庫発刊に際して——

岩波茂雄

真理は万人によって求められることを自ら欲し、芸術は万人によって愛されることを自ら望む。かつては民を愚昧ならしめるために学芸が最も狭き堂宇に閉鎖されたことがあった。今や知識と美とを特権階級の独占より奪い返すことはつねに進取的なる民衆の切実なる要求である。岩波文庫はこの要求に応じそれに励まされて生まれた。それは生命ある不朽の書を少数者の書斎と研究室とより解放して街頭にくまなく立たしめ民衆に伍せしめるであろう。近時大量生産予約出版の流行を見る。その広告宣伝の狂態はしばらくおくも、後代にのこすと誇称する全集がその編集に万全の用意をなしたるか。千古の典籍の翻訳企図に敬虔の態度を欠かざりしか。さらに分売を許さず読者を繋縛して数十冊を強うるがごとき、はたしてその揚言する学芸解放のゆえんなりや。吾人は天下の名士の声に和してこれを推挙するに躊躇するものである。このときにあたって、岩波書店は自己の責務のいよいよ重大なるを思い、従来の方針の徹底を期するため、すでに十数年以前より志して来た計画を慎重審議この際断然実行することにした。吾人は範をかのレクラム文庫にとり、古今東西にわたって文芸・哲学・社会科学・自然科学等種類のいかんを問わず、いやしくも万人の必読すべき真に古典的価値ある書をきわめて簡易なる形式において逐次刊行し、あらゆる人間に須要なる生活向上の資料、生活批判の原理を提供せんと欲する。この文庫は予約出版の方法を排したるがゆえに、読者は自己の欲する時に自己の欲する書物を各個に自由に選択することができる。携帯に便にして価格の低きを最主とするがゆえに、外観を顧みざるも内容に至っては厳選最も力を尽くし、従来の岩波出版物の特色をますます発揮せしめようとする。この計画たるや世間の一時の投機的なるものと異なり、永遠の事業として吾人は微力を傾倒し、あらゆる犠牲を忍んで今後永久に継続発展せしめ、もって文庫の使命を遺憾なく果たさしめることを期する。芸術を愛し知識を求むる士の自ら進んでこの挙に参加し、希望と忠言とを寄せられることは吾人の熱望するところである。その性質上経済的には最も困難多きこの事業にあえて当たらんとする吾人の志を諒として、その達成のため世の読書子とのうるわしき共同を期待する。

昭和二年七月